Tango of Malt

晚风枕酒

七堇年 著

中国友谊出版公司

目录

Contents

所有的爱里都是这样的：

一寸刀锋，一尺丝绒

献给 J.&Y.

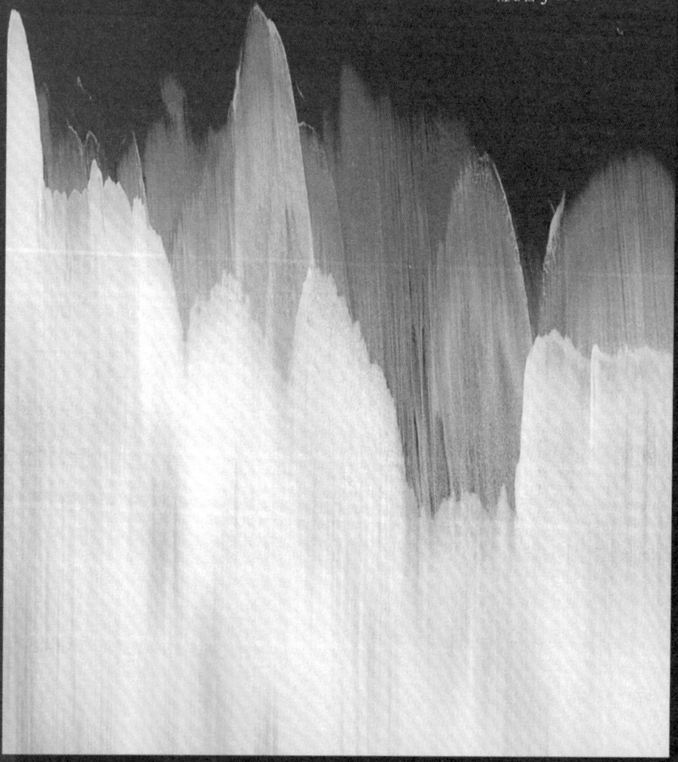

序幕

1

故事的结局是，你们渐渐遗忘了它的开始。通过遗忘达到某种取舍，如火山灰下，爱的庞贝，凝固在最后的瞬间。

沙夏发现他不再那么频繁而剧烈地梦见你了。如果平时足够忙，足够浑浑噩噩，很可能一整天都不会想起你来。不像刚到“这里”的时候。

刚到“这里”那会儿，一切都叫他想起你——院子里的青苔、石阶、芭蕉和竹影，属于那个墨绿色的夜晚；而峻峭的远山、柔顺的湖泊、朗月、疏星……则像家庭教师每天到访，向他重点复习你的存在。

好在爱如四季，一切都将化为雾霭而后消散。时间的腐败在于，喜欢背后做手脚，让每个人从目如刀锋，变为心有丝绒。

“许多事儿，不是想明白之后才能无所谓，而是无所谓之后，才能想明白。”

颜斯林这样讲是没错，但有时候，在想明白之前，他已经迷迷糊糊想不起来了——比如那次和你大吵一架，他气得摔门而出，咚咚咚冲下楼，发疯似的快跑了几十圈，最后蹲在狗尿味浓重的灌木丛边呕吐。

但那次是为什么？他全不记得了。

那些刀锋一样明晃晃的瞬间，钝了，锈了，被丢在柜子后面。他只选择性地记得一些丝绒般的时刻，你们美妙的日子中像山与湖，互为倒影的时刻。

2

从水下仰望：晨光荡漾着，纷纷断裂。

沙夏喜欢每天晨起，到湖中游泳的感觉。自然界的物理现象是浪漫的，比如清晨，湖面总是铺着一层薄雾。他扎入水中，感觉自己健康、整齐、锐利，像一艘首次下水的潜艇，对未来充满掌控感……的幻觉。不止一次，在波光荡漾中，他意识到你说得没错，“别活得像根发条，沙夏。别每天拧紧自己。你都离开了纽约、上海，来了这儿，你还是像根发条，不停地拧自己”。

刚来“这里”的时候，大不溜和小不溜都不敢下水。沙夏一游泳，它俩就焦躁不安地在岸边徘徊，狂吠不止，每每忍不住往水里探，刚湿了四条腿就赶紧逃回岸上。直到半年后的一天，大不溜偷吃了树树做的醪糟，醉到发起酒疯来，跑着跑着一脚跌进湖里，一米，两米，三米，不知不觉用狗刨式游出了好远，从此一发不可收拾，变成沙夏的泳伴。

沙夏常常故意潜在水中，听它们在岸上的叫声，感到安心。入秋后，最开始他在湖中只能待十分钟，后来是十五分钟，现在可以游半小时。这个细节时常提醒他，时间消逝的速度有多快。

近水岸边，木质平台，四角立起四柱，搭成正方体框架，挂着白色纱麻幔帐。它时而胀鼓如帆，时而瘪向一侧，展现着风的形状。这座茶寮曾经是为你搭建的，虽然他清楚你可能再也不会来了。现在它成了游泳跳台，是个不错的用途，否则它会无时无刻不提醒沙夏，你曾经站在这儿，就在这儿，就在夕阳里，说："这儿要是有个近水平台就好了……茶寮什么的，白帐子的那种……"

他一直记着，你的头发完全被晚霞染色，是金黄的。那天已经变得很遥远。

晴朗的下午，阳光被窗棂切割成块，成片成片地搁置在客栈的门廊上，如几张金箔。如果在光线强烈的时候登上山，飞几趟滑翔伞，会看到风平浪静的湖面呈现出一层皮革般的细细纹路。在强光下，青山会变成浅蓝色。

傍晚，凉快下来后，沙夏给院子里的豆梨、金银花和光蜡树浇水。日头像个坏掉的玩具车轮，一不留神就从山坡上滚下来。夕阳是满地锈色，是时空交错的熔点。浇完水，只要稍稍蹲低，就能看到露珠在星星点点地燃烧着，每一滴都饱含晚霞。

树冠上缀满了窸窸窣窣的声音，意味着晚风总是在这个时候，不请自来。

3

风起，云裂开，满月如一枚锆石，被完整地剥露出来。

山崖上亮如白昼。风眠湖就在一箭之远，湖面如一匹墨色的丝绸，谦逊地铺在山脚下。月光在湖中央剖出一道长长的光痕，如一柄静置的银剑。

风如约而至，如此柔韧、绵缓，还有令人无法抗拒的塞壬[1]之邀。

他听到天空在召唤他回家。

他起伞，冲向崖边。伞衣恰正，南风二十里，天时地利、完美无缺。当脚尖离开悬崖，风一把托住他，力道这样诚恳，那种可靠与温柔，几乎叫他感到泪意。这个世界上能像这样托住自己的，毕竟不多。沙夏感觉自己完全融化在月华之中了，化成一弯伞弧下面缀着的那个小黑点，像夜色中的蒲公英，就这样飘向星海。

你走后的很多个夜晚，他就是这样度过的，戴上耳机，放一首当下喜欢的歌，起伞，去夜空滑翔。莫兰迪色系的大地，灯光缀成金线，勾勒出一幅安宁的人间美景。这是多么静好的世界，仿佛是七十亿人都不存在的星球。这个星球只有他一个人活着，此时此刻，活在空中，活在风里。

他对这一片地貌过分熟悉，几乎闭着眼睛也能知道哪里适合降落。虽然他一飞起来，就根本不想降落。截至 2010 年，滑翔伞的世界纪录，是随风飘了五百公里。沙夏不觉得那个距离不可思议，只要是个好风天，盘住了气流，他也是个在空中乐不知返的顽童，俯仰，摆荡；当天地近墨，耳机里的歌单列表刚好听完一轮，沙夏用一个漂亮的“大耳朵[2]”，回到地面。

---

1 塞壬来源自古老的希腊神话传说，在神话中的她被塑造成一名人面鸟身的海妖，飞翔在大海上，拥有天籁般的歌喉，常用歌声诱惑过路的航海者而使航船触礁沉没。

2 大耳朵是滑翔伞中一种快速消高、下降的方法。

地面的世界上有你。那总是他降落的理由。

“酿酒师 / 滑翔伞教练 / 诗人 /……”回大陆第一年，沙夏在生日那天，突然想要更新自己的微博介绍。光标在斜杠后面闪烁着，他犹豫起来。这是个一不小心就要被指责“矫情”的时代，人人都把“有趣”或“接地气儿”挂在嘴边，也不知道到底是在解构什么。

他想了想，换了一种风格。

泡沫侠 / 逗伞王 / 句子匠

到此为止。这是一个标准的“斜杠青年”因不规则而亮眼的人生履历。斜杠之后还可以写专业 / 职业（换了别人肯定会放在最前面），但他不；就像 Veggieg 根本不需要加“V”，因为她已经是王菲——这样类比一定不恰当，但多少有这样的意思。

沙夏不愿意和别人谈起他的专业和职业，尽管这写东西是网上多数人关注他的原因。这种近乎傲慢的低调，令沙夏活得像个孤本。他的头像上是张棱角分明的侧脸，黝黑、俊朗，但仅仅是侧脸。这多少能说明一些事情。

有一小众网友结结实实地喜欢他，微博五十万粉丝，豆瓣十万粉丝，他们希望沙夏一直保持孤本的“小众”——基于社会心理学中的“区别心”。

矛盾的是，他明明心底觉得，从小到大自己最不需要的就是“仰望”，但真的要是一夜间那几十万仰望都变成零，自己一定会失落的。

一定。

4

湖叫风眠湖，山叫无极山，宅子叫无名堂。

你第一次带沙夏来这里的时候，就给他介绍："不是地图上的地名，是老杨自己这么叫的，你懂的……为了献给二位大神。"

"谁？"

"赵无极、林风眠啊。"

"噢噢噢……"沙夏嘴上这么说，心里想着一会儿去google[1]一下。赵无极他是知道的，但他还没听说过林风眠，本来隔行如隔山，没什么不好意思，可是在沙夏这里，就是问不出口。

"我们快到了，看见没？山坡上那栋房子。"你说。

沙夏抬头望去：几乎在山顶处，幽幽林间，一撇一捺，浓墨写的"人"字形屋顶，冒出一头来，不细看，容易错过。环视方圆十里，也就三四个这样的屋顶。

老杨是艺术家，是你父亲的"师傅"。从幼年起，你就经常被父亲带着跟老杨一起作画、看展，更多的时候是喝酒、清谈，有十足的魏晋风骨。毫不夸张地说，老杨是看着你长大的。你也看着老杨渐渐在圈内坐稳，从三年卖不出一幅画，到现在卖一幅画管饱三十年。

老杨个性不算玲珑，年轻时棱角显露，多少会戳着别人；加上他厌恶圈内的乌烟瘴气，所以十年前，携一家人离开北京，来了"这里"。来的路上，沙夏牢记这些"前情提要"，越走近宅子，越有些紧张。

到了。

---

1 一款搜索引擎，此处译为搜索。

一进门，一个人赫然立在眼前：光头，高个儿，呢子帽，一身灰白马褂，戴着复古金边滚圆墨镜，挺潮。老杨左手一支烟斗，右手一只茶盎，一脚踢开自家门，“进来进来进来”，嗓门儿亮堂。风一灌而入，掀动老杨的马褂下摆。沙夏还在点头致意，老杨却已经转身了，手一挥：“甭换什么鞋了，一楼就是菜市场，都进来！”

宅子是老杨和小苏自己一砖一瓦建起来的。取个名字叫无名堂，卖个双关，听起来没什么花样，其实不然：坐山望湖，风摇万木，绿意盈窗。正逢一个大晴天，整栋房子仿佛是飘浮在晴光里，像一艘古船。沙夏不是没见过世面的人，工作那几年满世界飞，华室豪宅也见得多，但这么阔朗、大气、亲切，由一家人自己亲手建造的居所，他还是第一次见。

宅子有三层：一楼是通通透透的开放厨房，公用的客厅，食堂，大门在白天永远打开，老杨经常请当地的老人、孩子来这里做手工、作画，作品交给画廊代理，卖了补贴当地人家用；二楼是老杨的个人画室以及大小三间卧室；三楼则是两个阁楼卧室，是女儿杨树树住的，但现在，树树正在谋划搬到山下的镇上去。

一来是来山上习画的乡亲越来越多，房子有时候不够用；二来是她在造一艘船，想住在湖边。她说她给自己十八岁的成人礼，就是坐着自己造的驳船，漂到风眠湖对岸去，种一片银杏树。

整栋宅子没有一幅画，砖瓦木头有板有眼。老杨点起烟斗，喷出一口蓝雾，说：“画在我心里，挂在别人的墙上”。趁着上洗手间的工夫，沙夏赶紧掏出手机谷歌了一下“林风眠”，快速浏览，OK，有了点儿底。他为自己这种毫无必要的紧张感到困惑。以前出差做尽职调查，国际航班起飞之前还对锂电池回收产业一无所知，下飞机的时候就摸懂了七七八八，什么行业他都去了解过，什么场合都没怯过。

但为什么，在你身边他频频紧张？这毛病他到现在也没想明白。

5

混熟了，老杨拿出三十年前的影集，一张一张给沙夏介绍，这儿是哪儿哪儿，那儿又是啥啥啥。沙夏很喜欢其中一张照片：老杨交叉双手站在金门大桥上，年轻得不可思议，瘦长得仿佛不含一丝脂肪的身体，真正的麦色皮肤，鼻梁和两腮棱棱角角有阴影……像耿乐，帅得没天没地的，有着一双让人无法逃脱的眼神。还有更早的照片，在国内拍的，小小一张，边缘带着锯齿的那种，他穿着汗衫在田埂上随便一蹲，像一只小鹰，跟身旁那些贼眉鼠眼的同类区别开来。这还不仅仅是因为瘦，在过去，至少在《阳光灿烂的日子》那时代，形容一个人帅，说的是“人长得精神”。是的，一个人的精神是多么奇妙的东西。时间剥皮刮肉，把额头揉成皱纸，也无法改变那种精神。

现在的老杨比照片里胖多了，轮廓圆润了，下巴有岁月的弧度。说起精彩事儿，他眉飞色舞，还有少年气，没有那种“你们年轻人哪……还不懂……”的口气。平常日子，他从不把艺术挂在嘴边，真要被问到了，口头禅经常是“这个啊……怎么说呢……”“那个啊……我看看啊”，很中庸的样子。要说基因缺陷，他也有谢顶，索性早早就剃了平头，平时戴帽子。衣服裤子没几件，倒是有一柜子的马褂和帽子，日式农夫帽、草帽、牛仔帽、贝雷帽、鸭舌帽、绅士帽……堪比女人的鞋柜。

只有对女儿，老杨的脾气才软成棉花糖一样，乐呵呵地说：“以前啊，树树的怪癖就是特别喜欢逆着发根，摸我的板寸，就像这样……哈哈，老说刺刺痒痒的感觉特别爽，小时候教她《诗经》，背一篇要伸出脑袋让她摸五分钟，不摸就不背，嗨……”

树树从小跟父母来到这里，上学就在家里，老杨亲自教。十二岁始习《左传》，临米芾，擅木工，厨艺有绝活儿，中西餐都会。沙夏去的那天，闻到厨房里飘香，一看，树树正在用面粉加胡萝卜碎、南瓜碎、脱脂牛奶，混入炖软了的鸡骨杂汤，搅匀；放进冰箱里醒一会儿，发好，搓成小球，放进预热的烤箱。

沙夏说想尝，树树大笑起来：“这是大不溜跟小不溜的零食！你要跟它们抢吗？”

在一旁的老杨听到了，也跟着哈哈大笑。沙夏窘得脸红耳赤。

“咱们中午吃树树做的咖啡慢炖牛尾，”老杨说着，不经意带出一条尾巴，“小苏最喜欢这道菜了。”五十多岁的人了，说起小苏，脸上还带笑，羞涩地攥着抹布，擦擦手。

沙夏猜，他和小苏依然关系很好，虽然他们已经不再是夫妻。

6

沙夏相信，生活与人的最大矛盾在于：生活大部分是马尔可夫链[1]；而人，大部分是所有过去的集合。

---

1 马尔可夫链的要义在于，在具有马尔可夫性质（一种“无记忆”性质）的离散事件随机过程中，下一状态的概率分布只能由当前状态决定，在时间序列中，与它前面的事件无关。用“青蛙跳荷叶”来比喻，即（假设无记忆的）青蛙下一秒要跳向哪片荷叶，只跟这一秒站在哪片荷叶上有关，跟之前所有站过的荷叶都无关。

多么清晰的道理——若想赢得未来，你得无视过去。

沉没成本没有意义，没错。那么沉没记忆呢？如果一个人不借助过去，他如何定义自己呢？比如两个人分开了，怎么回归朋友关系呢？你走以后，沙夏还问过老杨这个问题，在一个真的喝多了的夜晚。

“这个啊……怎么说呢……”老杨温温吞吞，“有首诗，算是我最喜欢的，蒙塔莱的《也许有一天清晨》，读过吗？”

沙夏摇头。

“手机打开，搜得到吧。”

也许有一天清晨
走在干燥的玻璃空气里
我会转身看见一个奇迹发生
……

老杨咂了一口茶：“跟小苏离婚后，我经常幻想这样一个场景：也许有一天清晨，小苏回来了。她敲门，站在我们共同生活了六年的门口，说，‘我回来了’。可能还有邻居买菜路过，公交车叹息一声开走，或者送牛奶的工人搬走一箱空瓶子，叮叮当当的。”

当那个幻想发生，他该做什么呢？愣住？拥抱？推开？以泪相吻？还是咒骂起来？他没有答案，好在幻想也不会发生。幻想之所以叫作幻想，就是因为它极大概率地不会发生。

“刚离婚的时候，想过泼硫酸，做梦都在跟她吵架，”老杨说到这儿，脸上竟是笑呵呵的，“当然最后什么都没干，就这么渐渐塌陷在一个幻想里：也许有一天清晨，她回来了……多美妙啊，人都在，还是没变，一切都回来了。”

老杨坦承，幻想迫使他“时刻准备着”，以此撑过了许多难受的……“走在山上，连风都恨我的日子”。

时刻准备着。也许有一天清晨，她再次出现的时候，看到自己没有邋遢，没有变老，没有失掉神采，还是那么精精神神，漂亮得让人眼前一亮，想，“难怪啊，不愧是我所爱。”

——才对。

如同在静悄悄的美术馆，拐过一面墨绿色的墙，突然直面一幅伦勃朗……那样心动。

第一章

爱在第三杯与第七杯之间

1

那是个雪天，风冷得像刀片。

十二月的北京。七百人的大棚里，竖条的巨幅广告，从天拉到地；到处都是啤酒，人头攒动如同最新鲜的泡沫。入场口，人们还在络绎不绝地涌入，保安的对讲机里不断发出“饱和了饱和了，过会儿再放人”的指令。盲饮大赛还未开始，国内几个精酿大咖一上台，全场一阵啸叫；鹅岛、波特兰，还有挪威的几个吉卜赛式酿酒师也来了。沙夏怀疑全国玩儿精酿的人全都来了。所有不规则的人们，从四面八方冒出来：有的是芯片设计师，有的是广告人，有的是餐饮老板，有的是放射科医生——他们摘下规则的面具，露出自由本色，把精酿、潮牌、DJ[1]、复古风 Disco 的标签贴上眉眼。

主席台设在大棚中央，像一座浮岛。主次已经不分了，每个嘉宾都

1 广播电台音乐主持人。

端着啤酒，语言不通的时候，干脆就干杯。音乐是世界的语言，酒也是世界的语言。作为友情出场的翻译兼主持人，沙夏觉得自己有点多余。

他在台上，一眼看到你——高个子，黑大衣，黑发扎成高高的马尾，站在大厅中央，站在人群里，目光横向看着过道最右边的位置，一直站着，太醒目了，像一枚闪亮的银币。

在《流动的盛宴》开头，海明威描写在一间咖啡馆内写作，看到一个漂亮姑娘走进来，“像一枚刚刚铸就的硬币，如果人们用柔滑的皮肉与被雨水滋润而显得鲜嫩的肌肤来铸就硬币的话。”

顷刻间，这句子跳下来，跌在沙夏心坎儿上，旋转着，一直不倒，仿佛命运要它抛出一个正反面，占卜什么似的。

你像一枚旋转的银币，发光，立在那儿。有那么一瞬间，主席台变成卡萨布兰卡，像一个经典故事的经典开头那样：“世界上有那么多城镇，城镇中有那么多酒馆，她却走进了我的。”

你们就这样在人海中互相望着，镜像一般，彼此发现彼此。

沙夏故意一直没把话筒给你。你高高举手，跃跃欲试，毫不气馁的样子，他看在眼里，故意不为所动。你一直举手，直直沿着过道，大踏步向前迈着走，一副再不给机会就要跳上台的架势。

大咖们被无数提问搞得口干舌燥，台下高举的手臂还如一片笋尖生机勃勃，再这么下去，盲饮竞赛单元可就没法开始了。这时候，沙夏才说：“谢谢大伙儿的热情啊，但是时间有限，就聊最后一个问题吧，请那位……女生，后面举手的那位……对，就是你。”

你终于拿到了话筒，令人意外的是，你的声音也像一枚银币，好听极了。你点名要问国内首屈一指的精酿先驱高大仙：“听说你们要复原一款九千年前的遗址上出土的古酒，到底什么时候能推出？”

“都卖完了你还不知道吗？”高大仙哈哈大笑。

“不可能！”你立马较真儿起来，根本没察觉这只是一个玩笑，“我关注很久了！”

“好了好了，不逗你了，”高大仙接过麦克风，站起来，一本正经地说，“本来这事儿我要一会儿单独宣布的，正好问到了，我就展开一下吧。

“其实这酒呢，2004年就考古出土了，遗址很大，是个联合考古项目，一位美国教授也参与了，他们呢，在陶罐底部发现了稻米、酒石酸，还有水果渣滓之类的遗迹，后来鉴定出这恐怕是人类历史上最古老的酒。九千年啊，咱祖宗就捯饬酒了，牛不牛？但这教授哥们儿呢，把配方带到美国，跟角鲨头合作，就添加几个辅料配方：橙花蜂蜜啊、马斯喀特葡萄汁、山楂啊啥的，做了一款窖藏级古法艾尔出来……号称‘创造了中国古酒’，十二美元一瓶，还卖得可好了，真是的……

“虽然从这个法律意义上说，也没啥硬伤，但咱们主要是不服这口气，对吧？咱们老祖宗的酒，怎么就给老外拿去商用了呢？

“所以现在，我们就决定，用‘实验考古法’，提取存活的酵母，模拟古人的配方和做法，正儿八经地复原这款酒。但是咱们条件太简陋啦，只能慢慢来……我都想通了，尽人事，听天命，实在搞不定，我就……奖励自己……去趟南极！”高大仙这么一逗，底下的人也跟着笑了。

“为什么是南极？”你接着问。

“为什么不啊？我一直喜欢南极。梦之地。你呢？你喜欢哪儿？”高大仙这一反问，简直就是一副要台上台下跟你聊起来的架势。

你的眼睛向左上方看，又向右上方看，想了两秒，才郑重其事地回答：“巴黎。”

说实话，你这答案让沙夏挺失望。有点 cliché[1]，不是吗？他以为你会说出一个更酷的地方。你看上去像那种……为了人类学论文去某个南太平洋海岛做田野调查的姑娘。

沙夏对巴黎一无所知。有两次出差开会去过，都在外城新区，昼夜不分地跟甲方拉锯，几乎没有走出酒店。卢浮宫倒是去了半日，可是太慌张了，匆匆而过。说实话，他对巴黎的印象真不怎么样。地铁那么臭，麦当劳的厕所都上了密码锁，游客塞满了左岸，堵在新桥上自拍。

也许只有在巴黎生活得足够久，真的沉入其中，才能领略你，或者海明威们，对那座城市的感情："……一座非常古老的城市，但我们却很年轻。这里什么都不简单，甚至贫穷，意外所得的钱财，月光，是与非以及那在月光下睡在你身边的人的呼吸，都不简单……巴黎永远没个完，永远是值得你去的，不管你带给了它什么，你总会得到回报。每一个在巴黎住过的人的回忆与其他的人都不相同[2]……"

"别跟我提什么海明威，丫就是个吃软饭的浪荡子，全靠妻子有钱，最过分的事儿是什么？他第三位妻子玛莎·霍尔盖恩，一个比他高明得多的战地记者，在西班牙内战时，两人都写了报道，玛莎请他把两人的稿子一起发电报发回美国，丫把自己的稿子用电报发了，把玛莎写的稿子邮寄了！邮寄！轮船海上邮寄，靠……寄到了仗都打完了好吗？太不厚道了……"你说。

沙夏不置可否，心里对你另眼相看。

在后来的相处中，他觉得你的气质真的挺巴黎的，30 年代[3]左岸的

1　大意是陈词滥调，比如某种烂大街的主流选择。
2　海明威，《流动的盛宴》。
3　本书中所有提到的年代均属于20世纪。

那一派。你反对，说如果用一个城市来比喻自己，“应该更像……60年代的旧金山才对”。

当时，沙夏还没意识到与一个气质像60年代旧金山的姑娘相处，意味着什么。当时，沙夏只是履行主持人的专制，夺走了你的话筒，故意不让你继续下去。你有点不甘心的样子，眉目间有着不肯罢休的意思。

2

大咖们在台上展开盲饮点评，第一项任务是选出年度最佳IPA[1]；而台下早已开怀畅饮，酒商们早就在各自摊位忙开了，一桶一桶地运来了自家货，人们排着队，领取试饮杯。“发烧友”蜂拥而上，找自己喜欢的酿酒师要签名，在T恤上，在酒瓶标签上，在鸭舌帽上。

沙夏在帮朋友打酒，一个转身，你排队到跟前来了。

心像一块肥皂那样，滑到地上，而他不敢弯身去捡。太近了。你们之间，只有两尺。

你递上一个纪念杯垫，示意要酿酒师在上面签名，说：“谢谢，我要一杯‘炼金术士’。”

沙夏转身过去，借着打酒的那几秒，整理自己的呼吸。就在刚才，你的眼睛燃烧如甜蜜的火，他险些被炙成灰烬。

1　全称Indian Pale Ale，印度淡色啤酒，指的是某类添加啤酒花更多，味道偏苦的啤酒。

他转身把酒和杯垫递给你的时候，你突然问：“你跟 Bryan[1]……是不是很熟？”

沙夏的手晃了，泡沫溢出杯口。他迅速倒带所有的场合：开会，路演，庆功酒会，饭局，出差……但怎么也不记得你。

“Bryan 算是我的前老板。怎么了？”

“没怎么，我就说嘛，我没记错。”你接过沙夏打的酒，尝了。

轻微的杀口感过去，像突然做了一个骑鲸天上的梦……你再睁开眼的时候，回味那个瞬间的感官层次……仿佛远自蓬莱归，山云隐……都说好酒是流动的作品，没错的。

沙夏低下头，闪避你的笑意。那笑意太美了，微微带有力度，完全是一种抚摩，令他几乎想躲，唯恐要被这笑意逮捕，沦为囚徒。

“这不是‘炼金术士’。”你说。

“不管是什么，你喜欢吗？”

“挺好的，真不错……”你问，“这酒叫什么？”

“还没取名字，配方是 Bryan 的，但我还没全部摸索出来——”

“——靠，快点儿行不？排这么久了。”后面有人打断他，口气暴躁。沙夏抬起下巴，朝那人点了一下头，“不好意思。”

“一会儿你会去后台吗？”被挤开之前，你问。

沙夏本能地想老老实实回答“会去”，话到舌尖他把这俩字拽了回来，反问：“有事吗？”他想显得镇定一点，酷一点。

“有事。”你斩钉截铁地点着头。那副煞有介事的样子，把他逗笑

1 男子名：布莱恩。下同。

了。天哪，他笑了起来。你盯着他洁白的牙齿，本来想象不出他笑起来的样子，但现在看到了。而且没有失望。

“那……你稍等吧，结束之后，我会去后台的。等我忙完这摊子。”

3

这一忙，就是四个小时。他累得双腿不再像是自己的，脑子犯糊。所有人都喝高了，连DJ都不知去向。后台太混乱了，狭小，挤满了人，嘉宾、记者、热情过度的发烧友……一切都太混乱了，还有采访翻译任务等着他。

他料定你已经走了，为自己没有留下联系方式而懊悔不已。正想着，一回头，又见到你：高个子、黑大衣、黑靴子、黑色方形手提包，极简的那种；黑色的头发扎着马尾。

他脱口而出：“你还在等啊？”

当然了，你心想。你认定的事从来都等到底。你上前一步，他不自觉地退后了一下，留出一米半的社交安全距离。借口你都想好了，只需配上不卑不亢的声音即可：“是这样的，我为一个NGO[1]工作，我们在组织一场诗歌之夜的活动，也就是跨年的时候，在书店通宵朗诵，场地啊啥的都是非盈利的，所以酒水的赞助方面，能不能……”

你说这段话中间，他起码被后面的人叫了三次。一切都太乱了，他匆匆应付道：“你看这样好吗，麻烦你把联系方式留下，回头——”

---

1 非政府组织。

“——还是把你的给我吧，保险些。”你说着，已经解锁了手机，听着他报数字。

一直忙到凌晨，沙夏才脱身。

推开厚厚的防风门，冷风迎面闯来，狠狠推了一把，让他一下子清醒过来。狂欢结束了，喧哗结束了，他整个人好像被瞬间稀释在黑夜里，虚脱掉了，泯然众人，除了回酒店别无可去。

夜色汪洋，足以淹没任何人。这个卡萨布兰卡式的夜晚，是完全真实的，也是完全虚假的。它发生过，也没有发生过。在回忆的世界里，但凡有海的地方，就有眺望。有眺望的地方，心中就升起一小片狼烟。你的出现，好像一份迟了很久才肯降临的馈赠，一开始就被告知了要还，叫人拥有得心有戚戚。

4

他本来没有抱希望你会找他。所以当你的短信真的出现的时候，他几乎是从床上弹起来的。

第二天又见面，约在你实习的NGO。

他在门廊等了一会儿。你和昨天的衣服一样，黑马尾、黑大衣、黑靴子，里面的打底裙也是黑色的……显得皮肤非常苍白。这是一间旧旧的办公楼，外墙爬满常春藤；窗子是老式双开木窗，关不严实，一直漏风发抖；拱形屋顶，平房，像某种厂房。沙夏走进去的时候，读了一下墙上的铭牌，确认了他的猜测：整个办公楼是北洋年间的遗产，艺术性地保留着当年的青砖墙；桌椅是古朴的大原木，布满凹痕，裂纹，没有上漆；花草茂盛，看得出有人精心照料。

天井长了青苔，大水缸里养着睡莲、小红鱼。天花板破了的地方，直接用钢化玻璃屋顶罩住。“天气好的时候可以看见丁达尔光。”你说着，带他走进会客间。

黑色工业风铁艺置物架，摆满了世界各地的酒瓶，满目琳琅。令人眼花缭乱的啤酒瓶盖，被拼贴成了马赛克艺术品，随处可见。混搭一座木雕佛头，不知是真的历经风吹雨打还是刻意做旧，灰白的木质已经龟裂成竖条，而佛的神情慈祥、肃穆，雕工堪绝。桌上堆着大量的书，起码有二十种不同的马克杯，随意陈列，有种……像翁达杰在《英国病人》中所写的，“甜美的凌乱”。

“你们到底是做什么的？”沙夏问。

“呃……你呢？”

“我先问你。”

“学生。我在这儿Gap[1]，只是实习。”你转身给他倒茶，回答得坦然。

“你的手提包很好看。”沙夏从来不吝啬赞美姑娘，他在观察你。包很简洁，方形，黑色，细带。牌子不认识，他怀疑很贵。

“二百四十块，你要链接吗？可以买给你女朋友。”你笑呵呵的，带着一种毫不自知的傻气和单纯。

拿不准你这是不是在套他的话。其实他希望如此。他说：“我没有女朋友。我就是觉得好看，没想到还这么便宜。”他很开心，你应该不

1　Gap Year的简称，意为间隔年。常见于青年在毕业之后，投身社会之前的时期进行一些自己有兴趣的活动。

是“那种”女孩儿，而这很重要。

你的笔记本电脑很旧，首页还没关，赫然是一个网站：The Dictionary of Obscure Sorrows[1]。

他差点跳起来：“你也关注这个网站？”

“对啊，酷吧。”

midding，不及物动词：指的是当与某种团聚场合接近，但又没怎么搅和在里面的时候，感到平静快乐——比如说坐在篝火的外围，和人聊天，看着别人在内围围成一圈跳舞。又比如，坐在汽车后座，旁听着朋友们在前座聊天……

zenosyne，名词：时间越走越快的感觉。

exulansis，名词：因为他人无法理解而放弃谈论某经历的倾向。

onism，名词：那种意识到自己只能被困在一副躯壳中，只得一生，一次只能置身于一个地方的挫败感。就好像你只能独自站在机场的离境航班显示器前，看着翻飞变幻的地名，那些地名代表着别人的生活密码，无数种人生可能性，但你没有任何分身，短暂的这辈子你永不可能见到或去体验……

avenoir，名词：渴望回忆能倒流。

vemödalen，名词：在拍摄一场美妙风景的时刻，意识到这场景早就被千百次地拍摄过了的挫败感：比如，一样的落日，一样的瀑布，一样的山廓……早就有无数人在你之前到来，见过了……

1 无名忧伤字典。由 John Koenig创始的一个字典类网站，收集的词汇多为自创词，用于描述生活中许多微妙的且尚无现成词汇去描述的状态。

所谓“人间值得”，大概就是因为这些细腻而无用的创造吧？就像一个季节中绝美的，不是绽放而是凋谢，比如樱花、枫叶。但沙夏倍感困扰的，正是这种艺术敏感性放在一个男人身上……类似勇敢之于女性——带来的麻烦多于便利。他看过一个访谈，十七岁的朱迪·福斯特，一头金发、娃娃脸，食指敲着咖啡杯，用七十岁般的泰然，说：“最好的女演员，特质是聪慧、勇气、疯狂。而最好的男演员，是脆弱性。”不，脆弱并不完全准确，朱迪小姐用的词是 vulnerability[1]，那种“我有弱点，我可以被伤害”的意思。

但生活不是电影，错位的特质，放到现实里，根本就是烫手山芋。大约是职业圈子的缘故，沙夏身边的男性，从不显露哪怕一丝的细腻或感性，也许他们有，但他们藏起来了。这就是“情绪粒度”这个概念所描述的：你不仅要有能力感受到这种情绪，还要有足够的能力去表达它。

他从小体会过无数次“exulansis[2]”，那种你知道对方懂不了，所以不说为好的寂寞感。少年时期他羡慕过女生，她们好像外星生物，有巨大的天赋体会这些不可言传的微妙，也有天然的权利和语言天赋去表达自己，流泪，笑，没人会多嘴多舌。可惜从性别来看从来都不平等，是个男孩，就被剥夺了感性的权利。

在不平等这一点上，两性倒是挺平等的。

正因如此，当沙夏在 Ted[3] 演讲中发现网站创始人 John Koenig 竟是白胖大男人的时候，简直恨不得跳上前与他额手相庆。

他想问你最喜欢哪个词，你撇了撇嘴，说：“都喜欢，没有‘最’，我喜欢一切。所有词。”你关掉网页，打开一份 PDF，标题有“诗歌之夜”

---

1 名词，可被伤害性。

2 欲言又止。

3 演讲名称。

的字眼。言归正传，你说：“所以……我们真的很需要酒水的赞助。不用多，毕竟就在书店，只是一种氛围，你懂的，没有酒，诗歌是不完整的。”

“为什么找我？你应该找高大仙赞助，他们的酒很有名。”

“Well，我不在乎什么品牌，只是真的很喜欢你那款酒，叫什么来着？”

“本来，那款酒叫‘子曰’，是Bryan的遗作，但他还没来得及告诉我全部的配方……我试着酿了一批，总觉得……差了一点儿什么味道……现在严格说，还没有名字。”

“……遗作？”

“……话说你是怎么知道Bryan的？”

你们谁也没有回答谁。秒针走过，一秒，两秒，三秒。

“So，‘子曰’，可以赞助我们‘子曰’吗？”

“已经绝版了，我只有最后几瓶‘样酒’，要留着作试验对比的……”

“那你自己酿的试验品呢？”

“只有一小桶啊，二十升的试验桶，没有食品许可证的噢……我只是借着大赛，带给大伙儿尝尝，求点评的……”

“这有什么关系？就这么说定了！”你爽爽快快地拍板，倒像你才是赞助商似的。沙夏有点蒙，少见女生是你这样的作风。他琢磨着，目光落在你的指甲上，涂了黑色指甲油，但有些剥落了。这个细节稍微有些off，他想。

“录一段什么好呢……”你上下滑动着鼠标，自言自语。

“什么录什么？”

“诗歌之夜的嘉宾都要录一段朗诵的demo[1]。”

“我什么时候说我要来了？”

“……难道你不来吗？”

你狡黠地一笑——又是那狡黠地一笑——从手提包里掏出一本书。简直像哆啦A梦的口袋，你包里到底有多少东西？沙夏困惑着，看见一本辛波斯卡的诗集——《万物静默如谜》，卷了角，被你拿到桌面上。

现在还有哪个女孩子会在手提包里放一本诗集？这个细节，几乎挑逗，他忍不住想象你曼妙的……大脑沟回，神秘的海马中，藏着些什么呢？那年《董小姐》正红，比起面孔，你的微笑里藏着一匹野马，那才是安河桥下清澈的水，沙夏想着，在心里为你折了一页角。

他接过那本诗集，随意翻着：“真让我录啊？我……不太会朗诵……”沙夏不明白，在你面前，他的自信去哪儿了？

“随便啦，随便选一首什么都好。”

“这样吧……”他合上诗集，掏出手机，点开一款记录功能的App，给你看：

孩子们就像失火似的喧闹
大雪的夜里

白兰地醉后的
那种柔和的悲哀
漫然地来了

1　样本。

与寂寞为敌为友

筱悬木的叶子落下来 触着了我
以为是记忆里的那个接吻
吃了一惊

擦了火柴
从二尺来宽的光里
横飞过去的白色飞蛾[1]

你的目光在一行一行地往下掉。他听到内心的鼓声擂动，一行比一行响。

“这是一整首诗吗？”

“不是……只是我摘抄石川啄木的部分诗句。最近读的。”

“真美。就这个吧。”

“这个？！合适吗？！”

而你已经蹦蹦跳跳地出去了。对面房间的灯一打开，隔着大玻璃，他才发现自己坐的地方，是个简陋的录音室。

你隔着玻璃对他比画，瓮声瓮气地说：“红灯亮了你就开始读，没关系，放轻松，不理想可以再来。”

他朗诵了好几遍，一遍不如一遍。从耳机里听自己声音的回放，感

1　均为石川啄木诗句摘抄。

觉奇怪极了。他显然紧张起来，每重来一遍，就说好几次对不起。这个细节令你察觉到他内心深处的不自信，跟颜斯林完全相反。

“对不起……有水吗？嗓子有点渴。”

“我来我来。”你说着就出去了，回来的时候提了一个6磅的老式温水瓶，摘下木塞，取了纸杯，小心翼翼给他倒水。他盯着你斑驳的指甲。录音间灯光很暖，他听到窗外的风声，一缕白烟从纸杯口飘了起来。

“对不起……我实在没学过朗诵。”

“没事儿啊，干吗老是道歉？”

喝完水，沙夏又试了一遍。你在隔音玻璃那边比画了OK的手势，看到他带着几乎是如释重负的表情，往椅子后背一躺，就差擦汗了。整个录音下来，你对他的频繁道歉印象深刻，像剥落的指甲油，是有些off的，不过不要紧。

十五分钟后，你们一起走出大楼。天色已经晚了。风起，你裹了裹单薄的大衣。

“你往哪里走？”你问。

“我们一定是顺路的。”他努力挤出一个狡黠的笑，有点模仿你的意思。从心理学上来说，多模仿对方的习惯语气和表情，有助于双方亲近。

车来了，他为你打开了后座车门。你上了车，他则关上门，礼貌地坐到了副驾驶的位置。为这个细节的周到，你在心里为他加分。

在红灯口，你突然说：“其实那天是我的生日。”

“哪天？”沙夏在前座，轻轻侧了一下头，耳朵对着你。

“精酿大赛那天。”

“射手座噢，这么巧……那你生日怎么过的？”

“没怎么过……下班后纯粹因为不想回家，刷豆瓣同城看到精酿大赛的消息，临时决定去看看。”你没告诉他实话。

实话是你一直关注高大仙复原古酒的事儿，因为古酒出土的地方，就在你奶奶家的小镇边上，而你奶奶，是一名祖传的酿酒匠人。要说下去可就长了，你更没告诉他，去现场的时候，已经迟到半小时了。人太多了，你站在防火门背后，听见主席台上的麦克风。保安驱赶你离开。你哪里甘心，来都来了，非进不可。今天可是你生日。你绕到侧门，使劲儿一推，bingo，打开了。就这样你直直走进中央过道，闯进了他的视野，仿佛站在了他的瞳孔上。

“你在北京……长住吗？”沙夏问。

“不……我在麻省上学，大四了。这半年，我停了一下，做 Gap，我还不想那么早毕业。”

“麻省理工吗？”

又来了。你哭笑不得，说：“每次，每次，每次我跟国内的人说我在麻省上学，他们都问我是不是麻省理工。太搞笑了，你们真的很崇拜那儿吗？我看着像吗？……真的，所以后来我都说，我在马萨诸塞州上学。嗯，这样就对了，没人瞎问。”

5

从 70 年代起，母校联合周围其他四所高校，探索实验性的，另类的教育方式，即“自由文理学院”，并渐渐形成一种特立独行的精神氛围，以自由主义、多样化社区理念著称，被称作“先锋谷”，就在马萨诸塞州西部康涅狄格河河谷。

新英格兰地区意味着很“白”的社区[1]，很红的砖墙，一过十月，湛蓝与金黄平分秋色。梭罗的瓦尔登湖、塞林格的森林，一到小镇，几乎每条街看起来都可以发生《海边的曼彻斯特》那样的故事。

宾大和母校都给了你全奖，可你毅然选择后者。你天生热爱某种不规则的生活，而母校也从没让你失望，就如它的校训——Non satis scire——“仅仅知道，是不够的”。

但每当回国，你就头疼于如何跟多嘴多舌的亲戚们解释，你真的没有GPA[2]。在自由文理学院，你们自己设计自己的多样化课程（没有统一标准化的教学大纲），培养自我终身学习的能力（而不是光图考试、毕业），强调好奇心和求知欲（而不是死记硬背），多学科组合式学习（你可以同时学心理学和建筑学），学生和导师之间形成真正的紧密关系（你喜欢你的导师），用综合考量（各类论文、课堂讨论、导师评价等）来衡量一个学生的成绩（而不是采用GPA制）。

“我下个月就要回美国了，”你告诉沙夏，“我在北京已经待了差不多半年了，六月来的。Gap的选择有两个，一个是跟着一艘船环南太平洋游学，另一个就是到北京。”

“为什么选北京？是因为你对象吗？”

“当然不是了，环游南太平洋的那个，我错过申请的Deadline[3]了。而且，我也没有对象。即使有，也不会是理由。”

---

1 指“白人”很多。

2 平均学分绩点。

3 截止日期。

“你？这么好看的姑娘，怎么可能没有对象？”他显然在探你的底。你不介意，但不想透露太多；你在前座伸了一个懒腰，含糊地说：“可能……每个人要的陪伴，都不一样吧。”

“你喜欢谁的书？”沙夏察觉到你不想继续，赶紧转移话题。

“最近在看胡淑雯，蛮喜欢她的。以前也很喜欢钟晓阳……”

“钟晓阳封笔很久了……”

“嗯……还喜欢黎紫书。”

“哇，她是个天才。还有黄锦树。”

“黄丽群。”

“刘天昭。”

你们像特工见面对暗号一样，一轮一轮说下去，搞得出租车司机频频在后视镜里瞟你们。

“最喜欢的还是苏轼。”他说。

“三毛。从小我就喜欢三毛。”你说。

你没怎么读过苏轼，他也没怎么读过三毛，但彼此心领神会。还从没有哪个姑娘能让他感到这么的……势均力敌。雌性的头脑回路是不是真的跟雄性不同？可是柯勒律治和伍尔夫都说过最优秀的头脑应该是双性同体的。沙夏充满欣赏地看着你，脸上是太阳上山一样的，某种光亮的，清澈聪明的，独属于他的笑容。天，他笑起来……像一条戴眼镜打领带的金毛狗。你在脑海里跳出这个类比，扑哧一下笑起来。

“你笑什么？”

"没什么，真没什么……"你笑得止不住了，勒令自己看向窗外。

"你写东西吗？"

"不写。"

"为什么？你读这么多东西，肯定写得很好。"

"那我还听很多音乐呢！听音乐，不见得自己要去做音乐人。就是这样。"

有个说法是，只需了解一下某人喜欢的书、电影、音乐列表，你就可以判断你们是否是一类人。沙夏赶在你下车之前，加了你的微信；而你下车后，转身回来，从窗口塞给他一封手写信："差点忘了……这是给你的。"

6

除了信，你想不出还有什么更好的方式。你肯定不会告诉他，就是在精酿大赛那个生日之夜，你对沙夏的印象如此深刻，亢奋至凌晨五点也毫无困意，打开电脑搜索他。他的一切——职业、诗、主页、照片，鼠标从深夜滑到天明，浑然不觉。

诗句，有的喜欢，有的不太喜欢。最早触动过你的那首，怎么都搜不到了。

……
落雨在地
温情的针法
扎向一小块黑丝绒

夜色从不解释

一根地铁

如何刺入站台黑色的口喉

斧子一样的风

劈开生活

……

你盯着他的主页，头像是半张脸，签名档是芥川龙之介的语录，“最困难的艺术是如何自由地打发一生”。

大概是被这句话共振，你打电话给死党颜斯林，说：“信吗，我遇到了一个人。”

一声响亮的口哨。

“真的……昨晚见到，真是眼前一亮，真的是眼前一亮……他还是Bryan的徒弟！是个酿酒师……”

“……你个花痴。把照片给朕看看。”颜斯林显然在吃什么东西，心不在焉的。

“没拍照啦……但真的，很养眼。我当时就在想我得赶紧找个借口去见他，他在上面做主持加翻译，我就在下面拼命想借口，想啊想，不停地打着响指，跟自己说：‘快，快，快找个理由来……认识那个人。’我一直举着手，手臂都酸了，还好最后被cue[1]到。”

“就春儿吧你，”颜说，“春儿完赶紧洗洗睡了。”

“讲句好话要死啊？”

“你可不是恋爱的料，我们都不是。”

---

1 “点”的意思。

“什么意思你，不是该为我高兴吗？！”

“你知道我的立场，你一直都知道。”颜突然严肃起来。电话里，只剩下他吃东西的声音。谁也没再说话。

电话挂掉之后，你一阵发呆。这不是你和颜斯林第一次有分歧，但却是你最震惊的一次。认识二十多年的发小了，你们老脸对老脸，毒舌来毒舌去，当然清楚他的“立场”：坚持独身，坚持做个小嬉皮，终极梦想是创造一个公社，跟朋友们永远生活在一起——是那种，诗酒如花、鲜衣怒马、吃喝拉撒都要在一起的……真正的乌托邦。

大体上，这类乌托邦爱好者，很自信很自信的家伙，都是不需要恋爱的。

但你呢？你是吗？

7

被颜斯林泼了一盆冷水之后，你决定自己写信，而且没忘记在第二天见面时给出。

沙夏接过信，攥紧。出租车还没开出半个轮胎，他已把你的朋友圈点开了，生怕你下一秒就要关闭似的。谢天谢地，那年头还没有“朋友仅展示最近三天的朋友圈”；他看得出来，自己也没有被分组。

一张张照片刷下去，就这样他看到你出生的坐标点，东八区北纬20度的城市，那儿的夏天很热吧。

然后看到你八岁，和奶奶的旧合影。看起来是一间旧作坊，背后都是酒坛子。

接着看到你十六岁离开，去美国念高中，寄宿在一个海边的房间。阳光被百叶窗帘切成斑马线。餐桌墙上有橡木十字架，女主人大概是虔诚的基督徒，家里两条黑狗，陪你在泳池边戏水。

十八岁，你在北纬68度上大学——那里的冬天这么冷，你习惯吗？看到散落着啤酒瓶的布鲁克林大桥下面，你宿醉未醒的自拍照片。还有那么多表情搞怪的派对伙伴。

十九岁，看到你去巴黎做交换生，飞机的舷窗中，引擎像一个浮在空中的鹦鹉螺。还有插画家朋友为你画的素描头像。

二十岁，你在意大利小镇度过圣诞节，薄薄的雪覆盖着巷子，你双手插在卡其色的大衣口袋里，微微耸肩，对着镜头笑。旁边站着两个瘦小的白人，个子还没有你高。可给你拍照的那个人是谁呢？有一瞬间的嫉妒擦过沙夏的心头。

下一张是你在阳台拍摄的：二十一岁，你的眼睛……像肖斯塔科维奇形容的，“春天暴风雨过后的晴空”；或许还有稍纵即逝的虹。天色清透，你靠着围栏，半个身子仰在悬空中，笑着，头发像一簇带着露水的青草，被风吹动。背后有铁塔的模糊影子。

……

那也是沙夏第一次看到颜斯林的照片。你们有不少合影，而且明显是在喝高了的时候。他以为那是你男朋友，或者前任，犹豫了一秒，还是把照片截图下来。盯了一会儿那照片，他又不自觉地在车窗的倒影里，对比了一下自己的脸。

看得出来，你喜欢灯塔、蓝鲸，喜欢《美国恐怖故事》，喜欢帆船航海家郭川、Pet Shop Boys[1] 的音乐、向京的雕塑。而且，也真的，真的，很喜欢酒。

---

1 乐队名：宠物店男孩。

匆匆刷完你的朋友圈，沙夏带着你那封手写信，下了出租车，赴一个大学同学的饭局，地点在后海一家上海菜的馆子。同学还没来，他坐着等的时候，迫不及待拆开信读了起来。

你的字……哈哈，丑极了。也不能说丑，就像是三年级小学生写的样子。可能太久没写中文了吧，他想，或许从小就没怎么写过中文。见字如人，他看到你心底那个小童，几乎就要跃然纸上。

信的其他内容都不记得了，只有一句话深深刺入他的心脏，从开始到现在他都没有忘记过，你写：

> “……很久没有回国了；十八岁母亲去世那个夏天，待得久一点……”

他被什么东西击中似的，带着轻微的震颤，迅速看完第一遍，立刻又从头读起。读到第三遍，恰在这个句子的地方，同学来到了，寒暄着落座。

沙夏努力把社交笑容戴上脸面。

都怪喝了三壶黄酒，饭局散了已是半夜。走的时候，他把那封信落在了身后的椅子上，忘了拿走。那竟是他这几年来最后悔的事之一。

当晚，刚跨进酒店，他就意识到弄丢了信。立刻打电话给餐厅，问有没有捡到一封信。回答说没有。“那现在过来找可以吗？”“对不起，我们已经打烊了。”

翌日他亲自回餐厅去找过那封信。还是没有，仿佛你从未写过那封信。一如人生中很多回忆那样，分不清是丢了，还是没有发生过。

8

当晚，沙夏一个人在酒店，无法入睡。信已经丢了，烦得他半夜两点爬起来刷你的朋友圈。你的笑容像森林，让他迷路。凌晨他终于睡着了，梦境里挂满了亮晃晃的银币，但只有一枚他摘得到。

仅仅两年后，那个国外号码注册的微信号你已经弃用了。他知道你不会再用，反而会给那个头像留言。正因为确认不会得到回复，他尽可以说些不知是否合适的话。哪怕对着那个头像无话可说，他还是会去刷一刷。有时候也很害怕某天闯进去发现一切都删除干净，不留踪迹。但他相信你不会的。你太粗心了。

你根本就不会再登录。

想想真是落寞，任初见那一刻何等心悸，两个人之间，最后不就只剩下独自回忆？不就只剩下些在夜深难眠时，莫名其妙跑去那人的朋友圈去刷一刷的寂寞？

关于你的名字，你告诉他："身份证上是三个字——左伊伊，但其实我一点都不喜欢自己的本名，你就叫我 Zoe[1] 吧。"

当我说"未来"这个词，第一音方出即成过去。
当我说"寂静"这个词，我打破了它。
当我说"无"这个词，我在无中生有。[2]

---

1 女子名。
2 辛波斯卡诗句。

9

精酿大赛的事儿一结束，沙夏感觉累掉一层皮。外地来的朋友就要离开北京了，走的前一晚，说要聚聚。

沙夏想了一会儿，决定发微信约你一起来。一开始他还担心你怕生，不愿意参加，没想到你回复得很爽快，“Come on, it’s Saturday night, I’m in.[1]”

收到你回复的那一刻，他开心地倒在床上，对着天花板傻笑。笑着笑着，收敛了，起身抓过手机，把第二天一早的机票改到了下午。他预感那会是一个……玩到很晚的场合吧。他兴奋到在酒店来回踱步，换了三套衣服，又换回第一套。脱下来，把衬衣熨好，挂起来，决定洗了澡再出门。

你结束工作的时候已经是晚上九点。他准时打了一辆 taxi，在路边等着，接上你一块儿去跟朋友们会合。那晚很冷，你穿得很少，白色小西装、短皮裙、丝袜，蛮正式的，上车后双腿并拢，有点拘束地解释：“去参加了一个泰国大使馆的小型音乐会，有点无聊，提前溜的。”

你们并肩坐在出租车后排，他的心狂跳。他盯着你的膝盖，在即将攀上曲线之前，又收回目光。在整个白天里，他手机上没有你的一丝消息。他一直神经质地刷着屏，甚至怀疑你是不是要临时放鸽子了。

“白天你很忙吗？”他忍不住问。

“噢……事儿有点多。”你没告诉他，白天其实一直在跟颜斯林打电

---

1 拜托，大周末的，我要来。

话，争论遇到他的事情，争论得手心冒汗。足足三个小时，聊到手机没电。

“我们现在去哪儿？”

“五道营。”

“那么远？就是海淀那个宇宙中心？”

“不是，那是五道口，大学生玩儿的。我们去五道营胡同。”

“我老是搞混。”

说起五道口，沙夏百感交集。在大学时代，他为数不多的快乐片段散落于五道口的地铁站、小店、胡同、馆子、酒吧。那儿的空气中充满胶原蛋白的味道，年轻的、洁白的双腿铺满马路。发育不良的小子们揽着嫩叶似的姑娘，让人几乎能闻到他们钻出宿舍前刚刚才做过什么。

少年时代，沙夏是个“神童”。在街坊邻居眼里，出众的智商等同于飞檐走壁，隔空取物，或者 UFO 事件，带有传奇色彩。早在小学时代，他就破格参加中学奥赛并且获奖。父亲把他获奖的报纸裱起来，逢人宣称，这是自己儿子。传闻越来越离谱，他简直被神化了。父亲有个下属喜欢拍马屁，当着众人的面，三番五次摸着他的头称他“少年爱因斯坦，过目不忘，心算如神”。那是民间对于“神童”仅有的具体想象。

他讨厌听这些，攥紧拳头，脸色铁青，发誓事不过三，下一次再听到，就怼回去。

没有人理解他当时的愤怒，长大后，他也有点好奇自己当时为何如此反感被捧上神坛。因为连连跳级，他一直是班级里最矮小的那个孩子。学校如此珍视他，以至于为他单独定制了比别人更高的凳子。他厌恶那张与众不同的凳子，也厌恶课上到一半，记者敲门进教室，还带着一个扛摄像机的，要来采访这个“神童”。他们会把他叫到门外去，老师还总是欣然允许，而他只好在全班同学的注视中，像个罪犯一样走出去。

他总感觉自己活在同龄人复杂的眼神中，如芒在背。两种极端矛盾的心情一直困扰着他：一方面他渴望普通和平凡，另一方面他又早就习惯于享受聪明带来的特权。

他认真地挠了挠头，不知怎么向你解释那种烦恼：“这么说吧，就好比班级里，一个姑娘长得挺好看，性格也OK，肯定很受大家欢迎；但是……万一她，长得极度极度极度漂亮，美得让人几乎不敢直视的那种，那她就麻烦了。她可能总是被同性嫉妒，被异性觊觎……她跟别人太不一样了，对小孩来说那很难受，你懂吗？”

你点点头。

作为神童，沙夏的人生里“被”默认了许多“标配”。应该读北大清华，应该出国，应该去Ivy League[1]，应该获得Global Pay[2]。仅仅是因为“聪明”，他就失去大量自由，比如选择酿酒、写诗、玩滑翔伞的人生是不行的，那等于对所有人的期待犯了罪。光环的绑架，如某种紧箍咒，经常让他在深夜细思极恐。当时在出租车里，他没告诉你这些，他只是向你坦言，他最好的朋友都是女性。

你说：“太好了，我最好的朋友，都是男性。”

沙夏有不好的预感，尬笑了一下，问：“比如你朋友圈里那个男孩儿吗？”

“对，他叫颜斯林。以后你肯定会见到他的。”

---

1 常春藤名校。

2 外派员工按原来那个国家标准支付薪酬，通常高于目的地国家的薪酬。

“呃……我跟男的……几乎没法聊天。雄性本能吧……竞争和地盘意识太重了，朋友……也许少年时代有那种一起踢球，并肩打游戏的兄弟。但长大之后，就没有了。背后都是竞争，本能的竞争……你要仔细听两个男人的对话，你就会发现他们的谈话很空洞，很空洞。谈政治、谈经济、谈钱、谈性，said something yet said nothing[1]。不然就是没完没了的吹捧，鸡血……你我兄弟一场、天下第一、blah blah……而且完全是各说各的。大部分男人要想开口，非喝酒不可。而一喝就多，一多就胡言，所以还是聊不成。”

“有没有可能是你的性格问题，交不到特别铁的同性朋友？”

沙夏心下一惊，“性格问题”，好家伙，还没有哪个女生敢这么直截了当地用“性格问题”来戳他。他想深究，转念又按下不表，只说：“和女性做朋友，是因为她们情绪粒度足够高。同理心和耐性足够好。”

“比如？”

10

堵车严重，司机的脸被映成一面红光，唉声叹气。你们的闲聊不时被司机的抱怨声打断，偷偷用眼神交换笑意。

总算到了。

高大仙在门口跟几个朋友抽烟，见了沙夏，笑呵呵地朝你们招手。沙夏向你一一介绍：“都是国内的精酿先驱，前辈。高大仙，这是 Zoe。”

---

1 说了等于没说。

“老师们好。”

“什么老师，来来来，进来。”他们乐呵呵的，看见漂亮姑娘就两眼放光，招呼你坐下。

在国外待久了，回来后你经常说错话，被人提醒，只好小心些，逢人喊老师是最安全的。你跟着大家进了室内：一个典型的精酿吧，屋内灯光很暗，黑胡桃木墙板，一排各色各样的酒头，让你想起你学校所在的小镇。

那儿也有一家小酒馆，叫高马，两层，楼下有两张撞球桌。你和颜斯林经常在那儿玩，你喜欢那儿的 IPA，但除了 IPA 你几乎不喝任何啤酒。你喜欢葡萄酒更多一些。

这家精酿酒吧开了很久了，沙夏读书的时候就来过。“看那几个酒头。不是那种控制流量的外行货，你看那几个酒头就知道这里有好酒”。沙夏介绍道。

“老规矩？”

“嗯，老规矩。”

酒保冲沙夏点了点下巴，转身就继续忙碌了。那伙计好像生出六七双手，动作很麻利。你们四个人，互相打完招呼，沿着吧台并排而坐。这让你蛮自在的。

听说你不喜欢世涛，高大仙坐不住了，说：“姑娘，别急，先给我 119 秒。”

“119 秒？”

“对。”

“为什么？”

“为了……最漂亮的比利时蕾丝。”

沙夏懂了，径直走到了吧台后面，拍了拍酒保的肩，那伙计就让开了。沙夏挑了一个酒头，把酒杯倾斜45度，打满大半杯的时候，停顿，沉淀一下，然后再直接打满。他的上身随着酒杯注满而富有弹性地弓起来，119秒之后，一杯酒正好泡沫升腾到顶。

沙夏像端一杯艺术品一样，垫好杯垫，推过来：酒体通黑透亮，泡沫雪白致密，两者界限分明。

“这杯叫‘黑丝绒’，泡沫是氮气充的。”

“普通的是什么？”

“二氧化碳。”

“你看那酒头有玄机啊，设计了特殊的孔隙，把溶解的气体充分挤出来，泡沫那个漂亮，”高大仙说着就做了个挤的动作，有点像老顽童，“就跟爱尔兰健力士一样，打出一杯酒要119秒，急不得，慢不得。你尝尝。”

你凝视着醇黑发亮的杯口，感觉涨潮，无缘无故想起凡·高的那幅《农鞋》，以及1935年的海德格尔，在《艺术作品的本源》中所描绘的：

……

这硬邦邦、沉甸甸的破旧农鞋里，

聚积着那双寒风料峭中迈动在一望无际的

永远单调的田垄上的步履的坚韧和滞缓。

鞋皮上沾着湿润而肥沃的泥土。

暮色降临，这双鞋底孤零零地在田野小径上踽踽独行。

在这鞋具里，

回响着大地无声的召唤，

显耀着大地对成熟的谷物的宁静的馈赠，

表征着大地在冬闲的荒芜田野是朦胧的冬冥

……

烤焦的深色麦芽散发着一种苦香，遥远的田野扑面而来，幻觉般的巧克力味儿，似有若无，滑入口喉，浓郁而冰凉。你按照高大仙说的，从同一处下口，喝完，漂亮的白色锥形泡沫留在杯壁。

沙夏指着，说："这就是'挂杯'，被叫作'比利时蕾丝'，好听吧？"

不知道是不是心理作用，一定是的——你的确爱上了这款世涛，也因此记住了那句"请给我119秒"。

"我在苏格兰待过一年，几乎天天晚上喝，真美，就是太无聊了，"高大仙兴奋起来，怂恿你，"再尝尝这个，来来来。"

他们不由分说，替你开了一瓶苏格兰"酿酒狗"的Cocoa Psycho，一种俄罗斯帝国世涛。只剩下最后两瓶了，说是他们亲自从格拉斯哥背回来的。

高大仙一见这个就唠叨起来了："传说沙俄那个谁，凯瑟琳女皇，去英国玩儿，被这东西秒杀了，天天念着要，底下的人就赶紧弄货啊，但长途运输要变质嘛，何况人家是战斗民族啊！拿伏特加当水，然后就越搞越浓，出来就这个酒型，Russian Imperial Stout，帝国世涛。"

"酿酒狗是两个小伙子在自家车库里琢磨出来的牌子，他们弄了很多高度啤酒，最高据说有67度。"

"那还叫啤酒吗？哈哈，怎么弄的？"

“把啤酒冻起来，去掉冰。”

据沙夏的记忆，那个晚上你最喜欢喝的还是小麦酒。你一尝，说：“这酒有个特别的香气……有点像……放了丁香……？”

“挺厉害啊，你舌头。”沙夏说。

“我不算厉害，我朋友才厉害，跟狗似的。”你说的是颜斯林，沙夏猜。

高大仙插嘴：“不是直接放的丁香，没那么简单，是戴尔凯式有孢圆酵母，它跟阿魏酸能产生丁香的味道。”

“好啦好啦，别上课了！不该让你先喝世涛的，应该从薄到厚，慢慢来。”有人说。

“没事儿啦。”你又要了六个样杯，挨着顺序品了起来。接着又是一轮，另一轮……美妙的微醺感上来了，你身体下潜至某种悬浮状态。

店长过来了，带的朋友也过来了，朋友的朋友也过来了……你们换了桌子，围成一桌，自然而然就玩起了老土的真心话大冒险。

茶几中央，那个被你喝完的 Cocoa Psycho 棕色酒瓶呼啦啦旋转着，可惜瓶口对准你的机会不多，真要命，沙夏急得直搓手。

他有一万吨问题想要问你。谁都心知肚明，这种游戏就是跟新朋友一起玩最刺激，突然闯进另一个人的历史山洞，有种探险的快感。瓶口两次对准了你，你没选择喝，而是老老实实交代，有过两次恋爱。

“不会吧！才两次，撒谎可不厚道啊！”大家一阵起哄。

你辩解道：“真的！”

一大群人中间，有个小姑娘明显不胜酒力，满脸通红，却故意用两杯很烈的金汤力把自己灌高，大喊："Never have I ever [1]! 我们要玩 Never have I ever!"

烈酒催生了自我暴露的强烈意愿，你们问了蛮多挺极限的问题，哈哈大笑，感觉头脑都快燃烧起来了。

北岛在《时间的玫瑰》中是这么描写诗人狄兰的："……酒吧在伦敦是阶级对立的缓冲地带，人喝醉时全都一样，尽管是暂时的。据一个朋友回忆，几乎人人都喜欢狄兰酒后所显露的温暖与机智。在他看来，在第三杯到第八杯之间，狄兰是世界上最健谈的人，妙语连珠。而在三杯前他闷闷不乐，八杯后他暴躁不安。"

如果是巧克力世涛，你认为在第三杯与第七杯之间的沙夏是最令你喜欢的。第三杯之前，他紧得像根刚拧好的发条，第七杯之后，又容易激动得像个小孩。你总觉得，太多人因为愁绪而喝酒，可是酒本身不就很好吗？不是应该为了喝酒而喝酒吗？

你声称你的酒量很好，沙夏突然来了兴致："真的吗？好过我吗？"

"来啊，我还没见过比我酒量更好的。"你从来不吃硬，一直都是。

在高大仙看来，拿好的精酿跟别的酒混着喝纯属暴殄天物，就像用拉菲混了二锅头似的。但你们不管，较劲似的，来了一轮龙舌兰 shots，可能还混着伏特加，一粒粒子弹似的，穿肠着火。恰如美国诗人阿兹拉·巴内斯 *down like a shot* 那首诗，沙夏醉得像中了枪，倒向沙发，茶几的平面渐渐倾斜，彩色的喧哗变得黏稠，一切都在失重。

---

1 "我从来没有过×××"相当于英语版的真心话大冒险：东家说出一个体验，在座"有过的"便喝酒，没有过的便不喝。举个例子，东家说："我从来没有吃过炸蚕蛹。"在座吃过炸蚕蛹的便罚一口酒，没有吃过的就不喝。

就这样你们喝到半夜，昏睡在旁的那小姑娘突然一梦惊醒，诈尸似的，坐直身子，一边揉着眼睛一边喊："你们在玩什么？""还是 Never have I ever 啊。"

"好好好，这个好，我要加入！"小姑娘说着，借尸还魂似的，精神了，坐直，麻利地给你们斟酒，抖净了瓶底最后一滴龙舌兰。

你们发觉那小姑娘眼神不对劲儿，果然，她狡猾地来了一个"神助攻"一般的问题：一字一字地宣布——

"Never have I ever thought about sleeping with Zoe.[1]"

你的脸瞬间着火了，脑子里有什么东西砰地爆炸。所有人立马懂了，幸灾乐祸似的，坏笑着，看着你俩。

按照游戏规矩，沙夏没想过这念头，就别喝；想过，就喝。他绞着手，费力地想，要是喝了，你会不会觉得他太……坏了，只想上床？要是不喝，你会不会误以为他对你毫不心动，连上床都不想？

他瞟着你——仿佛是想抄卷子的同桌，焦急于你的施舍；而你偏偏不给，绷着脸，低头胡乱刷手机，掩饰着什么。你很少如此紧张，手心冒汗。那真是度日如年的几秒钟。沙夏无望地收回目光，像交白卷那样，横了心，一口气闷了那口酒。

无数响亮的尖叫跟口哨，烟花一样，蹿向天花板。小姑娘坏笑着，大声拍着手叫好。真该死。沙夏继续偷瞟你，你装作什么都没听见，继续刷手机。

走出那个小酒馆，夜静更深，满地雪蓝。路灯默默垂头，照地落下一大滴温黄。风挺野的，撩着你的发丝不放，痒痒的静电，抹不下来。

1　我从来没想过和Zoe上床。

沙夏大口大口呼吸冷空气，像夏日吞冰那样痛快。借着酒劲，他放肆地看着你。

小姑娘笑嘻嘻地东倒西歪对你们挥手拜拜，突然，她眼神聚焦，说："Zoe 你别动。"

你应声僵住："怎么了，有虫吗？"

"别动。"

她伸手，在你耳鬓摘下什么，缓缓地，细瞧：一枚雪花。完整的晶体，透明的六角芒，拈在指尖，像得了一枚舍利，不可思议。等你怯怯地转过头，她的手指还停在你耳鬓。

你舔了下小姑娘的指尖，品着。发丝再次缠上唇角，你试图拨掉。沙夏陷入凝视与欢喜，处在两股力量的旋涡深处，几乎眩晕。

"喂，要不要换个地方？"你碰了下他胳膊肘。

沙夏还未回过神，就胡乱点头。

告别众人，你们单独往反方向走了一小段，折过墙角，到达另一个夜店。逼仄的楼梯隐隐传来重低音炮的震动，你们摸黑连上三楼。在门口你们交了两百元入场费，手腕各自被盖了个章。推开大门，重低音在瞬间变得立体而真切，五脏六腑随之共振。舞池满满是人，DJ 不怎么样，好在你们都喝高了，无力挑剔。你主动牵着他，费力穿过人群，挤到了吧台边上。

你们都没力气蹦跶了，拽来一张椅子就坐下，随便点了两杯红牛伏特加，但谁也没喝。

“你现在在想什么？”

“什——么——？”

“算了，没什么。”

“你——说——什——么——？”

“我——说——没什么！”

电音对聊天来说根本就是灾难。沙夏沉默下来，把玩着手里湿漉漉的塑料杯子：兑了水的红牛伏特加极其难喝。他的头很沉，像泥潭，偶尔咕噜咕噜冒几个泡。

“做我的女朋友吧。”沙夏突然凑近你，似乎想把几个字眼送达你耳膜。

你几乎心一沉。回国前你的死党还在咖啡馆向你吐槽她约会的台湾男，见面第三次就蹦出“我爱你”，把她吓得不轻；你听了之后哈哈大笑，没想到现在轮到你头上了。

你想起颜斯林的话，想起你们曾经烂醉如泥地发誓，要永远做闪光少年，打死也不要变成无聊大人，要什么恋爱？要什么结婚？那些太不酷了。你们发誓要做永远的小嬉皮，就在自己创造的公社里，跟所有的理想主义者一起疯狂。等全世界的无聊伴侣都分手了，你们还是盟友，不离不弃。不知道为什么，一种酷似背叛的感觉袭来，把你的嘴角掰成微妙的弧度。

“你确定你没喝多？”你反问。

“我还没开始喝呢！”他显然在吹牛。所以现在轮到你，绞着手指，费力思索，如何应付。

“你再不说话就是同意了。”他说。

"……"

"你再不反对同意就是真的同意了！"沙夏语气变得像个孩子，你想笑，又觉得该绷住。

"恋爱就是，你自己是一面有裂缝的镜子。你一直在找一个补镜子的人。"就在两天前，你读到一篇访谈，林奕华如是说。

你觉得这很妙，对大多数人来说也是恰当的比喻；但你不觉得自己有裂缝，而恋爱也不该是彼此弥补裂缝；恋爱是……找到另一面光洁发亮的镜子，彼此反射，创造一个永无止境的镜像迷宫。

"我们出去抽根烟吧，这里真热。"你说。

一出门，重低音炮瞬间被隔离，低了十八度。风一来，火就跳，烟屡次点不着，你干脆扔了。

"看我干吗？"

"不干吗。"

你根本无法想象，他为了克制把你推到墙上热吻的冲动，付出了多大努力。

11

你们是在凌晨三四点回去的。在出租车上，你望着路灯下琥珀色的世界，模模糊糊想起以前爱过的两面镜子，或者说，补镜子的时刻。

你说："去我的地方吧。"

他没说话，只是点头，接着闭上了眼睛，大约是很醉了。半路上，沙夏又突然想起隔日下午还有飞机，改说："要不还是去我的地方吧。"你没反对。这整个夜晚，你都舍不得反对他。

司机从后视镜里深深瞟了一眼你们，默不作声掉头，往回开。在酒店门口，他扔下一百块车费急匆匆下车，仿佛羞愧于什么似的，拉着你的手跑进电梯。

房间是 1015 号，在走廊尽头。你们都累坏了，一进门，他先把自己扔在沙发上，而你决定去洗澡。

沙夏躺在床上，听着卫生间的水声，努力控制自己不要融化。等他也冲了澡走出来，你已经盖好被子了，但露出一双雪肩。他凭直觉断定你什么都没穿，这一念轰的一声炸毁了他的脑子。他几乎感到耳鸣。

你抓着被子，无比惊讶地看着沙夏居然没有立刻钻进被窝，而是穿着短裤，赤裸着上身，咬着手指，焦躁地来回在床尾踱步，像个孩子。

"你没事儿吧？怎么了？……喂……别这么走来走去好吗？……拜托。"

沙夏好像没听见你的抗议。他还在来回踱步，他清楚眼前是一床岩浆，一碰就要化成灰烬。你不知道他此刻正在暴力镇压自己，严厉警告：不能这么潦草地开始。不能重蹈覆辙。

不能……快想想泊松方程，傅里叶级数，非权重蒙特卡洛积分，布莱克·舒尔斯·莫顿模型，不行，那会联想到波动率的微笑，微笑不行，快回到随机矩阵，伊藤清，布朗运动，冥王星，六芒星，犹太教，巴以冲突，芝加哥学派，"茴"字的三种写法……

沙夏小心地贴着床沿，侧躺下来，把自己蜷成一只蛹，抗拒你的靠近。

你完全莫名其妙，愣住了。这家伙……完全不按套路出牌。你的困惑演变成羞辱感，趁他背对你，赶紧套上T恤。

“对不起……”他小声说，“不然……我们说说话吧。”

有部英国轻喜剧电影叫*About time*，里面的男主角有钻进衣柜就可以倒流时光的超能力，就像导演喊cut，这一部分就可以重来。影片里，和女友度过的第一晚，他足足钻进衣柜NG了五次。

后来沙夏独自看到这情节，一边笑，一边悔不当初地想念你。

他一直很后悔自己那晚喝那么醉，完全失控，词不达意地拽着你聊天，像个让人讨厌的醉汉。你们漫无边际地聊了很多事后完全想不起来的话题，不知不觉发现窗帘缝隙之间投射出晨光。这感觉太糟了。在强烈的困意中，你打断他：“我有个提议……我们都睡会儿，好吗？”

那是在五点的时候。

沙夏立刻闭上了嘴，还不忘说“对不起”。但他始终睡不着，头疼欲裂，口渴，摸黑起来，抓起一瓶连瓶盖都没有的纯净水，咕噜咕噜就喝。一口气喝完，捡起瓶盖，连瓶盖里剩的那点儿水都喝了。

第二天醒来已经是中午。改签机票果然是对的。他第一时间看表，盘算着下午几点去机场，还早，他松了口气。

洗漱完毕，你找不到隐形眼镜了。你问他，看见瓶盖了吗？

“什么瓶盖？”

“矿泉水的瓶盖，我的隐形眼镜泡在里面的……”

“呃……昨晚被我喝了……”

四目相对，你们尴尬了几秒，终于爆笑。这个事儿，在漫长的往后，一直被你拿来笑话他。

几乎是笑累了……房间里显得无聊。你们都毫无胃口，但还是象征性地到酒店餐厅草草喝了一点粥。没了隐形眼镜，沙夏的面孔十分模糊，你只听到他连连道歉："Sorry 啊，喝掉了你的眼镜……"

只有英国人才这样，老把 sorry 挂在嘴边却又不诚恳，这让你不适应；但你笑笑，说没关系，看不清也挺好的。你开始怀疑昨晚的烈酒，旋转发软的地板是幻觉。你们默默喝完粥，他建议说回去收拾下，准备去机场。

在电梯口，你看着这个腼腆的、瘦高的背影，想：这也是幻觉吗？昨晚真实吗？你忍不住问："可以吻一下吗？"

他呆住了。

那瞬间沙夏明白了一个道理——如果太在意一个人，就特别容易犯错：因为，什么都太想做对了。

他总觉得应该在干干净净的清晨，在没有头痛，没有宿醉，没有分别，在风和日丽的桥上，吻你；而不是此刻。

他的嘴唇带着迟疑与歉意，和你轻轻一吻，很干净，除了礼貌别无所有。

你坚持送他去机场，反正你无处可去，你不想这么快分开。这小半年你在北京，最好的朋友都不在身边，而新认识的人还没有熟悉起来就不断道别，你只想推迟那种落寞感的到来。路上，你们再次并肩坐在后排。你们像高中生那样十指紧扣。你低头看到他的手。那手的确好看，正在坚定地握回你。阳光一小块，照在你们叠放的手背上，皮肤发亮，血管微青，像平原上的河床。

"在想什么？"

"你呢？"

"什么都没想。"

"我也是。"

下车，拿行李，打印机票……你们在安检口，正式道别。巨大的显示屏上闪烁着无数地名，四位数时间点。

"那个词叫什么来着……？"你突然来了一问，没头没脑的。

"Onism,"他仿佛有读心术，脱口而出，"你是想说 Onism 那个词吧。"

Onism，名词：那种意识到自己只能被困在一副躯壳中，只得一生，一次只能置身于一个地方的挫败感。就好像你只能独自站在机场的离境航班显示器前，看着翻飞变幻的地名，那些地名代表着别人的生活密码，无数种人生可能性，但你没有任何分身，短暂的这辈子你永不可能见到或去到……

这样的心有灵犀，一生不会遇到太多。可惜，很快你就要回美国了。想到此，沙夏不知所措，只能紧紧地拥抱你。你忍不住在他耳边说："给我写邮件吧。"他很认真地点头。

他走后，你才察觉脚后跟奇痛无比，马丁靴老是容易磨破皮。你慢慢磨蹭到一楼去打车。没了隐形眼镜，一切都很模糊，跟心情一样。你糊涂地回想着这三天来的蒙太奇：精酿大赛……迟到……眼前一亮……雪夜……辛波斯卡……Never have I ever……酒……太多的酒……镜子，与一个补镜子的人……你能别这么走来走去吗？你吻下我吧……记得给我写邮件。

你来北京半年了，有过一些约会，但从来没有心动。所以你也觉得你和颜斯林是一类人。不是所有人都需要恋爱来存活的，这件事在你们的生命里，地位略等于调料。从小你不都一直这么自由自在地过着，做朋友不就很好了吗？至于偶尔的孤独……看成甜点就好了，配一杯酒就可以自饮自决。

你从不曾草率地答应做谁的女朋友。只有这一次，你差一点就答应了他。只差一点。也许你已经答应了？用默认的形式。

回家一路堵车，落日浑浊，天空昏黄，把你拉回现实。你疲倦而糊涂，进门踢掉鞋子，倒头就睡，从下午五点一直睡到第二天早上十一点。

而沙夏无论如何都睡不着。在飞机上，他花了两个半小时默坐，大脑完全无法关机，CPU 发烫，卡在同一个页面，卡在这戏剧性的三天，场景循环。他从来没有感觉心情如此跌宕起伏，好像坐上了过山车，所有的尖叫和肾上腺素都是自发的，身不由己的。

So alive.[1]

好久没这么真切地“活着”了。短短三天，令他忘记了自己正处于生活的最低潮。千真万确的最低潮。

---

1 活着的感觉。

第二章 风眠湖

1

在沙夏的梦境里，Bryan 的身影还是一次次从空中坠落。滑翔伞像断线的风筝，忽然飘高，脱下的一粒身影直直地扎入丛林，被墨绿吞没；有时梦见他们一起坠落，失重感是兽爪，将胸腔一把掏空。

每次醒来，沙夏都长舒一口气，花上十分钟来庆幸这只是个噩梦。庆幸自己及时全身而退，辞职，离开纽约，回国。至于接下来要去哪里，他暂时不知道。他只知道，如果不这样做，下一个坠伞的恐怕就是自己了。在一切强大的旋涡中，人是身不由己的，这也很像恋爱。

卷入多巴胺的向心力，螺旋状的甜蜜纹路，你们蹂躏着手机电池，颈椎，抱着充电宝如同抱着救命稻草，在微信来往中迅速升温。这样的事在沙夏身上似乎是不可能发生的，但的确发生了。

你们甚至做了人格类型 MBTI[1] 测试，认真论证在一起的可能性。仅仅分别五天后，你们决定必须再见面，就明天。

---

1 迈尔斯-布里格斯性格分类指标（英语：Myers-Briggs Type Indicator，简称MBTI）。

你在地铁上当即买了机票，飞到上海去。

他满怀激动地开车来接你，提前到机场，足足等了一个小时，关于买不买花，犹豫了三次，最后决定不买，因为无法忍受那俗不可耐的包装纸。他只给你买了一瓶常温的纯净水。

就在他忐忑得快要心律不齐的时候，你出现了。从人群中走出来，没有过分打扮，但从头到尾闪着光，就像七百人大厅里一眼能看到的那种闪光。而他笑吟吟的样子，跟印象里的没差别，几乎叫你欣慰。

他开一辆改装黑色吉普，是你喜欢的。一上车，音响放的是《卡萨布兰卡》，你捧着脸发出呼救："不会吧……"

"怎么了？你不喜欢这首歌吗？"

"就是太喜欢了……"

"哈哈……"他开心得好像长了翅膀，要飞不飞的样子，开心到连堵车都觉得好棒，因为可以多待一会儿。高架桥下，堵成一片红，水泄不通，一个头戴斗笠的瘦削农妇，捧着一篮子黄桷兰，犹豫不决地张望，似乎想插进车流里兜售。

你赶紧按下车窗，招呼她，递上钱，买了两串，没要找零。

细细红线穿着三四朵幽香。你挂了一串在后视镜上，又给自己戴上一串。他看着你轻轻调整着领口的黄桷兰。你说："我妈妈最喜欢这样戴黄桷兰了。"

他想起那封信，"很久没回国了，十八岁母亲去世那年，待得久一点"，心口几乎塌方，爱意正在泄洪，能足足淹没到卡萨布兰卡去。想要永远照顾你，他想。他真的在脑海里冒出"永远"二字。

"要给你坦白一件事。"沙夏突然严肃起来。

你看着他，等他开口。

“车是跟朋友借的。房子是租的……”

你哈哈大笑起来，还以为他要说的是“有两个孩子，老婆还没离婚”之类的。“傻不傻啊你？说这个干吗？”你把音量扭大，跟着歌，做出口型空唱起来，摇头晃脑，显露出不可思议的天真。

时间是夜里九点，你说你饿。他想到一家粤菜馆，打电话去问是否还在营业，然后立刻导航。

停车场眼看快到了，《卡萨布兰卡》还没结束，他舍不得切歌，就开慢些，在找车位的时候故意兜兜转转，停下来，还是舍不得熄火。你们就着一段尾声，在黑暗的车里坐了一会儿，你觉得他很想握你的手，又有点犹豫怕显得猥琐，于是你主动伸出手，包住他握排挡的手。听完一整首，最后一个尾音尘埃落定，你们才相视一笑，熄火，下车。

他带你上楼，餐厅几乎没人了，你们是最后一桌。他赶紧点了冬瓜茶、花胶汤、蒸排骨、卤软了的鸡爪，每一样只有一小口，上菜也快，你一吃起来，话都来不及说了。他看着你领口前晃动的黄桷兰，一直笑吟吟的，悬着筷子，感到饱足。从你们相遇到现在，化学反应让他完全没有食欲。

回到家已经是晚上了。一开门，你几乎以为走错了地方。客厅连着开放式厨房，整个看上去像一间实验室，三个大冰箱，各种不锈钢家酿设备，挤挤挨挨地摆满台面，但十分整齐。大麦芽、啤酒花儿，五十磅一袋，叠放在角落。你一放下箱子，就变成个好奇的女童，一个罐子一个罐子地摸。

“突然很想喝上次那款酒。”你说。

“没有了……你看我这罐子，20 升的，很小。一次就一小罐，都运北京去了，没剩。”

“干吗不弄个大的？”

沙夏看了一圈：“这点儿地盘，还能怎么大？”

“找家酒厂？”

“Well，我还没想好，找酒厂代工……那就是量产，那我起码得把配方做稳定吧？我这个试验桶，太小了，口味还不稳。还有，做大了，卖给谁，怎么卖，都是问题，而且都没想好……再说吧……”沙夏翻箱倒柜给你找拖鞋，一转身你人就不见了，只听到卧室发出惊叫。他吓了一跳，慌慌张张跑过去以为发生了什么，你大喊：“一！模！一！样！的！床！单！”

“宜家的大街货，撞床很平常啊……”他看着你的背影直笑。

卧室温馨得几乎让人立刻犯困，完全不像男生的房间：米色墙面、胡桃木色的地板和家具。暖光灯带的色温很低，飘窗上清水养着百合，还有很多蜡烛。“房东……是个女生，人在国外，千叮万嘱要爱惜房子，我不敢动。”他说着，递给你干净的浴巾。

你发现卫生间准备的隐形眼镜药水、药盒都是全新的。有张小纸条贴在边上：

这样就再也不会喝错了 ^_^

在你洗澡的时候，沙夏从冰箱里拿出两瓶日本 Kiuchi[1] 酒厂的琥珀艾尔，点好蜡烛，房间里散发着一丝火柴燃烧的气味。等你再次走进卧室，几乎感觉像在自己家，如此放松，可以肆意点开床头小型蓝牙音

1 酒名。

响，连自己的手机，放 From your Balcony[1] 的 *Valentine*[2]。

沙夏洗完澡，进卧室那一刻，随手关了灯。这细节叫你舒服，你喜欢这种温柔之暗。房间里只剩蜡烛，在一个方形玻璃烛框内燃烧着。天花板上显出一顶皇冠形状的烛光幻影，不停闪动。

你换上了浅灰色的棉质睡衣，大号宽松的，短袖加长裤的那种，戴了一副黑框眼镜，毫无性感可言……像已经结婚五年的感觉。你正坐在床沿，背对他，处理手机上的信息：颜斯林在电话另一端噼里啪啦地说着，很毒舌，但你有点不想理了。

眼前有一匹黑色的丝绸，散发香气。沙夏咬住你的一缕发丝，一边用门牙细细打磨着，体会管状的质感，一边从后面抱了你，你稳住，没动，但已经把手机放下。

你大概能记得那一晚，天花板那顶摇曳的皇冠。他好像把自己的身体抵押给你了似的，慷慨十足，完全是以你为太阳的。沙夏在心里惊觉你跟他认识的所有女孩都不同……你在掌控，而他愿意。他恍惚中睁开眼，烛影在天花板上，你看起来似乎头戴皇冠。有那么几个瞬间，你们的身体，互为倒影，山水一般亲密。

大陆板块嵌入海洋板块，肩峰如造山运动崛起。他凝视你颈窝里析出的汗滴，如采珠人发现一枚珍奇的贝。

“洛希极限是一个天体自身的重力与第二个天体造成的潮汐力相等的距离。当两个天体的距离少于洛希极限，天体就会倾向于碎散，继而成为第二个天体的环。”第二天一醒来，这种感觉突然闯入沙夏的脑海。

---

1 乐队名。

2 歌曲名《情人》。

他觉得他已经完全碎散了，又被重组。你还在沉睡，他不忍心叫醒你，悄然起身刷牙，洗脸。

然后，他做了炒蛋、煎火腿，从冰箱里拿出牛油果酱，用来抹吐司，如果你吃吐司的话。他打了两杯咖啡，加了奶泡，你还没起。

他想了下，到卫生间去，给你倒好一杯漱口水，又给你的牙刷挤上牙膏，平放在杯口。他盯着那粒牙膏看了一会儿，觉得这殷勤实在太刻意了，又赶紧冲掉，连漱口水也倒掉，一切归位。

那个瞬间他在心里预感，他可能真的爱上你了——什么都太想做对了。

你终于起了，他已经加热了一遍咖啡。你晕乎乎地刷牙，完全不知道牙刷刚才的遭遇。走到餐厅，桌上已经摆好了食物，他端出现烤吐司，你闻到香气，唾液瞬间满溢口腔。你这才真的醒了，忍不住上前给了他一个吻，沙夏尝到你嘴里的薄荷牙膏味。

你刚坐下，又起来，说："等会儿，我先放首歌。"

于是你们就着 Cat Power[1] 的烟嗓吃早餐。那是一个多星期来，沙夏头一次有胃口。真好听啊，歌曲放到了那首 *The Greatest*[2]，你们不约而同想到了《蓝莓之夜》。他后悔昨晚没买蓝莓，否则早餐的颜色就完美了。

下午你们闲逛。上海是个非常适合散步的城市，你们谁也不是本地人，而审美恰好来自陌生化，来自距离。好像在一本书中读过，说城市之美不仅仅在于它的墙、路、楼，更多的是在于它们之间的那部分联

1　猫力，歌手名。
2　《最美好的》。

系，路人的穿着、神态、口音，树木，长椅，散步的狗。每一对养眼的路人几乎都被你们偷偷点评过了，他们的风衣、围巾、帽子，他们之间的关系，他们的职业。你们像两个侦探一样，偷笑，窃窃私语，如果是赞美，就干脆说大声一点，故意让陌生人听了高兴一把也不错。

有中学生放学，打打闹闹走过你们身边，明显有一对正在暧昧，手指要勾不勾的，女孩的眼神清澈如溪，少年白净，瘦得像切成条的竹笋。铝合金伸缩门紧闭，保安拒绝你们进校门，警惕地打量着你们扒在大门外面，傻乎乎地朝里面瞧。你突然想到，如果你们是学生少年，会不会喜欢上彼此，会不会翻墙逃学出去看漫画。

“可能不会，学生时代我简直像个怪胎。”沙夏说。

“不会吧，你不是学霸吗？”

“有女生派闺密来找我，强行塞给我粉红色的情书，态度可傲慢了，说‘回去好好看信，好好想想，第二天答复’。”

“你怎么答复的？”

“我说你现在就答复她，‘算了吧还是’。”

你哈哈大笑起来，往前跳了一大步，又转身，面对沙夏，退着步子走。天啊，你其实戴黑框眼镜超级好看，他心想。

卖炸土豆串的大娘在摊位前跟街坊聊天，他给你买了一串，假装当年放学时那样。你们一路逛吃逛吃，你说“回去再减肥吧”，他说“你哪儿胖了”，像所有庸常情侣。

法租界区当然漂亮，但你似乎更喜欢逛各种各样的Vintage[1]，迷宫一

---

1 复古二手衣饰。

样的大棚二手旧货市场。一进去，几乎像是为电影搭的景，从俄罗斯皮帽到90年代垫肩女装，二十元一条的阔腿裤……复古Disco Party[1]利器，放映着裁开折叠的年代。你一边翻二手衣服，一边打电话给颜斯林，问他最近缺不缺什么配饰，要不要什么料子。

那个人似乎对你很重要，沙夏想着，默不作声用脚尖勾勒地砖的经纬。

挂了电话，你似乎察觉到他在想什么，说："你不要多想啊，颜斯林真的是我彻头彻尾的死党，真的，你也有女性朋友，你知道的，不是什么关系都非得扯进暧昧里的。"

沙夏装作不介意："没事儿，你们聊。"

"逛完，晚上我们去Shelter[2]。"你说。

几年后Shelter永久关闭，无数电音发烧友为之扼腕痛惜，那个活生生的防空洞，最酷的地下音乐现场，再也不见了。赛博朋克风格的方形窄入口，一头钻进去需要地狱般的勇气。如果不是你，沙夏肯定不会去到那里，黑到鬼都想跳舞，肺都跟着共振。

沙夏几乎是在哀求："我真的不会跳！"

你只好放过他，自己一个人卡到前面去，卡在许多鬼魅的背影之中，像一面没有裂缝的镜子，自给自足地发光。也不能苛求这么多不是吗？除了颜斯林，你还没遇到特别能跳舞的男生。这种时刻你是自足的镜子，或自燃的火炬，四肢好像自有意志，要逃脱躯干，飞到空中，扔下皮囊，跟着节奏震动。

1 迪斯科派对。

2 酒吧名，意为庇护所（下同）。

从背后看，左数第三颗脑袋，一个剃光头带文身的白人，正侧着脸，用迷幻的眼神缠住你；左右脚轮换着承重，喝一口啤酒，还在继续看着你。沙夏真想抄起斧子斩掉那男人黏在你身上的眼神。

但你仅仅是自己想跳舞而已，对周围一无所知，无意迎合任何人，无意吸引任何人。你从来不知吸引为何物，这大概是你最吸引人的地方。

太热了，你脱掉了外套，一件，又一件，直到露出打底背心。沙夏忍无可忍，钻进人墙，抓起你，拽到弧形拱顶另一边，还没来得及哄你坐下，反被你一把推倒在座位上。沙夏整个人起不来，被你死死按住了肩，你把外套一把蒙在他头上，继续在他膝上跳舞。

没错，就在他膝上。沙夏完全蒙了，像个人质，头套黑罩，被反钳双手……而你是克格勃的燕子。死定了，他有这种预感，在你手里死定了，乌鸦插翅难飞[1]。

沙夏好不容易抓到空子，扯掉了被罩在头上的外套（其实四周并不比头罩里更亮）。他仰着头，看着你的眼睛，被迫仰视你。太奇妙了……你像最柔软的陶瓷，最烫的冰，不可思议的混合体。刚才还以锐舞逼人，现在就已软醉，稀里糊涂地重复着："不好意思啊，不好意思……真的有点想跳舞，没把你吓着吧……"你几乎词不达意，眼里有什么发光的东西，正不断液化，液化，液化……像一小片雨水。

你们精疲力竭地从 Shelter 出来，冷风直吹，沙夏不停哄着你穿上外套，你根本不顾，竟自跑开，跑了一条街，累了，跌坐在马路牙子上。就在那一瞬间，你承欢而悲，陷入无尽的虚空和孤独……它们像流沙困住你，几乎来不及呼救。十八岁母亲去世以来，你尝试过所有的方式：

1　克格勃是苏联情报机关。据说女性间谍人员叫燕子，男性叫乌鸦。

冷静的、糊涂的、激烈的、静冥的……去排遣丧亲之痛。在巴黎你失眠严重，每晚到夜店打工，做调酒师的学徒。你冷眼看着许多油腻而孤独的中年商人来买醉，其中有些咸猪手会乱摸你的腿，好像那样就能揩掉你的丧亲之痛似的。那也是某人的父亲、丈夫、儿子，你因此原谅那些肮脏的手。

但没用。

四年了，没用。每次喝醉，一想到母亲，就只能心上挨刀，坐以待毙。旁人根本不会懂，任他是颜斯林还是沙夏，都不会懂，懂了又能怎样？母亲永永远远地走了。你后悔不该跟她顶那么多嘴……你后悔最后那个清晨……

你放声大哭起来。

沙夏追上来，气喘吁吁地陪你跌坐，他被你的哭声吓坏了。不知道发生了什么，无言以对，屏气噤声，摸索身上带没带纸巾。

还从来没见过一个姑娘这么放肆地尽兴，又这么突然悲从中来……沙夏心惊。他一言不发坐在你身边，等你哭够了，伸手把你拉起来，带你回家。

你一只胳膊搭在他肩膀上，歪斜着上身被他拖着，像难兄难弟，而非男女朋友。这个夜晚在沙夏心底打下烙印，他察觉到你并非完全毫无裂缝。你有你的黑洞，只是不允许别人靠近。

翌日你一直睡到下午两点。睁开眼，几乎想不起自己在哪儿。

沙夏一早上都在书房读钱穆，一点声音都不发出。他自律得不可思议，任昨晚玩到几点，早晨起床必不迟于七点。你醒来，在卧室哑着嗓子喊他。

他担心地走过来，问你感觉怎么样了，好像你是个病人。

你口渴，头疼，不舒服。你勉强地想起昨晚好像很放肆……一连串情绪起伏……算了，管他呢。这几年，你对付很多事的撒手锏就是“管他呢”。你只想洗澡、刷牙。这宇宙中，太阳也会为了再次升起而坠落，但太阳总是照常升起。

“给你补一个生日吧。”沙夏倚在卫生间门框外，声音几乎被哗哗水声掩盖。

“怎么补？”你洗头的动作停了一秒。

“随便去个地方。离开城市，离开这儿。”

你没作声，继续洗头、洗澡，出来的时候，说：“我想到一个地方。”

2

那是沙夏第一次来到“这里”。你一再跟他保证，乌泱乌泱的游客，旖旎的霓虹灯，满街烂俗流行歌一浪高过一浪，琳琅店铺挤满街道两旁——这些都没有。远离尘世意味着，镇上的古建筑保存较好，暂时未遭商业开发之灾。

下了飞机，租车，又开了两百公里。导航不断地说“当前行驶在无数据道路上”，到达这里的时候，已经是傍晚了。

山谷静得像首残诗。清溪绕着柳林流过古镇，棕马在浅滩吃草，一群鸭子悠然而过。一座圆拱桥，给溪流戴了一枚戒指。高高的弧形桥洞里藏着远山的倒影，你们完全被这种静谧之美震惊了。

村子中央的四方街是当年马帮停留、交易、活动的地盘。你们几乎能在脑海里复现当时熙熙攘攘、摩肩接踵的集市画面，马粪热烘烘的臭味，各地方言的棱棱角角，油煎饼的香气……世俗幻觉的极致。四方街的北侧是座明代寺庙，而南侧，就是那座建于清代的古戏台……已经被修复完成了。

天啊，怎么会有这么美的建筑？！它像一只凌空凤凰，四角飞檐如翎羽翘起，欲与落霞相吻。

镇上有寥寥几家古朴的店铺与客栈，设计很美，商业化十分克制。傍晚的咖啡馆门口，一桌欧美白人——也许是游客，也许是文物修复者——围坐在石板院子里，吃饭，聊天。男男女女都惬意地向后躺着，手里拎着啤酒。微风在桌椅下面啄着女人的裙摆。他们的小孩也在一旁玩耍，满地翻筋斗，一口法语，嬉戏着。

这些不远万里来到中国偏僻村落的外国人，他们有什么故事呢？你曾经听过一个到意大利学习文物修复的中国小伙子说，他和师傅修复一座小教堂需要五年。一英寸一英寸地，一刷子一刷子地，修到结尾处，最开始的地方又可以重新来过一遍了。

“戏台的每一寸都被修复过了，它还是原来的那座戏台吗？”你问。

“你的每个细胞都新陈代谢了，你还是原来的你吗？”他说。

面对忒修斯之船命题，你们沉默，背靠广场中央的大榕树，坐在石台上，呆呆仰望着那座凤凰戏台，渐渐被暮色吞食，只剩下躯壳轮廓。“真希望世界上所有人都知道这里，但也希望世界上没人知道这里。”沙夏自言自语道。

你咕噜咕噜喝完手里的西柚汁儿，抽出吸管，晃了晃，用尖的那一端指向巷子尽头的一盏屋顶：“看见了吗，屋顶上长了几株小草的那个，是我奶奶家，楼下是酿酒作坊。”

在昏暗中，屋顶仿佛难以维持形状，几乎要融进夜色。你带着沙夏，朝那个模糊的屋顶走去。半路上，传来《夕阳之歌》，梅艳芳告别演唱会那一版，四顾有几家客栈、茶铺，但不知是哪家播放的。你突然止步不前，就站在那儿，一边听，一边拿起摆在路边的一个粗陶茶宠，佯装把玩。

你手上的动作越来越慢，越来越僵。茶宠险些掉下来。你眼里已经潮湿，好像被什么击中似的，放下茶宠，往前疾走，躲到后街的僻静处，对着一汪小水池站着，只给他背影。

你很感激沙夏什么都没问，也没上前打搅你。你还没法告诉他，你母亲名字里有“静志”二字，而刚才看见那家茶铺叫“净至”。至于那首《夕阳之歌》，十八岁时，母亲走后，你常听。

它们就这样联手，突袭了你，猝不及防。

沙夏没说话，悄悄靠近你背影。你们的目光在池水中交汇了。微微涟漪，摇荡你的泪，沙夏相信总有一天，等你们彻底了解，等你信任他时，你会主动向他摊开你的卷轴。虽然不知道到时候，是图穷匕见……还是另一半《清明上河图》残卷，恰好与自己这一半拼接。但他能等。

你擦干眼泪，说：“走，我们走吧。”

“好。”

你们一前一后，默不作声。一小段路被走得极长，终于到了，立在奶奶的老房子门前，你抓起铁链、铁锁，哐啷哐啷晃了晃，除了灰尘，没有任何东西回应你。肃穆的木门缄默不语，对你紧闭心扉。

“老杨他们刚来‘这里’的时候，就是租奶奶这宅子住的，一租就租了二十年呢，其实等于是拿这笔钱资助我爸爸画画，你知道，这样接受起来更让人有面子一点。后来老杨还是觉得镇上不够安静，等山上的房子建好了，就搬到山上去了。”你说着，摊开手心，锁链滑落下来，留下黄锈，被冷洇着汗，沿掌纹散发着铁腥味。沙夏一把牵住你的手，铁锁一样冰凉的手。

你绕到后院。沙夏跟上来，一看：近在湖边，一大片空地，篱笆破断，野草放肆，几乎长上了天。你说：“看，多好的一个后院儿，要是把院子打理好，建一个茶寮，你见过吗？木头的，方架子，搭上白麻帐子，就建在那儿，水边，多好。”

“那你奶奶现在……？”

“奶奶最后那几年，阿兹海默症，什么都不记得了，别说我，连我爸爸都不太认得了，她只认得她酿的黄酒，一看到坛子上贴着‘左’字，就咿咿呀呀，会笑。奶奶特别爱笑，笑得悬雍垂[1]都要露出来那种，跟哆啦A梦一样。”

走到湖畔半岛，小小的码头，泊着几叶舟。天青黑，湖水如墨，几点渔火，坠星般闪烁在对岸。

你突然问他：“看过古龙的书吗？”

沙夏老实说：“没有。”

“《萧十一郎》里边儿，有个姑娘叫风四娘。骑最快的马，爬最高的山，吃最辣的菜，喝最烈的酒，玩最利的刀，杀最狠的人。”

“写得真好。”

“我特别喜欢她。或者说，我很想像那样活。”

1　口腔内软腭游离向下突出的部分。

“骑最快的马……爬最高的山……后边儿什么来着？”

你跳上一段墙垛，举起双臂，像走钢索似的，一边维持平衡，一边喊：我再念一遍，你可要记住啊。

骑最快的马，

爬最高的山，

吃最辣的菜，

喝最烈的酒，

玩最利的刀，

杀最狠的人。

沙夏看着你，在心里默默说，记住了。

怎么可能忘记呢？五年后他真的去看了古龙的书，才知道这堆排比句的最后是：“可她心里却始终放不下一个人。”

3

天已经太黑了，不适合继续赶路；你们打算在镇上住一晚，第二天再进山，找老杨。

走进一家看着干干净净的客栈，装修风格挺禅，老板笑吟吟地出来打招呼，入住的时候，你递上身份证，老板一瞄，眼就亮了：“你姓左？左家后人？”

你点点头。

“哎呀，你们家的酒哇！我这儿，客人经常喝了还不过瘾，嚷着要买走，我哪舍得，喏，就剩这么几坛了，还是你奶奶送的。是你奶奶吧？我就说是……呀，她一走，可惜啦！”老板自顾自唠叨着，你不作声。

沙夏往厨房那边看，粗陶坛子，贴着红底纸，毛笔“左”字儿写得挺好；据说，越简单的字，越难写好。

老板的眼神从你跳至沙夏，又从沙夏跳至你，某种八卦意味，令你们拿了钥匙便想走。正逢淡季，没有其他客人，老板又说：“给你们升级到二楼最好的房间，带你们上去看看。”

登上小楼梯，你们赞叹这间客栈设计精良，风格禅净，看得出是在老墙和木梁的基础上，作了彻底改造。墙面的阴角、阳角施工细节极为精细，无可挑剔。和大部分乍看漂亮、细节粗糙的民宿不可同日而语。

房间的墙壁是白色灰藻泥艺术漆，刷出一抹抹扇形花纹。一根原木大梁是老房子原有的，看那粗细，树龄起码一两百年。四桅白蜡木床，叫你喜欢极了。蜡染的床单，壁挂。檀木熏香，安宁的气味。

“二位早点休息，早餐要面条还是豆浆？”

“豆浆。”你们异口同声。

洗完澡，客栈院子里的灯已经熄了。你们毫无困意，走出房间，在二楼的门廊上，拽来两只高凳，就着细长的条案，点了蜡烛，靠墙并肩而坐，望月而笑。

银华倾泻，舒展的芭蕉叶在白色骑墙上投下暗影，是个墨绿色的夜晚哪。你幽幽地哼起某一首老粤语歌，长长的，断断续续的，忘词儿的时候就用鼻音来续。沙夏安静地听，目光越过芭蕉叶影，翻上白色骑墙，飞去黑暗的远山，与星辰相接。

“你还记得高大仙说要复原的那款古酒吗？奶奶跟我说，考古遗址就离这儿不远，当年乌泱乌泱的好多人，村民围观了好几年，都以为是挖金银财宝，眼红眼绿的。奶奶是当地唯一一个会讲英语的人，当时给外国考古专家做翻译呢，古酒残渣的发现，她可是第一个见证的。”

“你奶奶怎么会翻译？”

“奶奶可是大家闺秀，当年嫁给爷爷，门当户对，陪他去东英吉利大学留洋，说是照顾他起居，自己倒成了个英国通。回国之后……他们都是大地主嘛，没赶上好时候，家被抄了，躲到大山小镇来，隐姓埋名的，日子很苦……爷爷没熬过去，走得特别早，奶奶一个人，忍辱负重，把爷爷留下的祖业守住，酿了一辈子的酒。”

“真传奇……”沙夏说着，温好了酒，在小盏里放入一粒梅子，斟满，递给你，“再给我多说说你小时候的事吧。”

烛火在笑，你们碰了杯。

4

爷爷奶奶祖籍江浙，你也出生在江浙一带。1992 年的春天，你还很小，父母跟风下海，所以你在广东长大。你们家不讲粤语，但 TVB[1] 看多了你也听得懂。你喜欢台风天，暴雨将至，墨团滚滚，乌云互相追尾，仿佛天空中正发生一场惨烈的车祸。

雨来了，你会把手掌和鼻子都贴在玻璃上，看着大树像嗑了药一样疯狂摇晃。窗缝中，狂风发出口哨一般的尖叫。你闻到独特的，属于暴风雨的气息，那么潮，那么腥。密雨万箭齐发，噼里啪啦砸在玻璃上，又被狂风一把一把刮成刀削面。闪电，像心血管一样搏动着。

你喜欢这样的时刻，痴迷于暴风雨的烈与险，从小就不是个安分的

1　香港无线电视台。

孩子。暑假一到，母亲前脚一走，后脚你就搬来竹凳，踩上去，从衣柜顶层翻出母亲的丝巾。

无数丝巾像融化的彩虹一样掉下来。你对着镜子，把自己裹在丝巾里，胡乱跳舞。你亲吻过镜子里的自己。

父母不在家就是狂欢节，你会偷一把小洋伞，专门挑个暴雨天，跑到阳台上去撑开伞跳舞。狂风会拎着伞面狠狠把你往空中拽，好几次，你差点被拽得掉下去了，或者说，飞起来了。这些事儿你绝不会告诉父母，包括他们不在的时候你看 TVB 看得停不下来，港式风尘女的纸醉金迷，似懂非懂却叫你发痴，作业一个字没写，台词却倒背如流。

下海之后，父亲赚了些钱就再也不想做生意了，只想专心画画。母亲在一所私立国际学校做管理，后来做到副校长，忙碌变成她的常态。她对其他孩子都十分亲切，唯独对你十分严格。暑假她给你制定严格的时间表，精确到分钟，这让你简直无法喘气。当然你总有你的办法偷懒，反抗她。

你个子长得比其他小孩都快，母亲认为跳舞没前途，于是让你改学网球。周末早上六点，你就要起床去打网球。发球的时候都哈欠连天，惹得教练大吼，让你很烦。起那么早是因为母亲不允许你被暴晒。南方烈日太毒了，而她认为女孩子应该白皙细嫩。你也的确遗传了她白皙细嫩的皮肤。

说到这儿，沙夏凝视你的脸庞，欠着身子，落下一个吻。

你不为所动，继续自言自语："妈妈的皮肤比我的还好一万倍，完全是鸡蛋白那种……"你抿了一口酒，回甘，微温，醉意潜着，觉时已迟。

夏天的早晨，母亲会早早起床，在客厅大放黑鸭子乐队的 CD 和苏联老歌吵你起床。你总是半梦半醒地做着山楂树之梦，以为天还没亮，还是莫斯科郊外的晚上。

母亲一边放歌，一边拖地，汗水在她白皙的皮肤上大颗大颗凝结，滴下来。她经常汗如雨下：皮肤白的人都爱出汗。

你沉浸在童年回忆中，好像后来的事全没发生，好像母亲没走。她还活着，星期天早上进来从不敲门，为你换花瓶里的水，拉开窗帘叫醒你。每每说起回忆，你总是在十五六岁的时候打住。

那年你升入母亲做副校长的高中。你极其讨厌那个重点高中，完全是军事化的疯狂竞争。数理化劈头盖脸，你厌烦极了，整夜整夜不睡，爬上铁皮衣柜的柜顶，蜷缩着，抱着腿发抖，把半夜起来上厕所的舍友吓个半死。

你拒绝上学，父母无可奈何，决定送你出国。

一壶酒喝完，故事也告一段落。你身体坐直，问："你呢？你的父母，什么样子的？"

"我爸是警察。我妈是医生。"

"没了？"你不可置信地看着沙夏，"这也太水了吧？亏我给你说了这么多！"

好像挤牙膏似的，沙夏又说："我妈是妇产科的，总是值夜班。春节都得值。她好累，给我的印象一直都很累，作息跟我们都不一样。我爸也偶尔值夜班，后来没有夜班了，升职了吧大概，就各种应酬……晚上，爸妈总是不在家……白天我去上学，也看不到他们。我总是一个人在家。"沙夏说到这儿，低眉垂目，用指甲抠着桌面上一个圆形的树节子，转圈。

“其实也还好啦。他们天天在家盯着你才烦呢。”你说。

“像一棵松林中的枫树。”他突然说。

“嗯？”

“整个小时候都是这种感觉。”他笑了一下，朝你。

你看到了。一片近似墨色的松林，灰黑的色调。风冷了，山山岭岭的墨绿，哑忍寒意，只有一棵突兀的枫树，疼出血红的叶。

> “诗人是如此敏感的，一阵风吹来，别人觉得冷，他觉得痛。”

你无端想起这个句子，想不起出处。

那是个墨绿色的夜晚，你身如琴，他的手抚你如拨弦。高山流水，你身体里泛起的涟漪，他听见了。

5

翌日早晨细雨纷纷。你们醒了，没起，在床上腻了一会儿，不知不觉又犯困，就又睡着了。第二次醒来，你还是不想起。他起身去刷牙，才回到床上来吻你。他亲吻之前必刷牙，这是他的习惯。你后来频繁想起这个细节。还包括，他喜欢用嘴唇玩弄你的睫毛，感受它们像一把软得不行的迷你小刷子；他喜欢把鼻子埋进你的脖子和肩部交界的那片凹地，痒到你求饶。

你笑得太厉害，于是真的醒了。禁不住彼此的吻，顺其自然地又做了一次。雨停了，你们呼吸还未平息，他伏在你耳边，突然说："我爱你。"

你的身体僵了一下，翻了一个身，缓缓地试图背对他。而他固执地把你的肩膀翻过来，用眼神相压，意思是"真的"。

你没作声。如一口深渊，静对天空以雨相问。一个句子闯进空白：

> 不要害怕去爱，
> 爱是个侏儒，但有着高大的影子。[1]

沙夏固执地等待着。

他的等待把你逼到了某种绝境，你不得不拿起盾牌抵抗他压来的目光。不知道为什么那一秒你很烦躁。为什么所有人都喜欢这么草率地抛出"爱"字呢？你忍住，没去反问，知道爱是什么吗？

你无缘无故想起颜斯林来。为什么你同时有被恋人出卖，又背叛了盟友的感觉？

"吃完早饭……我们就上山，找老杨。"你说。

沙夏像一个蓄势待发的弓箭手，却找不到靶子。他胳膊肘支着自己，斜躺着，看着你起身穿衣，洗漱。

已近中午，早饭时间早都过了。老板看你们才起床，还是下了厨房给你们热早饭。在等待的间隙，你一语不发，双手托腮，眼神有点虚飘，落在一个不会和他相交的点上。

老板笑呵呵地给你们端上了热腾腾的豆浆、鸡蛋、包子。他的灰色

1　黎紫书的《告别的年代》。

羊毛围巾，发福的肚子，让你联想起父亲。你们各怀心事，沉默地迅速吃完早饭，动身上山。

因为之前那个悬而未决的表白，车内气氛颇为诡异。山路十八弯，沙夏的右手一直挂在排挡上，好像在等你握住似的。沙夏想着那句没有回应的“我爱你”，横生悔意，但告诉自己要耐心等待。很快你用音频线公放“From your Balcony”，化解僵默，那是你最爱的乐队。

车外，满目青山，形如绿色的波浪。你怔怔地望着仿佛不存在的前方。每转一次弯，视野就跳高一截，渐渐地，快要到顶了。沙夏的心情舒展了些，驶过最后一段蓊郁的林荫，豁然开朗。

一栋宅子，天外飞来似的，站在山顶。“湖叫风眠湖，山叫无极山，宅子叫无名堂，”你大声介绍，手一挥，关上车门，砰地一下，“不是地图上的地名，是老杨自己这么叫的，你懂的……为了献给二位大神。”

真是绝好的，滑翔伞场地。沙夏见到这里的第一念头就是，要是能在这儿飞伞，该多好。

6

你们见到了老杨，也见到了树树。在他们的家庭影集里，还见到了你和你的父母。你母亲真美，长得很像潘虹，照片上好几次穿同一件 90 年代流行的姜黄色外套，垫肩有点硬，戴金边眼镜，里里外外透着一股老师的气质；相比之下，你父亲的眼神倒很柔和，普通男人的样子，在一堆人里面目模糊，不多不少的头发，一点都看不出是个画家。而你，在合影里做鬼脸。

每一张，都在做鬼脸。

想象五岁的你，就这么从照片里走出来，穿着照片里那条红裙子，做着鬼脸，熟门熟路，在这房子里，东搞搞西搞搞，吃糖，看电视，百无聊赖地听大人们吹牛……而自己的五岁呢？自己是五岁小孩的时候……你还是一颗受精卵。一个五岁小孩，与另一颗受精卵，在二十多年后，相遇……沙夏想到此，盯着照片，默不作声地发笑。

“笑什么你？”

“没什么。”

“你说啊，你笑什么？”

沙夏光是笑，不说话；奇了怪了，你也凑上去看照片：那个高高的姜黄色的身影，如此突出，你不由自主盯着她的脸庞。两秒之后，你别开脸，起身走开。

外面传来一阵说说笑笑的声音，沙夏合上影集，看见几个老奶奶牵着两个小孩，一水儿的蓝粗布马甲，绣花头巾，齐齐整整地来到一楼客厅；本以为只是来串门的乡亲，没想到一个个该洗笔的洗笔，该备针线的备针线，非常自然地坐在各自的画架前，摆开架势。有的画画，有的做刺绣。

老杨咬着烟斗，用当地话跟奶奶们打了一圈招呼，道一两句指点，或仅仅唠两句家常，等一个个差不多都进入状态了，老杨才放下烟斗，在一幅三米宽的白绢上舞起墨来。

沙夏偷偷问你：“老杨教他们画画吗？”

“对啊，这儿的老人生活不容易，闲的时候来这里画画，做手工，作品还会送到画展去卖呢，卖一幅画，抵得上采一季茶。还有那俩孩子，天赋特别好，你过来看。”

你们看着其中一个小男孩的后脑勺，头发爆炸状的，显得头很大。他盘坐在地上，没有一刻安宁，身体不断摇晃着，颜料有一半在画布上，有一半在衣服上，出手俨然是……儿童版马蒂斯。另一个是小女孩，扎着两个羊角辫，后脑勺平平的像颗板栗。她的水彩浅淡，有种梦的质感，跟小男孩的风格截然不同。

“要不，我们把你奶奶的作坊重新开起来，酿酒吧！你不是喜欢‘子曰’吗？我们一起做，怎么样？”

你看着沙夏，一时不晓得怎么接话：“那……得问老杨啊，那宅子早就租给老杨啦，我可做不了主……”

“小左啊，我说多少次了，但凡你想回来，一句话的事儿！什么我的宅子，明明就是你奶奶的，少说也是你爸爸的！多少代人了，左酒在你这儿断了，可惜不可惜？”老杨大声接话，眼睛落在白绢上，耳朵却挂在你们这边，“你奶奶走之前还挂念着呢，左酒没人做了，她难过啊。我这儿，最后一坛，根本舍不得动。那酒比你小不了几岁呢！”

“下周……就要回美国了……我还……没毕业呢……”你理由很正，但不知怎的，说出来，自己有点儿心虚。

沙夏听了挺失落，笑意下山，像霞退给了夜。

第三章

查尔斯河的月亮

1

Zoe 吾爱：

你在飞机上了吧？我这边，天气很好，每天都能出海潜水。下载了你给我的歌单，在甲板上听。

仔细读完你的旧博客，第四遍了，每一篇都很喜欢，写得真好。我也没试过long distance[1]，一起并肩来，头一次，我相信会熬过去的。

……

元旦新年，沙夏是在马来西亚度过的。每天五点就起床，出海，潜水，中午回来。下午无所事事，看些书，补觉。夜里躺在海边，会用手机给你写邮件。

好几次夜潜，他恨不得你也在这儿，一起体验那种近乎恐怖的妙不

1　异地恋。

可言。潜水指导员是个瘦削的法国女人，她用手电筒一晃，浮游生物就被搅动了，发出萤火虫那样的微光，像星辰。除此之外，四周是漆黑的，空茫的，不分方向，不分时空……稍微掉队，就感觉自己是被遗弃在失重的浩瀚太空中，那种惊恐令他印象深刻。

夜里，甲板上风特别大。身上湿的，船一开起来，就更冷了。沙夏躺在甲板上，披着沙滩毛巾，冷得发抖，一抬头，群星密密麻麻如针眼，低得仿佛随时都要扎下来。猎户座、天琴座，旁边那个是大熊星座吗？可能看错了。银河……像宇宙的梦遗……应该不止自己一个人这么联想吧，他为这个比喻暗自一笑，也许以后可以写成诗。

“新年快乐”，他想给你发短信，但公海没信号，他收回手机，意识到漫长的异地恋开始了。

此刻你正飞往美国东海岸，国泰航班的经济舱也给葡萄酒，你每次喝一杯，睡一程，挺踏实的。迷迷糊糊算着，这三年多以来，你从谷里，到巴黎，到北京，又回谷里，三年换了三片大陆，比手机换得勤。很多面孔，很多派对，你过着万花筒一样颠三倒四的日子。

在巴黎，你住在马黑区的小阁楼，有时候宿醉醒来赶去上课，听教授用法语讲黑格尔。天啊！你都不知道你怎么搞定那门课的。不仅搞定了那门课，还搞定了法语学期论文。读了很多书，品了很多酒……你还是你，十六岁就一心要离开巢，飞起来的鸟。你在狭小的机舱里，把杯子还给空姐；把颈枕吹得鼓鼓胀胀，垫好；塞上耳塞，戴好眼罩，披好毯子，狠狠入睡。辗转世界各地，你有一套随时随地都能入睡的本事。

肯尼迪机场到了，入关的队伍盘成贪食蛇阵，完全看不到头。你筋疲力尽，排了两个小时的队，入关后，又搭上去佛罗里达的航班，又是五个小时，完全累坏了。

苏珊阿姨到机场来接你。你高高挥舞着颈枕，大大咧咧笑着，拨开人海，朝她奋力游过去。

她紧紧地抱着你，像妈妈那样。

十六岁你来读高中，寄宿在苏珊家。她是虔诚的基督徒，做得一手好菜，把你照顾得细致入微。她和丈夫迈克在大学就相恋。迈克十九岁得了胃癌，一度以为自己要死了，但活了过来。两人共渡这一劫，不离不弃。大约是年轻与爱，打败了癌症，他们大学还未毕业就结婚。苏珊把艺术史学业抛在脑后，做起了家庭主妇。几十年下来，他们十分恩爱，但一直没有孩子。

你从来没问过原因，但你猜测是放疗和化疗导致的。为此苏珊的确终生遗憾，她非常非常喜欢孩子。

你是他们招待过的第三个孩子，在他们家度过整个高中时代，也是那段日子，你从爸爸犹豫再三的电话里得知，妈妈生病了。他跟你保证“没什么大事，会好起来”，但直觉骗不了你，你记得那阵轰鸣……什么叫晴天霹雳。像心窝里突然长出一把刀子，从内到外刺穿出来。美满的童年和少年时代之后，你的人生出现了第一道破折号。苏珊在某种意义上替代了母亲的角色。你把她看作亲人，她也是。即使早就高中毕业，读了大学，她依然还在照顾你。每年复活节假期，或者圣诞节，你会到苏珊家和她团聚。

杰西和瓦力猛烈摇着尾巴，油光锃亮地冲过来迎接你；从客厅到厨房，地板瓷砖光滑如镜，它们冲得太快，几乎要滑倒，一前一后撞在你的小腿上。你使劲儿揉它们的头。苏珊打开后门，把飞盘往后院里一扔，它们就又旋风似的冲出去了。

手机一插上电源就振动个不停，沙夏一直在给你留言。

新年快乐。

这儿的海好蓝。

很想你。

到了吗?

你还好吗?

安顿下来跟我说一声吧。

……

他的问候积压成满满一屏，你感觉有点窒息，反扣手机，丢在台面上。你跟苏珊解释说毫无胃口，只想洗个澡睡一觉。她说当然，去吧。

房间跟十六岁时一模一样。地中海风格的白色木质百叶窗，透着一行行阳光。那把摇椅还放在衣柜旁边，一点儿都没变。斜拼小方块瓷砖，釉色发亮，床具整整齐齐，三四个枕头，散发出烘干机的味道。你洗了澡，倒头就睡，昏天暗地，醒来已经是下午。

你像个小孩一样揉着眼睛走到厨房去，光着脚。厨房台面上给你摆满了洗干净的蔬果，热烘烘的新鲜曲奇饼。苏珊去超市购物了，而迈克照例在城里工作，没回家。你坐下来拿起叉子吃葡萄、橙子瓣，给沙夏回信息。

“我到了，安顿好了，放心哦。”你拍了几张房间的照片，发给他，他那边大概是凌晨四点。

“你终于有消息了。”他居然秒回，吓你一跳。

“你没睡吗？”

“最近老是失眠。”

“潜水怎么样？”

“蛮好的，回来了已经。”

“还是早点睡吧，睡不着可以冥想。”

“嗯，很想你。”

“Same here.”你回复之后，放下手机，拿了橙子，到院子里晃荡。

游泳池没有打理，蓝色浓稠的水面浮着一层孑孓。你坐在草坪边上，像十六岁那样，心不在焉地剥橙子。

在佛罗里达的高中，并不算特别开心，教学楼丑得方方正正，青春痘爆满脸的美国同学大都挺傻，好像全世界只有一个国家，那就是美国。遇到不怀好意的男生三三两两从你身边走过，吹口哨，“Hey dude![1]”你就拉下脸来，怼回去：“Don't dude me, dude.[2]”

那两年母亲一直在病中，每况愈下。每次假期回国，只有父亲来接你。他总是说，母亲好些了。可你心里，什么都清楚。

你阻止自己继续往前回忆。手里好端端一个橙子已经不知不觉被掐得不成样子。

门铃响，苏珊提着几大包超市购物纸袋回来了。你回到厨房，迎上去，帮她一起收拾，做饭。你们聊着天，都是一些琐碎的家常。她逐一问候你的生活——在巴黎怎么样？在北京怎么样？颜斯林呢？都好吗？你一一回应着，有种转述他人生活的错觉，好像一年多的经历五颜六

1 嘿，哥们儿！

2 别跟我哥们儿哥们儿的。

色，却是属于别人的。

苏珊问你想不想吃最喜欢的泰式沙拉，你点头。你们一起精心准备调料，切柠檬，挤出汁，备好；把薄荷叶子洗干净，再用吸水纸一片一片擦干，切碎，和柠檬汁儿、番茄碎等拌在一起。

2

又是 Bryan 坠伞的场景，以一种残忍的缓慢，迫使沙夏面对大厦将倾。

沙夏在凌晨四点惊醒，闻到燥热的汗味。他又躺了五分钟，确认睡意已经彻底走失，决定起床。在莲蓬头下冲澡的时候，你还是闯进了他脑海。他后悔再见说得这么轻松，任你像小鸟一样飞走了。他连他曾经是谁，工作起来是什么样子，都没来得及告诉你。

他恍惚觉得自己应该洗澡换衣，出门上班。曾经密密匝匝的日程好像永不结束——有那么几年，不出差的日子里，每天清晨五点，他骑一辆雅马哈赛摩去公司。骑赛摩，而不是开小轿车，是他反抗日常的唯一方式。

天色微亮，几栋写字楼仍然亮着，高耸如同纪念碑，压葬上上下下的野心。摩托引擎叹息着安分下来，回声也平息了。停车场留着稀稀拉拉几辆过夜的车子，从车牌他就知道谁谁谁又在加班，彻夜未归。

电梯灯的数字规律地闪烁着，很快，这里将会挤满闷声不吭、低头刷手机的同事。

经过长廊的玻璃门，幽暗中的会议桌看上去像一座浮岛。他曾经在这浮岛周围睡过三分之一的夜晚——不，应该是，熬过三分之一的通宵。浮岛上堆满并购资料，一摞摞像微型集装箱。甲方律师组、会计组，来了又去、去了又来，而更多的数据和资料浩瀚如海。他们的任务就是打捞出珍珠，把这片大海吹成金矿。

他的办公桌，三块竖排显示器镜面，昼夜不休，布满密密麻麻的报表。每张报表背后可能都藏着秘密，也可能没有。上司一万年不来一次，但如果来的那一次，恰巧问了一个问题，就关于一个数字，而自己没有答上来，那可就傻了。

他经常从 50 层往下看：到了下班时间，从写字楼涌出的人们，像一根根黑色的针，被看不见的手拿捏着，不知道自己在编织什么，但永远忙碌。

不是熬到很晚，而是熬到很“早”，仿佛下定决心宁可把一天撕成 48 小时来用，也不让别人抢了羹。当然，这类同事还算好的，最怕的是组里那些滥竽充数的家伙，事情来了拖后腿，分羹的时候比谁都跳得高，出了错第一反应是撇清关系，“跟我无关”。渐渐地，他也学精明了些，所谓的精明无非是，静观其变，随波逐流，把真正的勇气锁进保险柜，锁久了，密码自己也记不起来——就这样丢掉了真正的勇气。

只剩一些微观的质疑：偶尔在筋疲力尽的会议结束后，他会拒掉甲方的宴邀，一个人走到花园广场的长凳上坐下，一根接一根地抽烟。

如果运气好，手机里会突然多出几句诗，但通常情况下是什么也写不出的。路人来了又走，倒是有许多人问他要一根烟来抽。犹太男孩，中年妇女，都有。他坐在花坛边，见过上班族抱着一盒沙拉独坐，就着手机，边刷边吃草；见过头一次约网友碰面的女生，装模作样举着一本红色的书（显然是标记物），不停撩头发，长时间等待；也见过精神病流浪汉，身上裹一个麻袋，沉默而神秘地笑着，喃喃自语，独自来回晃荡。

所谓的奋斗，是一件忙碌的外衣，为空虚的内脏遮羞。为一份招股说明书，一周不睡觉，每晚披着西装在椅子上闭眼一个小时，醒了继续。一个电话就能奔赴机场，飞机上永远开着电脑工作；每次回家，行李箱就放在玄关处，根本不用收拾，因为很可能下一个小时状况又变，又要出差。

马来西亚潜水的时候，沙夏一直想找一种河豚，但没找到。也许日本海域才有。纪录片里说，二十年前，奄美大岛的海底，潜水员们发现了一种神秘的“麦田怪圈”。最初以为是外星球遗迹，因为那壮丽的等角螺线，棱状放射的几何花纹，如此精巧，美妙，在深深海底，不是外星人干的还会有谁？

事实上这些怪圈只是雄性鲀鱼的杰作。它们是河豚的一种，小小的，身长不过 13 厘米，却能加班加点连续工作长达一个多星期，来回奔波，拼命游动，扇动那双小小的侧鳍，辅以腹鳍“耕作”，在沙地上作“画”。

直径达两米的瑰丽沙画，呈现精妙的几何图案，全是这一只鱼用小小的鳍给折腾出来的——它加班加点，要赶在洋流毁了这些花纹之前，吸引一只雌鱼来“视察”，但愿她能欣赏他的杰作，然后完成交配。

沙夏常常在公司电梯轿厢里，莫名其妙想起这些小鲀鱼；在专做河豚刺身的高级日料店，他恭敬地坐在大佬们旁边，听他们含含糊糊用嘴皮子打太极时，经常会想起这些小鲀鱼。

如果那么小小的、脆弱的一条鱼，都能日日夜夜加班加点，创造如此精妙的神迹，那么人类会做到多么登峰造极的地步呢？

在公司，每个人都相信自己是精英中的精英。每个人都相信自己能比别人睡更少的觉，打更快的算盘，用更快的方式挣更多的钱。其实那些仅凭薪水、奖金就能顺利完成自我安慰，真心感到快乐的人，是幸福的——因为沙夏做不到。

他实在没法指着工资单说，看，这就是活着的意义。他清楚自己就算混到头，也不过就是混成社会学家赖特·米尔斯说的那种“白领”，被嵌套在科层制结构中，看不到劳动的意义，工作无非是挣份薪水，唯一的体面是通过消费主义来自我欺骗。

要是不通过买买买和晒晒晒，他们还能有什么方式去安顿自身的存在？去安抚背后的焦虑，以及对身份的认同？

他感到自己因为“聪明”而被捆绑了。因为聪明，所以失去选择的权利；因为聪明，就一定要考“那所”大学，读“那门”学科，去“那个”国家，找“那种”工作。他得挣“那份”薪水，买“那里”的房子……移“那儿的”民，嵌入“那种”系统中，活出“那种”体面。

沙夏发现，在这种莫名其妙的逻辑下面，他不是在度过人生，而是在被人生度过，变成一道证明题。证明的方式是通过一切符号：名表、头等舱、一身行头……商务舱空姐会蹲下来，嘘寒问暖。

他看着她们的妆容，职业化假笑，感到无来由的孤独与毫无意义。比女性主义更该有的，恐怕是“男性主义”。沙夏经常想，他们清楚自己有多悲哀吗？他们清楚自己的选择多么有限吗？不成功即成loser，这公平吗？谈得上宽容吗？他见识了许多“最聪明”“最厉害”又“最勤奋”的男人。每个人的额头上仿佛都写着“这世界属于我”；辞职后说：“The hours are so much better.[1]”

有句话说，这种行业，只要干两年，你就清楚，自己是不是那

1 加班好多了。

块料。

料是那块料，但真的，每块大理石都渴望被雕成大卫吗？

直到有一天，老板 Bryan 邀请他去飞滑翔伞，就像以往那样。他去了，回来却是一个人回来的。

那件事构成他人生的某种分水岭，接着是辞职，离开纽约。所有人都觉得他疯了。只有他自己心里明白，Bryan 的话是对的："你以为财务自由就是人生的极乐吗？恰恰相反，麻烦才刚刚开始。"

公司里没有人跟他道别，他也不在意有没有散伙饭。Bryan 已经"不在"了。如果在，他会在道别的时候说什么？他曾经说："你的问题就在于，你'想要的'太少，而'想得'太多了。"

如果一个人"想得"很少，"想要的"很多，是不是人生会简单一点？

而那又叫作真正的"人"吗？

是这些问题，让他一再从大厦将倾的梦里醒来，习惯性地抓过手机。如果能看到你的留言，感觉会好些。

可惜希望一再落空。

3

在苏珊家待着的第二天，你睡饱了，醒来，赖床，拨打了一个 Facetime[1] 给沙夏。他那儿是夜里十一点。

沙夏从来不煲电话粥，更不喜欢视频聊天，但这次他毫不犹豫地接

1 一款通信软件。

通。屏幕上他看到你穿着那件灰色的棉睡衣，T恤加长裤的那套，在家里见过的；你在床上像个孩子似的翻来翻去，身子底下压着一条绿色的鳄鱼毛绒玩具，挺大只的。你说："真希望你现在就变成这条鳄鱼，让我蹂躏蹂躏。"

他就笑。

整整八个小时过去了。事后你们谁也记不得聊了什么，完全空白。只记得你反应过来的时候，才发现已经过去了八个小时，沙夏这边天已经蒙蒙亮。你几乎是抱歉的，而他说没关系。

八个小时。他从来不知道两个人可以在电话里聊这么久。甜蜜感随着挂掉的电话迅速消散，他感到头疼。连续两天无眠，沙夏眼睛红得像发了炎。下楼买早餐，清晨的大雾包裹着他，看不清前路，就像看不清你们的未来要去往哪里。这时差党的日子还要熬多久呢？以后不能这么毫无节制地聊电话了，太累了，一边想，却又下意识地摸出手机看有没有你的消息。

没有。

失落袭来，他感觉自己被放了冷枪，站在7-Eleven便利店货架前，想不起自己要买什么。

而你打完电话，走到厨房。"正赶上吃晚饭了呢。"苏珊说着，从烤箱里端出三文鱼。你饿极了，闻到香气，迫不及待摆好椅子。

你们在餐桌上边吃边商量着返校的日程。苏珊坚持要陪你飞纽约，一起回谷里，帮你安家。她要是作为母亲，一定是世界上最好的母亲，你想。

4

机场还是那么人山人海，你和苏珊排队一个小时，终于在 Herz 柜台租到了车，直接开回谷里。

算上巴黎交换项目和北京的 Gap，你已经离开了一年，之前的公寓早就退掉了。这次回来完成大四最后一年，房子是颜斯林租好的，他帮你留了一间有红色墙壁的大卧室，但里面没有家具。

谷里一点变化都没有，说真的，从 19 世纪起这里就没怎么变。你真高兴你又回来了。一场大雪刚过，天空洗蓝，白皑皑的枯枝、屋顶、山脉……像一幅还未上色的简笔画。

街上没什么人，铲雪车来回作业。几个美国年轻人抱着电脑在路边等校车，一看就是熬了夜的学生，披头散发，胡乱在睡衣外面套一件羽绒服就去上课。

颜斯林站在马路边迎接你，就在你们公寓楼下。他也没怎么变，穿得像个忍者，一身黑。见到你就来了个熊抱，哇啦哇啦嚷着："哎呀你胖啦！哈哈哈！"

你掐他的肚腩："闭嘴。"

颜斯林帮你拿行李，带你上楼。这间公寓有三个卧室，一个门厅，还有一个公用厨房，空间宽敞，是 19 世纪的老房子了。你的房间是最好、最大的那一间卧室，墙壁刚刚被粉刷成崭新的石榴红色，配上白色窗棂，十分好看。床头对面的墙上还龛着真正的壁炉，不过估计没人用了。

房间还空空如也，不能住人，苏珊带着你在公寓对面的小酒店安顿下来。晚上你们三个人一起吃了顿晚饭。每顿饭只要有颜斯林就不会冷场，他哇啦哇啦说个不停：学校的八卦，新开的课题，室友不爱洗碗让人头疼……他在甜点快要吃完了的时候，突然问起你的新恋情："你俩怎么样了？"

"就那样啊……异地恋，能怎么样？"

"哈哈，你也有今天？"颜斯林笑中有刀，转向苏珊，说，"那家伙可是个金融男，能想象吗？她交往了一个金，融，男？！"

你知道颜的意思，在母校的自由精神氛围里，如此现实而精明的职业，算是鄙视链的底端。

"不，他已经辞职了，现在是个酿酒师。"你纠正道。

"金融男。"

"酿酒师。"

"金融男。"

"酿酒师。"

你们几乎当着苏珊的面，用中文争执起来。苏珊乐呵呵地看着你们拌嘴，笑得很慈爱，说："欢迎下次你带他来佛罗里达玩儿。"

5

第二天一早，苏珊开车和你一起去旧货市场淘家具，购置基本生活品。你们买了床垫、枕头、床单、被套；五斗衣柜、书桌、台灯，还有一盏亚热带风情的椰树纤维落地灯。接着你又去租用的仓库取回去巴黎之前寄存的物品：吉他、书、唱片、花瓶，接着是打扫，安置……

在美国就是这样，"自己就是自己的廉价劳动力"，没有满街外卖小哥，没有三通一达，没有App预约阿姨帮你打扫、清洁，搬家。你已经开始想念国内的一切。你想念快递小哥但没想念沙夏，你忙得快要把他忘了。

花了三天，你们才收拾妥当，这已经很快了。苏珊累坏了，你也是。你躺在红色的房间里，盯着天花板，突然想起，好像几天都没跟沙夏打招呼。你拨了一个电话过去，而沙夏正在洗澡；等他慌慌张张冲出来接起，你已经挂断了。他因为太急而撞到头，疼得龇牙咧嘴，而你的挂断是因为手机没电了，你累到没力气去插充电线，直接身子一歪，昏睡入梦。

“你觉得这样下去真的好吗？”

这是第二天醒来，手机上涌入的第一条信息。接着手机狂振，你又看到下一条，下一条的下一条……每一条都来自沙夏。他的语气严肃得莫名其妙。你闷着一股起床气，跟他隔空吵了起来。你拼命快速打字，手在抖，光标不听使唤，好像洪水之词欲穿过一只啤酒瓶口。

“你到底什么意思？！”

“你不能把什么都怪罪给时差吧？”沙夏抱怨你回去之后就把他忘干净了。你感到好笑：“不是给你说了我回去会很忙吗？”

你们争夺起话语权，在短信里比赛谁打字更快。你没看他说了什么，他也没看你说了什么。

你气得把手机摔到门上，吓得颜斯林在隔壁喊：“抽风啦？！怎么啦？！”

你为这场远程吵架感到心灰意懒。套路，全是套路，你心想。新鲜劲儿一过，全是套路。你抬起头，墙上的海报是颜斯林送给你的，“神的游戏”。

恋爱是神的游戏，不堪解释，也不堪不解释。

6

夜里十一点半，一声笔记本电脑被扣上的巨响，隔壁房间的迷幻音乐好像停了。颜斯林被建筑史作业搞得焦头烂额，走过来敲你的房间门，问你要不要一起下去喝一杯。

你们迅速披上外套，换鞋，出门，去楼下 200 米以外的高马。

一排美式酒头，橡木桌子，爱迪生灯泡，昏暗的光线里隐隐传来台球清脆的碰撞声。人们的谈话犹如一层绒毯，时不时凸起一声口哨或者大笑。

颜斯林把羊毛大衣脱掉，挂在门口，他穿着一身黑底带暗花的嬉皮士衫，戴黑框眼镜，问酒保要了一杯东岸 IPA。酒保是个身材很好的黑人，也是你们的邻居，就住在楼下，正在和你们的室友谈恋爱。那室友是个柬埔寨姑娘，叫 May。特别喜欢自己做饭，但永远不洗碗，油碟脏碗往水槽里一扔就不管，让人头疼。

没有比啤酒更适合这种夜晚的饮料了，你们需要它解解乏，提提神，微醺着回去继续写论文。喝酒的时候，颜斯林有时候话多，有时候又只是坐在你身边玩手机，冷不丁地突然被搞笑视频逗得双肩乱颤。

你们是“发小”，连父母都是朋友的那种。不是所有的青梅竹马都会产生爱情，现实中，恐怕恰好相反。爱的化学，恰好源于陌生感、新鲜感，源于“不了解”。而你们太熟了，三岁的时候就被大人一并扔进浴缸洗澡，放进同一个儿童房里睡觉。一个上铺一个下铺，他的袜子会掉下来糊在你鼻子上，你还被他放的屁给臭醒过……这样的熟悉，已经不具备爱情的土壤，但你们比亲人还亲。

像许多富裕家庭的孩子一样，颜斯林的父亲是常年缺席的，但真正的噩梦不是父亲的缺席，而是他的在场。那是 90 年代初，遍地黄金，他父亲的生意像一座座高楼拔地而起，脾气也跟着水涨船高。每次他父亲一回来，家里从保姆到狗都变得战战兢兢，墙壁好像都站得更直了，安安静静，生怕出错。

每顿饭都变成考验，从早茶到夜宵，一桌子脑满肠肥的叔叔、弟兄、左膀、右臂、干爹，起码六十张脸，每天不带重样的，光是挨个儿叫一遍都让人嗓子发哑。不论他多么不情愿，父亲一定会把他拽进各种饭局里去，强迫他一直陪坐，直到大人们转场去会所。

场面的支撑全靠酒，润滑剂是小孩，缺一不可。谈话内容空洞至极，除了父亲，大人挨个儿从圆桌探出头来，用最夸张的词汇和语气把他捧成王子，少爷。人间的谄媚相是他从小最熟悉的一种脸色。一捧一杀之间，颜斯林搞不清楚自己到底是天使，还是地上的一坨屎，因为无论别人怎么把自己吹上天，父亲永远皱着眉，抽烟，脸朝着反方向，后脑勺长出一张嘴，丢出三个词来定性儿子：废物、丢脸、烂泥。

“真的，真的扶不上墙，”父亲摇摇头，喷出一口烟，“读书不行，做事不行，花钱都不行！你看他都花在什么事上……”

父亲这话只有一半是说给他听的，另一半说给母亲听。母亲厌恶乌烟瘴气的饭局，从来不去，她热衷艺术品投资，飞去各地看展，穿梭于各种酒会，风雅做足。从小颜斯林跟着母亲坐飞机去各地参拍，私人银行客户经理也时不时组织“鉴赏会”请他们去看古董，母亲都会带上他。

还不会说话的年纪，在北京一场青年画家联展上，颜斯林鬼上身一样不肯离开母亲半步，非要进去；进去了又鬼上身一样被一组抽象油画给迷住了，在画前咿咿呀呀不肯走，看着看着便哭起来，张牙舞爪的，流着鼻涕眼泪往画上扑；保安大惊失色地跑过来，说弄脏了画，不让走人，非要赔。母亲气不过，懒得纠缠，当即买走，权当倒霉。

画买了便扔在地下车库，十年过去，卖房子的时候清理家产，颜斯林翻出来一看，什么时候买的？那画家身价翻了不止200倍，已经成了藏家热捧对象，有头有脸。颜斯林瞪着那画，到现在仍觉得汗毛倒竖，着实笔力惊人，胆气极大。母亲说当初你就是被这画吓得哇哇大哭……鼻涕眼泪都给抹上去了。颜斯林不记得有这回事了，但卖掉那套三联画，扣去十倍通胀，把成本还给母亲，扬眉吐气了一回。他拿这笔钱去了美国，加上奖学金，在美国生活足够了。他发誓，再也不要花家里一分钱。

长大后他才知道，父母的婚姻并不简单。母亲是大家闺秀，父亲家境贫寒，一开始根本不受待见。两人走到一起，是母亲任性的结果，几近净身出户，嫁妆只带了十套旗袍。多少在这一点上，他继承了母亲的烈性。父母婚后，现实并未静好，母亲前十年抱怨父亲倒插门没出息，后十年抱怨父亲忙挣钱不顾家。随着家族企业壮大，两家人的关系越来越复杂，两个舅舅在父亲的公司掌管命脉，彼此博弈，心机算尽。

木心说他发现《红楼梦》的伟大之处在于，但凡有人聚集的地方，就有《红楼梦》式的人际结构存在。颜斯林小时候不懂，长大后渐渐懂了。母亲讲《红楼梦》，讲到五十多回贾府过元宵节，热热闹闹又烟消云散，隐喻由盛转衰的那一幕，掩卷而泣。那时他太小，还不明白其哀，只会甜甜地抱上去蹭母亲的耳坠，说：“姐，我们今天去哪儿呀？”

据说人类感觉通道的觉察阈限如下：

视觉：晴朗黑夜中30英里处看到的一根燃烧的蜡烛；
听觉：安静条件下20英尺外手表的嘀嗒声；
味觉：一茶匙糖溶于2加仑水中；
嗅觉：一滴香水扩散到三室一套的整个空间；
触觉：一只蜜蜂翅膀从1厘米高处落在你的面颊。

颜斯林一早醒来，总能闻见母亲今天用了什么香水，尽管他的卧室在二楼。如果用木香调，意味着要去吃早茶；如果是花香调，意味着是去服装店。高级裁缝定期从米兰或东京飞过来，和母亲一起挑选布料，量尺寸，商量款式，花上三四个小时定做衣服。那三四个小时是最快乐的时光，颜斯林淹没在面料之海，丝绸、呢绒、皮革……质感的汪洋，贴近，贴近，鼻尖凑上去，吸闻面料的不同气味，观察纤维与纹路，想象里面藏着宫殿。

脱掉校服，露出高定小套装，领口扎着丝质小领结，这让颜斯林即使在有钱人扎堆的“贵族小学”里，还是鹤立鸡群，备受嫉妒。整个小学时代，颜斯林都在霸凌的阴影下度过，这些你都知道，你知道他们如何剥掉颜斯林的校服扔到窗子外面去；他的座位不是湿的就是黏糊糊的，那是被别的孩子泼的甜饮，干了像粘胶一样。体育课换运动鞋，鞋子里被人塞了几只死飞蛾，他一脚踩进去，周围几双目光突然炸成爆笑……颜斯林察觉到什么，抽出脚来一看，恶心得浑身发抖，当场呕吐；而周围的男孩笑得更凶了。

三年级的一个冬天，中午午休时间，男生去踢球，颜斯林跑到琴房弹琴，四个男生却突然闯进来，二话不说，门一关，把他按在角落里扁了一顿，拳头像冰雹。就因为午餐的时候颜斯林要了最后一份红烧牛腩，后面那孩子没吃上，只能吃鸡腿。

那天颜斯林回家，突然撞到父亲正坐在沙发上，跟左膀右臂商量怎么搞定政府关系，愁得一张张老脸皱成根雕，烟灰缸堆成金字塔。太不是时候了，当着外人的面，被撞见儿子这么狼狈地滚回来，颜父一股无名火正愁没处撒，断然一声暴喝："别木在那儿，头昂起来，地毯都脏了！"

颜斯林一看：脚下的 Oushak 象牙色地毯像尸皮般冷漠，被两滴鼻血破了相，暗红色不可挽回地渗进羊毛纤维。这是母亲从佳士得拍回来的，父亲见了就气，在他看来买的这些玩意儿都是"屁"；现在弄脏了，更气。

"还不快滚！"父亲又是一声大吼，颜斯林被吓得肩膀一缩，低着头躲开。眼泪吧嗒，吧嗒，滴了几步，赶紧擦掉。鼻血已经擦不掉了，请了高级地毯维护师来清洗，基本上恢复如初，但颜斯林知道它还在那儿，一直在，始终提醒他那天的耻辱。

半夜，下属走了，父亲把小颜斯林从床上拎起来，拎到客厅里。小颜斯林穿着泰迪熊睡衣，半梦半醒地揉着眼睛，父亲啪的一巴掌将他的手从眼睛上打掉，劈头盖脸地问："你姓什么？"

"……颜……"

"再说一遍！你姓什么？！"

"……颜。"

“什么颜？！”

“颜面的颜……”

“知道就好！给我记着！丢什么都不能丢了颜面！你姓颜！你是颜家的儿子，得有个颜家的样子！”

司机就在门口，垂着头，装没听见。父亲骂完，深夜上车，扬长而去，车门砰地一关。那是颜斯林记忆中唯一一次，单独和父亲相处。他觉得父亲的唾沫星子跟子弹一样，哒哒哒哒射出，砸在眼皮子上。

7

母亲时不时要跟别的太太一起出国买买买，把颜斯林往你们家一放就是半个月。总有大人不在的空子，你们会偷柜子里的洋酒来喝，恶心得一口呸掉：“什么鬼？大人怎么会喜欢这东西？”

有次你们喝醉了，你爸爸抱着一摞刚刚印出的个人画册得意扬扬地回家，大概心情太好，没有骂你们，反而跟你们一起喝起酒来。颜斯林拿来画册，没翻几页，脱口而出：“这都什么鬼画符呀？”你爸爸当下脸色青一阵红一阵，只能骂：“小孩子懂个屁。”

从此你爸爸一直讨厌颜斯林，而颜母也不喜欢你，觉得你“太野”，没有大家闺秀的样子，生怕颜斯林被你带坏。你们当然不顾这些，照样亲密无间。亲密到颜斯林对你说：“我觉得我爸有别的孩子。”

“嗯？”

“他肯定有，绝对。”颜斯林咬牙切齿地盯着镜子里的自己。和很多富家子一样，他们痛苦，正因为他们是没有权利痛苦的人。

普通人一出生还在山脚下，仰望马斯洛金字塔[1]顶，看得到目标，奔头；但颜斯林一出生就在物欲的塔顶，要什么有什么，却再没有什么能让他真的开心。四目一望：我是谁？我从哪儿来？我要去哪儿？普通人四十岁之后才会想的问题，他们十四岁就要面对。

他不仅仅想做“颜某的儿子”；但外人根本不会把他的能力当回事看，最酸恶的反问莫过于，你不已经是那谁的儿子了嘛，你还需要做什么？

也是在那个夜晚，他告诉你：“下学期我就要去英国了。”

你们还是经常通电话，联络少了些，但一直没断。每次他回国，你们聚上三天三夜，喝多了就抱在一起哭。颜斯林是你能想象到的最好的那种朋友，耿直，天真，绝对的理想主义，脾气坏到家，但从无坏心眼儿。很多人对富家子有偏见，用刻板印象来涂抹他们；实际上，他们大都本质善良，心思简单。因为童年无所匮乏，处事待人十分慷慨。

冬天的伦敦，下午三点钟天黑了，锅盖一样扣下来，人都抑郁了，一打一打地往家里买酒，放音乐，开趴体。颜斯林的室友是个韩国富二代，为了赶论文渐渐迷上可卡因，接着发展成一切所能搞到的药丸，五颜六色地嗑，半夜睡不着，整宿整宿放韩国电子乐，狐朋狗友嗑多了，睡死在浴缸里差点没命。

颜斯林无法忍受，要搬走，被团团围住，索要一千英镑“毁约赔偿”。眼看颜斯林掏钱没含糊，室友就得寸进尺地借起来了，两千英镑，三千英镑，有时还会说：“要不凑个整数吧，五千英镑？”搬家半年了，室友一缺钱就找颜斯林，至于什么时候能还，室友说家父会处理，并信誓旦旦拍胸脯说：“我父亲在韩国有三家娱乐公司，你想去韩国发展

1　马斯洛需求层次把人的需求分为五层：生理、安全、社会需要、尊重需要和自我实现。

吗？我们应该保持联系。”

还没等韩国老爹还钱，自己爹先火了——颜父停了联名信用卡，颜斯林先是卖了车，撑了一段日子；然后是转租自己的房子，睡朋友家地板，又撑了一段日子；最后靠变卖衣服熬到毕业。本想着母亲终于来了，可以求助一把，没想到母亲飞来伦敦，毕业典礼还没开始，在碎片大厦顶楼餐厅等位的时候，就迫切地告诉他：“我和你爹完蛋了。你最好快点长大成人。”

“那我的……”

“你的什么？”母上脸色一拉，“你还想要什么？！”

颜斯林第一个想到的是遗产怎么办，又为这个想法感到羞愧。父亲已经用信托工具把他的人生规划到了三十五岁，颜斯林甚至不觉得自己会活到那个年纪。

“那不是很好吗，”你说，“还要抱怨你爸不爱你？”

“乜嘢？！我要是不接班，不选他规定的女人，我一分钱拿不到；我要是按他的规划去做，最多也不过是活成他棋盘里的一个 pawn[1]；Otherwise I am piece of shit![2]”颜斯林咆哮起来，“何况他绝对有另外的女人，搞不好冒出来两个私生子，抢遗产的时候就好看了，”颜斯林烦躁起来，“不说了不说了，I gotta go.[3]”

你愕然，不吭声了。不管是字面，还是言下，他说话几乎只有你能听得懂，半英半中，半吊子英腔夹着美腔和广东腔，含含糊糊，句子永远悬在半空。

你选择去谷里读大学，有那么一小半也是颜斯林怂恿的。他说：

---

1 棋子。

2 否则我就什么都不是！

3 我走了。

“我不想再拿家里的钱了，一分都不想再拿了。尤其是我爸的。我们去谷里吧，那儿多酷啊，我一辈子都不想毕业……”他真的拿到了全奖，扬眉吐气，虽然家里根本不在乎。

在十八岁的年纪上重逢，意味着你们多少是各自有烦恼和秘密的人了。

大一开学，颜从走廊那一头朝你走过来，戴着巨大的Bose消音耳机，胸前挂着一块金属铭牌，刻了很多字，一时看不清。去英国之前，颜斯林还有那么一点婴儿肥，很像贾宝玉，头发也是带刘海儿的那种；不晓得在伦敦遭了什么罪，瘦得塌了腮，肩形都变硬了，架着一件皮衣，蹬双马丁靴，头发剃成《猜火车》男主角那种平头（说是因为在伦敦剪头发太贵），活脱脱一个小朋克。你几乎没认出来，还在往别处张望，直到他走到你面前，把耳机摘下，一把往你头上扣：“瞎了吗你？！”

距离没有造成疏远，你们还是跟过去一样，一见面就互损。颜的毒舌之狠，开起玩笑来毫无分寸，你有时候也会被惹毛，但生完气，还是出双入对。很多派对上，你只想开开心心自己跳舞，一遇到苍蝇来扰，颜斯林会掐灭烟头，上前救场，说：“Fxxk off，She's wih me.[1]”

颜在英国长高了两个头，靴子里还要塞增高垫，看起来至少一米八五，是个体面的男伴，有他在，没人再打扰你跳舞；你喝醉了，他会把你的胳膊搭在肩膀上，搀扶你回去，其实他自己也很醉；你们跌跌撞撞地踩着月光，唠叨个不停，把过去几年的空白一一补上。

大一的万圣节，你们都喝野了，醉得连爷爷都不认识。颜斯林当晚

1 抱歉，她是跟我一起来的。

弄丢了第七部手机，而你知道会喝成这样所以根本没带手机出门。小镇深夜根本叫不到车，回家只能靠走。雪夜晴朗，路灯之上是高高的星云，很像新海诚的画。隔得足够近，你看到他的胸牌在晃荡，那块小铁牌只要他出门就会戴上。你一把抓过来，仔细辨认上面的字：

如发现我此刻垂危，请立刻拨打 1-586-791-5961，不胜感激

“这是什么？”

“一家人体冷冻公司的专线，我是会员。”

酷毙了，你心想：“要被怎么处理？”

“先要给我注射抗凝剂，5000U 肝素什么的，还有中枢神经营养剂……送到 ICU，维持心肺支持，pH 保持 7.5；然后要把我的血液替换成防冻剂，降到 18 摄氏度左右；然后要把我转移到降温手术台上，连续降温直到零下 190 摄氏度；然后把我放到液氮罐里边。可能几百年后，再解冻我。”颜斯林用好多个“然后”来描述这套程序，好像在介绍一道菜。

“你想去五百年以后？”

“你不想？！”颜斯林问。

“我更想去五百年以前，不，去一千年前……”

你们一路争论着到底是该去未来，还是过去，争得脸红脖子粗，说得好像真的明天就能去似的，路人侧目，眼神诡异地给你们让路。你们的公寓在 69 South Pleasant Street，被颜斯林叫作南方幸福大街六九，你总觉得色色的。

终于到了。推开吱吱嘎嘎的大门，漆黑一片，楼道感应灯坏了。最后五级台阶，你说什么也走不动了，一屁股坐下来，倚靠着墙壁装死。

黑暗中，你听到颜斯林喘气。他试图把你拖起来，但实在拖不动，也就一屁股坐下来了。你们就在家门口这么瘫坐着。绿色的紧急出口灯荧荧发亮。

若不是真的太想尿尿，那天你们很可能就在楼梯上昏睡过去——那天晚上不过是你们喝翻的无数个夜晚之一。

8

大四第一个学期你修了西班牙语，法国近现代女性作家选析，还有一门创意写作，以及……网球。长大后，没了母亲督促，你反而真心喜欢起网球来。每次一看到墨绿色的巨大场地，就像走进森林一样心情舒畅。

课不算多，但阅读量很大。每门课都是以老师带领同学做小组讨论的方式进行，每个小组最多七个人而已。虽然没有考试，但如果没有读完 reading list[1] 且没有真的认真思考过，到了小组发言的时候只能露馅儿，一句话都说不出来，用没用功不言而喻。

每周还要见导师，那是你非常喜欢的时刻，非常喜欢。入学第一次见导师你就颇有亲近感，黑发的犹太人，年轻时混迹 Woodstock[2] 嬉皮音乐节，麻花辫长至腰处。那一批嬉皮士如今都成了中流砥柱，成家立业，就像你的导师一样，典型的美国中产阶级知识分子，女儿是钢琴

1 阅读清单。

2 伍德斯托克。

家，常年旅居巴黎。

走进导师的办公室，你看见学生们送给她的绘画作品挂了一墙，书柜不够放了，数不清的诗集摞在地上，当作凳子。你问导师，为什么选择做诗人而不做小说家。她笑着说："因为我不想把我的秘密告诉全世界。"哇，这样的回答，让你喜欢极了。

"Zoe，你最狂野的梦想是什么？"

"说真的？"

"当然要讲真的。"

"做个游吟诗人，满世界晃。或者……死在太空里。但那个真的太花钱了，不现实，还是算了吧。"你胡言一通，而导师不置可否地笑着，她鼓励你，毕业作品用创作和想象的方式对自己这几年的学之所获做个解答，"作论文可能不适合你。"

"我也觉得。"

每次你从导师办公室出来，都觉得自己像一块刚刚出炉的烤蔓越莓面包，温暖、踏实，有种被月光照耀的忧郁的快乐。在巴黎读书那一阵，你也常有这种感觉。最后一次哲学课，教授带你们在圣日耳曼区中心的一个极其布尔乔亚的昂贵公寓，听 Constance Borde 讲她与 Sheila 重译《第二性》，讲波伏娃……优雅的女学者化身雅典娜坐在窗边的雕花摇椅上滔滔不绝，而你们一群学生坐在地板上围成一圈，如饥似渴地仰望，疯狂地记着笔记，阳光照在脸上微热发痒。那一刻你们幸福澎湃，每一粒尘埃都是美的，都是存在主义的……

唯独思考，才能给每只脚找到鞋子，给每块疤痕找到故事，思考令人欣慰。你踩着积雪，走过榆树林，去学生咖啡厅吃午饭，把导师问你的那个问题抛给颜斯林："什么是你最狂野的梦想？"

“公社，”他说，“绝对是公社。”

“什么样的公社？”

“找个酷毙了的废楼，跟几个死党一起，亲手改造了，每人有各自的房间，但有很多公共空间，像厨房啦、院子啦……冰箱里有喝不完的啤酒。音乐从早放到晚……大家干活儿、工作、唠嗑、打鼓、唱歌、喝啤酒。什么人都可以来：做衣服的，画画的，搞哲学的，写代码的，拍电影的，还有你那个酿酒师，都可以……”在颜斯林嘴里，沙夏是“那个酿酒师”，这是尊称了；急起来就变成“那个搞金融的”。你觉得他有点儿不喜欢沙夏，却又没什么清晰的理由，这成为你们之间的一大雷区，为了避免争吵，你们一般不提这件事。

“都可以……但就别结婚，也别纠结什么恋爱不恋爱的，就是酷酷的，从小嬉皮变成老嬉皮，永远在一起。”颜斯林说。

“你是说相伴终老啊？”

“对啊，难不成你以为还能跟男朋友相伴终老啊，”颜斯林说，“你记着啊，朕劝告你一句，男的呢，最好是拿来做朋友，不要拿来做男朋友，更不要拿来做什么丈夫。你就让他们自个儿做他们的大丈夫去，你犯不着管，更别掺和。”

“那你不也是个男的？”

“男的怎么能跟朕比呢，朕是神啊！”

“又来了！”你说着，心不在焉低头吃草。你可没有想过和朋友一起终老，那可太……太……

好吧，其实也没有那么不可想象。

在食堂出口，一个瘦小的亚裔男生堵住了你的去路。真没礼貌，你白了他一眼，侧身躲过，那男生却慌乱地塞给你一张纸条，转身抓紧书包逃了。

你展开那张汗津津的纸条，字迹丑陋，写着：Call me。

颜斯林一把抓过纸条，哈哈大笑，大喊起来："快快，拍个照发给你男人看看，叫他吃吃醋！你不发，我来发！"

"你怎么不说'朕'来发了？发，发你大爷的。"

你夺回纸条，撕了；这才意识到，好长时间没和沙夏联系了。你发现冷处理的方式对沙夏来说最为致命，但越是这样你越想晾着他，故意，或无意的。沙夏察觉到你不回短信，便发来史诗一样长的电子邮件，层层分析论证，而你一看就……烦。

比他邮件更长的，还有 reading list 呢。

下午天黑得真早。窗外飘雪，图书馆弥散着昏黄的灯光。你好像听到灯管里电流的声音，猫头鹰的叫声。手机振动了起来，沙夏来电，你犹豫着，接起。

"Zoe……你先别挂……"

"我没想挂你电话。"

"我要好好给你道个歉。"

"……"

沙夏决定去看你，只花了那么几分钟。听说你春假快到了，就在三月，有差不多两个星期不用上课，沙夏当即就想买机票飞过来，而你显得犹豫，说："能来当然好……但我……还有其他事情，可能没法天天陪你……”

“我不需要你‘陪’啊，什么事，我帮得上忙吗？”

“红酒课还有最后几期，然后是社会学的助教，还有两门Deadline……”

“你上红酒课干吗？”

“不是我上课，是我给别人上课。”“能找人替一下吗？”“拜托，我得养活我自己啊。我一直在各种挣钱养活自己啊！”“钱不够跟我说啊！”

你在电话那头深呼吸。苗头不太好，而你在拼命按捺住。

“说多少次了，我们之间不是这样的关系。”你一字一字强调。

“Zoe……”沙夏用鼻子叹气，“你到底……有想我吗？”

“想。”

真的也想，非常想。但你就是没法像一般女孩子那样撒着娇，甜甜地，柔柔糯糯地，不断告诉他“我很想你哦”，据颜斯林讲，男人听见这种话骨头会酥。

酥。

你正琢磨着，酥是个什么滋味儿，颜斯林又说：“你要知道男人也是有很多生理局限的……”

想着也是……可沙夏，应该是例外吧？既然不是每个女生都会撒娇，那也不是每个男生都喜欢听撒娇吧？至少理论上。你的确想念他，恋爱初期未经砍伐的原始雨林，茂盛，浓密，心口长了一枚舌尖，又甜又涩，滋味百般，但你就是不愿被困其中，它让你感觉不自由。

挂了电话，沙夏还是买了二月二十八日飞纽约的机票，把航班信息附在道歉的电子邮件中，抬头他依然称呼你“Zoe 吾爱”；对此你还没有习惯。

但你为了腾出时间在春假中多陪陪沙夏，一口气拼命熬了两三个晚上，提前搞定了助教的那堆杂事，又四处打电话找人代替你上红酒课。两门 Deadline 赶完，日历已经飞到了标红的那一天了。你算着，他的航班即将在晚上到达，中午就早早出发，在公寓楼下乘坐彼得·潘公司的长途巴士，从谷里坐到纽约。路上新英格兰的皑皑雪景耀眼极了，你直到坐上车，才意识到，这大概是几个星期以来头一次出门透气。

在机场，你完全忘记吃饭，也没有胃口，站在深蓝色的航班通告信息牌下，塞着耳机来来回回踱步，度秒如年；你盯着他的航班信息渐渐迫近，脑子里无缘无故冒出一句《小团圆》中的描写：“……像斯巴达克斯奴隶起义的叛军在晨雾中遥望罗马大军摆阵，所有战争片中最恐怖的那一幕，因为完全是等待。”

完全是等待，这是形容大考的早晨的——可你怎么会把这小团圆与大考联系起来呢？

大概因为年初的马来西亚潜水，沙夏晒黑了一些，个子看上去更高了。灰色 T 恤牛仔裤，松松垮垮，衬出硬朗的肩型，他把羽绒服夹在臂弯，从人群中走出来，朝你而来。不知道是不是因为飞机上没休息好，他看上去憔悴得近乎深情。

刚才漫长的等待里，你来回踱步，已经幻想过一万次，见面的第一瞬间要如何拥抱，跳上去？扑上去？而事实上，见面第一刻，你竟然紧张得双手微抖，只是赶紧帮他接过行李车，推着，往门外走。你们连碰触都没有发生，你甚至说了 Excuse me。

直到把行李车推出，到达大厅，在冷风中，冲到了出租车排队的地方，你才听到沙夏在后面喊你：“Zoe，你等等。”

他的目光盯着你的靴子。“你的鞋带……”他说着，夹着羽绒衣蹲下来帮你系好。他像要缓冲什么似的，慢慢站起来。终于你们离得足够近，晚风足够冷。他紧紧抱着你。你的眼睛刚好越过他的肩头，看见机场的夜色中，人海涌动。你突然有孤舟同渡的暖意，闻到他的体息，顺势深呼吸，那体息混着雪的气味，又凉又暖。

打车吧。

好，打车。

司机一口浓重的印度英语，几乎连你都听不清。你不得不把手机上的地址给司机看：格林威治村，离纽约大学只有几个街区，玉石酒店。

从机场开往下城的路上，一切都显得那么不真实。这曾经是沙夏工作、生活的城市，但细思极恐啊，大都会挨着古根汉姆，他买一送一似的去了一次；MoMA[1] 他一直想抽空去，但一直没空，或有空却懒得抽；中城的游客人山人海，逼他放弃穿越此地的愿望。他困在小岛针尖大的南端，生活半径不超过三英里；算上红灯和停车，七分钟可到公司，十五分钟可到健身房；一家有机超市解决了几乎所有吃饭的问题，剩下几顿社交去 Chelsea[2]，像出了个远门。这种生活方式跟待在任何一个城市

1 现代艺术博物馆。
2 名词，切尔西（伦敦自治城市，为文艺界人士聚集地）。

有什么区别？

车灯照亮反光路牌，终于甩开了几个破陋黑暗的社区，至此，纽约的夜色终于温柔下来。你们第三次在出租车上十指紧扣。到了酒店门口，黑人服务生把你们的行李推进两人宽的窄小电梯。房间是复古风格，十分狭小，你“噢”了一下，沙夏敏感地问，要不要换个酒店。你说不用。

打发了小费，服务生祝你们晚安。当然你们都毫无睡意，跌坐在床上，在仅仅两秒的沉默后，相视一笑，当即又抓上外套，决定出去喝杯酒庆祝庆祝。

心情比烛火更颤抖。沙夏从你的瞳孔里，看到自己的脸。在他的注视下你躲闪了几次，终于回以凝视。等了很久，侍者才端来你的尼格罗尼，他要了一瓶大名鼎鼎的布鲁克林酒厂空知王牌。你低头细闻螺旋形的橙皮，香味浓郁。

“不都说尼格罗尼是老男人的酒吗？”他问。

“就像川菜馆的鱼香肉丝，点一份就知道他们家正不正了。”

“我很想你。”

“我也是。”

“真的。”

“我知道。”

你尽量绷住不笑场，毕竟你其实不太吃这套，像糖，多了会腻。这流动的盛宴之城，夜色温柔之城，爵士与低语，碰杯之声，酷似有人在敲三角铁。杯中最后一点酒，不小心洒了，桌面呈现一小汪水镜，恰映着你双眸倒影，沙夏看呆了，竟舍不得擦拭。

凌晨四点你们才回到酒店房间，淋漓地洗澡，淋漓地在水中相吻。你跨出浴缸的时候踩滑了，他扶你，也跟着滑了，你们的身体湿漉漉地跌坐在地，像敲了两下定音鼓，咚、咚。你们一边觉得疼一边大笑，狼狈又亲密。瓷砖冰冷，可你们谁都没急着起来。你们就这么赤裸地抱着，在疼痛中安静下来。

窗外不知何时飘雪，如黎紫书形容过的月光曲："绵绵不绝，绵绵不绝，绵绵，绵，绵，不，绝。"

9

翌日大雪。沙夏约了高中好朋友聚聚，吃早午餐，带上你一起。你身上还有昨日摔倒留下的瘀青，阵阵作痛，走路有点跛。沙夏扶着你，可能因为时差还没倒过来，也走得很慢。

在中城区一家日料店，你们昏昏沉沉等了十分钟，在玄米茶飘着热气的间隙，你犹豫着，掏出一份礼物，递给沙夏。黑色小盒打开，是一对袖扣，珐琅质，方棱形，镶着两颗微缩的星形。沙夏显然手足无措，像突然被求婚的女孩子，红起脸来。

"你怎么会想到……我……都没想到给你带份礼物……"他捏着袖扣细看，像端详一枚钻戒。

"这次新年刚回谷里，苏珊陪我买家具的时候，在旧货市场淘到这对袖扣，觉得好喜欢。"你说。

老同学到了。若不是她一口家乡话，直朝沙夏挥手，你还以为来者是个日本姑娘，如此瘦小、白皙，薄唇，穿一件灰色的羊毛衫，披肩雅致而朴素，气质好极了。

“这是 Cecelia[1]，我老同学；这是我女朋友，Zoe。”沙夏站起来做完介绍，她才款款落座，大大方方跟你打招呼。你几乎是自言自语，“姐姐你好漂亮”，她便笑了，说：“你女朋友好可爱。”

从来没有人用“可爱”形容过你，你察觉到她善意的敷衍。也许世上是有人集万千宠爱于一身的，像 Cecelia 这样，漂亮，极度聪明，家境又好的女孩，真实吗？一定有你不知道的故事，只是你也没有兴趣知道而已。你带着一种好奇心打量她的头发，下巴……觉得 Cecelia 精致得像一只蜻蜓。

据说学生时代 Cecelia 总是与沙夏难分高下，上次你第一，这次我第一，老师、家长都很害怕他们谈恋爱。“但其实没有啦，”沙夏神态坦然，“凭什么男女之间只有恋爱？我们真的是好朋友。她比我大好几岁呢，像姐姐吧。”

Cecelia 高考失利（所谓失利也就是没有考上第一志愿而已），愤而去了新加坡念物理，后来又转数学，去芝大读了博。博士第三年她结了婚，老公是大学同学，真是一对璧人。他们都在纽约工作，平时忙，周末做瑜伽、下厨、养猫，正在打算换房子——白栅栏，绿草坪，中产阶级标配的那种。

“现在在一家犹太老板那里打工，”Cecelia 接过话头，谦虚地调侃着自己，“已经彻底放弃融入了，不可能融入的，公司里那些白人，每

1 女子英文名。

天谈论的话题就是互相吐槽各自的 doorman[1]，doorman，can you believe that？[2]”

也许是因为日料店灯光昏暗，寿喜锅热乎乎地冒烟，咕噜咕噜，让你有困意。你闷头吃菜，听他俩叙旧，偶尔冒出一些你完全陌生的人名、事件。那瞬间你意识到，沙夏有整整三十年历史你已完全错过。两个人在一起，带着各自的历史……偶然交会，多神奇……像两枚不同的袖扣被点缀在同一件衬衣上。

Cecelia 察觉到你被冷落，话题立刻关照过来：“听说你在谷里读书？我在纽约的画家朋友也是你的校友，一直想去看看。听说你们那儿特别酷。”不愧是高情商，你心服口服，但并不想接招。你随意敷衍了几句有的没的，把话题回推给他们，任由他们继续聊工作，中美市场，老同学八卦，家里的猫，院子里的樱桃树。

从日料店走出来，Cecelia 与你们道别。她的背影徐徐而去，你们站定，望了一会儿。沙夏突然问你：“还好吧你？”

你莫名其妙：“为什么会不好？”

他耸耸肩：“怕你……吃醋什么的。”

你压根儿没朝这个方向想过，撇撇嘴，走开了。沙夏在身后，看到你的牛仔裤裤兜不知什么时候被掏了出来，像两片浅蓝色小翅膀，或两片雨后的小蘑菇，在树干两侧长出来。你毫不自知，步伐微醺，轻快，一左，一右，走成“Z”字形，脑海里仿佛正在排练一首小步舞曲。

你完全还是个孩子。跟 Cecelia 是完全不同的两种人。他在心底说：

---

1 高级公寓才配备楼下迎宾，因此算是种炫耀。

2 迎宾，能相信吗？

“可能我终于知道我喜欢你什么了。”

他没有提醒你裤兜的事，快步跟上来，揽着你，偷偷把左右两只小翅膀塞回你的牛仔裤。你自然而然地挽着他，汇入行人。

雪已停，阳光破云而出，街道仿佛被擦亮了似的，路面闪光。只闻其声不见其影的警笛，不时呼啸而过，又迅速消失。摩天大厦肆意切割视线，让天空看起来像小孩手工课上被剪坏了的白纸。冷风一拥而上，索要什么似的，无法解围，转过街角，又一哄而散。街角是一家著名的西安小吃店，卖肉夹馍的，据说是个北大毕业生开的店，赚到快上市了。队伍太长，你们放弃排队，转而走进旁边一家非常有名的甜品店——Spot，要了一小份做成迷你盆栽状的抹茶巧克力慕斯蛋糕。

“下午就跟我一起回谷里了，你准备好了吗？”你舔着小勺，与其说在问沙夏，不如说是在问你自己。你从未这样迎接一个人走入你的世界，不由得忐忑起来。

“我来这儿不就是为了跟你回谷里吗？”他笑着。

“回谷里待几天……见见颜斯林……然后……我们就去佛罗里达，那儿暖和，我们就住苏珊家，还可以去 Universal Studio[1]。”

“我很想看你生活过的每个地方。”

“你不要觉得无聊就好。”

“怎么会？！”

直到下午晚些时候，你们推着行李，从酒店退了房，打车抵达黑黢黢的中央车站，你还是忐忑，不确定就这样邀请另一个人走进你的世

1 环球影城。

界，结果会怎样。

地下通道聚集着茫然的、昏暗的人群，白人、黑人、黄种人……齐齐一副冷漠嘴脸，高高拉起卫衣帽衫，塞着耳机，排队等长途巴士。

在72号检票口，开往谷里的彼得·潘公司巴士长叹一口气，斜插过来，刹停在你们面前。“灰狗长途巴士与彼得·潘巴士，我一定选择后者，哪怕班次少，要等。”你说。

沙夏笑了，在你的额头上亲了一下。

大巴离开曼哈顿中城，一路向北，前往谷里。车厢内灯一关，黑了下来，糖浆色的路灯灌注进来，把你们染成一对琥珀。你松开马尾，拢了拢长发，把头歪进他的肩窝，找寻惬意的姿势，他偏过头，供你靠着。你们手指折叠，互相锁住。外面是凛冽的冬夜，城郊破旧的汽车旅馆，掉了一个字母的霓虹灯诡谲地闪着，暴躁的涂鸦，铁网残破的篮球场，垃圾袋像有人在遥控似的，上下飘忽。世界险恶，而你们并肩，像战壕里吹口琴的士兵，彼此依靠。

10

三个小时过去了，大巴在夜里十点半抵达你住的小镇——“南方幸福大街69号”。站在路边迎接你们的，只有一间被漆成鲜黄色的小木亭子。“这是我家的标志，下次你坐车，看见这个黄色的小木亭子，就到了。”

公寓就在道旁，是小镇中心建筑，当街那一面三楼拱饰上雕着“1881”。百年间不知经过多少翻修，有多少住户在这里来来往往……世事流转，如今换成你们。你们推开69号的木门，上楼梯，感应灯修好了。行李很沉，而沙夏拒绝你搭手，自己咚咚咚跑了两趟。

三楼，右手尽头那间，白色木门和撞锁是国内90年代的样式，要说防盗，几乎是象征性的。你敲门，颜斯林应了，踏着拖鞋跑过来开门。一见到沙夏，颜斯林热情地打招呼，接过行李，又是腾鞋柜又是拿拖鞋，招呼你们进来。

"长得比照片上帅噢……"颜斯林调皮地跟你耳语了一句。柬埔寨室友May正走出房间，要去楼下与黑人男友幽会，顺便在门口给你们挤出一个疲倦的假笑。

"对了，见面礼。"沙夏竟然不知道从什么地方掏出一条围巾，大牌子，送人不会错的那种礼物，但也看得出来没用心。颜斯林接过来，说："谢了哦，你家男人好懂事。"他挤眉弄眼的，好像话里有话。

你把沙夏带到你的房间，关上了门。一束暖光从门上方的玻璃窗投射进来，房间没开灯，你们站在月光里。

像你第一次到他家那样，沙夏也观察你的房间：四五十平方米，非常宽敞，应该是当年的客厅。石榴红的墙、白窗棂、壁炉、古董旧货五斗柜、书桌，被你收拾得十分整齐，偶有一两个书本、摆件之类的细节，恰到好处的凌乱。

一切就像照片上那样。

沙夏把箱子挪到角落，打开，拿出洗漱物品和睡衣，规规矩矩捧着，不知该不该去洗澡，有点困惑地看着你，像个寄人篱下的小男孩；你突然夺过那沓衣物，扔到一边去，白床单上仿佛顷刻被泼了凌乱的油彩。你抓过他的双手，握着，又硬又冷。只有两秒的对峙，你们互相推着对方，企图把对方按到墙上热吻。

你尝到冰冷的唇舌，感到一双冰手探向你后背。你冷得一激灵，他赶紧道歉：“手冷，先洗澡吧，暖和了再说。”他哈着气，搓了一下双手。你房间的暖气始终不暖，比别的房间冷。

颜斯林在隔壁熬夜赶作业，写到头疼处发出嗷嗷叫声。他把迷幻电音开得很小，听上去隐约。你们在暖气不佳的房间里，躲进被窝紧紧抱着，用自身热量融化对方。老房子隔音很差，楼下传来May与黑人酒保男友的动静，激烈得仿佛一场战争，连接吻都清晰可闻，黏稠唇舌难舍难分的声音……听起来就像漏水的水龙头滴滴答答。墙壁传来某种节奏，伴随着每个小节的呻吟，你们听得目瞪口呆，窃笑着，持续窃笑着。

“为什么你房间里没有窗帘？”

“我害怕早上贪睡。”

你们把目光齐齐投向三块并排的老式窗棂，犹如古典三联画，白橡木框，深蓝打底，树影婆娑，月色被切割成碎银，漏了一地。沙夏的双手已经发热了，轻抚你，使你的皮肤如被熨烫。你如此湿滑，像一片溪水边的青苔；而他似在为你举行水葬一般温柔、庄严，把你托进深蓝的画框里，正欲描摹，你却活了过来，如一尾鱼卷着另一尾鱼，翻裹入海。

你将他的温柔一口吞噬了，回以激烈。当呼吸绽出水花，你们变为两只美丽的蓝鲸，在无人知晓的极地冰海履行漫长的交尾，漫长，漫长的，反复浮潜，浮，潜。

“伊伊……”从沙夏迟疑而又郑重的语气中，你分明能预感到他要说什么。

不出所料的三个字。你装作没听见，侧身背对他，睁开眼，看向黑暗，又闭上眼。

“晚安。”你说。

11

七点，沙夏在晨光中醒来，而且无论如何再也睡不着了。睁开眼一时想不起自己在哪儿了……昨夜，对了，昨夜。你们反反复复，大概是这栋楼里的第二场战争，几乎没有睡。那些激情是真的，而你的淬火也是真的。他侧过头，端详你还在做梦的样子：双臂举着，折叠，枕在头下，活像……星期天下午躺在草坪上晒太阳的小孩，天真极了。

没有人起床，房间安安静静的。沙夏蹑手蹑脚地起来，如厕，刷牙，洗了脸。本来想做一杯咖啡，他走进厨房一看，水管滴滴答答，水槽里隔夜、隔日的餐盘堆叠如山，一塌糊涂。他犹豫了一秒，挽起袖子，倒了大量洗洁精，铿锵用力地洗起来，洗完，擦了，放在沥水架上整整齐齐晾干。冰箱里有牛奶，他取出来兑了滚烫的咖啡，喝完，还是没人醒来。

沙夏换了衣服，摘了挂在门口的备用钥匙，出门晨跑。

昨晚当然不是他第一次做爱，但在感受上，就像第一次。独一无二的体感，气息……他渐渐加快步伐跑了起来，满脑子都在回放昨夜的片段，那些画面就像火中的胶卷，被他一一抢救出来。

雪后的新英格兰小镇街道，乌鸦声声叫着割破宁静，鱼竿悬垂着红绿灯，眨了一下，换色。沙夏啪地按了按钮，原地跳，等红灯，突然，树上掉下一个雪团，刚好砸在沙夏头上，吓得他全身一激灵；另一个晨跑的白人擦肩而过，看到了，笑了下说，“Lucky you”，刚好闪回绿灯。

跑了不知多远，他意识到该回去了，原路折返，转过一个街角，赫然撞见你。

你裹着睡衣，头发蓬乱，胡乱套了一件颜斯林的羽绒服，赤脚踏着靴子，慌慌张张出门的样子。

“一大早起来你就不在，吓死我了，你这是去哪儿？”你的声音几乎是愠怒的。

“就……不想吵醒你们睡觉……”沙夏走过来，抱你。你挣扎了一下，然后就温顺了。你瓮声瓮气地埋在他胸口，说，“以后别这样了。”

“不会了，不会了。”

你也不知道为什么会跑出来找他，昨晚是你第二次拒绝回应那三个字了，你内心其实有点忐忑，怕他误解，也怕他理解。

时间已经几近中午，是吃早午餐的钟点。你们顺便走到“黑羊”咖啡馆，要了两份班尼迪克蛋和拿铁。这家店在小镇很受欢迎，四周嘈杂，起码有十个人在外面排队等位，研究菜单。“黑羊”在英语里差不多是“害群之马”的意思，沙夏发现，小镇上许多咖啡馆、酒馆都是动物的名字：高马……黑羊……真有趣。“伊伊，这儿的——”

“别叫我伊伊伊伊的，最讨厌了。”

“怎么了？”

“反正不喜欢，听着跟宠物似的。干吗跟猫啊、狗啊一样要叫叠字？”

“Sorry...”

"Don't say sorry when you got nothing sorry for.[1]"你有点无名火，其实你也知道。

等了简直有一个世纪，咖啡还没端上来。你脸色越发烦躁，闷不吭声地别开脸，尽量不看沙夏。一切都不对劲。

"你到底怎么了？"沙夏克制着。

你也不知道你自己怎么了。大概只是昨夜过分激烈，像荤腥过度的饮食，叫人不适；或许是那绕不过去的三个字；又或许只是因为一大早慌慌张张跑出来……还有起床气吧。

"如果你不想我在这儿，你就直说。"

"不是……当然不是了……"你的语气软化了，"Sorry..."

两份班尼迪克蛋终于端上来了，咖啡也端上来了，侍者放下就走，忙得连"用餐愉快"都懒得说。你们喝了一口咖啡，拿起刀叉，气氛总算放松了下来。

"我做梦了。又梦见了我妈妈。"

你这么一说，沙夏的眼神也软了下来。他耐心地看着你，没吭声，但那眼神是，"说吧，记忆"。

12

你清清楚楚记得母亲的葬礼上，父亲痛哭失声，整个身体弯成一把

1　如果没什么好道歉的，就别说对不起。

折叠刀的样子。那痛苦是真的，你相信。他们伉俪情深近二十年，你见证过的。

你没法相信的是，那么痛苦的人，怎么会，怎么可以……在挚爱去世仅仅——仅仅半年之后，就娶了一个比他小整整二十八岁的护士。那是什么概念？比你大不了多少。你感到恶心，恶心到足以拒绝认父。那时候，你还没有理解什么是凡人之爱的局限；父母的感情就是你见过的最好的感情，可又如何呢？你不想用“尸骨未寒”这么痛的字眼，但他真的搬去“那女人”家，酗酒度日。什么作品，全是鬼画符，一塌糊涂，颜斯林说得没错，从来都是一塌糊涂。

葬礼后的第一次回国，迎接你的是父亲再婚的消息。父亲试探性地问你，要不要“处理”掉母亲的遗物，因为那个房子要卖掉了。

处理，你为这俩字气得发抖，与你父亲说了许多冲动的话，离弦的箭，互相中伤，最后是你惨胜。你说：“爸，你失去的，是妻子，一个没了，再找一个。我呢？我失去的，是妈妈。”

父亲垂目，双肩乱抖，整个人都塌陷下去，软塌塌地朝你甩了甩手，大概是“去吧”的意思。

你几乎三天没吃饭，连日连夜把母亲的遗物整理了出来，像抢救性发掘的考古学家，一一收拾，打包，藏到你自己的房间里，和你的童年物品一起，锁好。那是你头一次想到：我应该买个房子，自己的房子，这样母亲的物品就安全了。

一想到这些东西可能被“那个女人”触碰，你就毛发直竖。如果可以，你真想把母亲的全部物品带到美国，带在身边。一边是极度不想看“那个女人”，一边又没法控制自己不去看。出于某种复杂的内疚，父亲从未把“那个女人”带回家过，所以你看到的是他们结婚证上的照片。你看了一会儿，把结婚证直接拿到厨房，放在炉灶上点燃，烧了。烧到一半，你关火，抽回，用水管冲灭。你把烧了一半的结婚证擦干，故意，明显地，放回原处。

你极想知道父亲看到它会是什么表情。

“所以说……”

“所以说我想告诉你，所谓爱，所谓我爱你，这些，我是早就不信了的。你也不要再跟我讲那三个字。起码现在不要。”

“人和人不一样，Zoe，每个人处理痛苦的方式更不一样。你父亲的方式，不代表他不爱你母亲。”

“我不止一次想，如果去世的是父亲，母亲会怎么做，你说呢？”

很长，很长一段时间，无人说话。沙夏迟迟举着刀叉，低头空瞪着盘子，仿佛那是要被活活解剖的青蛙。隔了很久，他问你：“那么我们呢？”

“什么叫‘我们’？”

“我以为我们很亲密了，Zoe，昨晚，我们还做了爱。”

“我也和别人做过爱。”

沙夏感到某种刺痛。你看得出他在用力镇压自己，并很快精疲力竭。还没有哪个姑娘能像你这样刺痛他，你聪敏，气质带骨。广东人说的那种“骨”，不像普通姑娘那样努力打磨自己，在男人面前柔若无骨。沙夏爱你这根骨，也恨这根骨。

“你只是和别人上过床，Zoe，但你和我做‘爱’。”沙夏说。

他想过丢下刀叉，立刻走。立刻回去，收拾行李，离开谷里，离开纽约，回国。那是他第一次想过离开你，但他最终没有。

他在你内疚却又不后悔的注视下，吃完一整份班尼迪克蛋。你的那份早餐，根本没怎么动，他也一把拖过来，一起吃了。他好像是在吞噬愤怒似的，吃相发狠。

沙夏盯着空盘子，空白了两秒。深呼吸，算足了小费，留下三十五美元在桌上，起身离去。

13

颜斯林正咬着铅笔，伏在工作台上，勾勒图样的结构线，纠结驳头川翻领的尺寸。耳机里正在单曲循环那首 *Paradise Circus*[1]，太妙了，他不由自主摇头晃脑，脚指头随着节奏，勾着拖鞋，轻轻甩动，真想一直这么玩儿下去，无休无止。

手机大振，音乐被斩断，他瞟了一眼：母亲视频来电。无奈接起，屏幕上赫然一张大白脸，吓他一跳——姐姐人家正在敷面膜，有人在给她做脚。那做脚的小子，一颗脑袋在屏幕底下上下啄着，看起来像……像……

颜斯林为这遐想，哈哈大笑起来。

“笑什么的啦？”母亲说话还像个少女，和父亲不同，她的态度是“还是做自己喜欢的重要”，这让母子关系十分融洽。

“下个月我要去日本了，你们圣诞节放假，要不要——”

“——又要去日本？”

1　歌曲名：天堂马戏团。

母子俩像姐妹似的互相撒娇，东拉西扯，直到你砰砰敲了房间门，打断了他们的谈话。

颜斯林开门，见你脸色铁青：“怎么了？”

“跟沙夏吵架了，不爽。”你斜靠在门框上，抱着双肘。

“好啦好啦，哎呀，吵什么吵呀，小两口，晚上去喝一杯不就好啦。”

“你懂个屁。”

“行呀我不懂，那你找我来干吗？”颜斯林说着，把耳机摘下，塞了一只给你，歌是你俩最喜欢的酸摇，好多个夜里，你们就这么放歌，喝酒，聊天，再不会有这么好的日子了。你总觉得颜斯林有种超能力，那张干净又好看的脸，没心没肺的，像……某类纯洁的小恶魔，随时准备放肆。

下午六点，你下了春假之前最后一堂课，直奔Judi's[1]，那是小镇上你们最喜欢的一家餐厅。沙夏已经被颜斯林忽悠到这里来了，两人开了一瓶白葡萄酒，正聊着，从杯垫湿透的样子看，已经坐了很久，鬼知道说了什么。

同时面对这两人，你有点不自在；坐下，要了一杯马丁尼，企图快点让自己潜入某种中立状态。三人并排坐在吧台，你夹在两人中间。有那么一瞬间沙夏觉得自己像第三者——你们已经有二十多年历史，共同拥有记忆，是并肩的战友，坚不可摧如一道墙。而他是新来的陌客，要借路。

---

1 餐厅名。下同。

颜斯林根本不胜酒力，显然已经晕了，糊里糊涂地把你拉过来，像个玩具一样搂在怀里，珍爱至极的样子，捋着你的头发，说："这货是我最心爱的，最，最心爱的朋友……我现在可以让你们好一阵，但你把她还给我那天，可要完完整整的，你要敢伤她的心，我不饶过你，"颜斯林打了一个闷嗝，继续道，"你要好好珍惜她，她有她傻 × 的地方（说到这儿你踹了颜斯林的脚），但你要知道她若真的爱一个人，会有多难得。"

沙夏被这话的直白和你们之间的亲密给震惊了。很多人不相信异性之间存在朴素的友谊，沙夏是信的，他有很多纯粹的女性朋友，但那是他自己，他心里有数。至于你们，他心里没底。所有颜斯林出现的场合，他都感觉自己多余。你们总像两个孩子，无视旁边的大人。他总觉得在你们面前自己就像个不知趣的大人……像一颗一百瓦的灯泡。

沙夏平静地问："你们干吗不干脆在一起？"

"哈？！"你和颜斯林同时迸发出爆笑，好像听了什么段子似的。

沙夏没笑，冷着脸，看着你们，等待回答。

"咱们认识多少年了？"你偏着头，手指把玩着一缕头发，问颜斯林。

"你问我啊？……"颜斯林像放下一个娃娃似的放开你，松了手。你懒懒的，勉强坐直，拉平衣角，自饮一口，说："颜斯林这家伙吧，有三句名言：第一，人，是不会死的；第二，爱情，是狗娘养的；第三是什么来着，上周还聊过的，就我俩坐车的时候……"

"没了，其实就这两句，哈哈哈。"

颜总是喜欢甩出招牌式尬笑。一杯酒喝完，你想起来了。颜说的是："最好的爱，是熟到彼此嫌弃……又永不放弃。在凡人肉躯的边界内，这种'爱'，只有朋友做得到，恋人最好的境界，也不过是朋友，结婚五十年的朋友，离异五十年的朋友。而我们，已经是一辈子的朋友。"

大意如此，你想起来了，但放在心里。

颜漫不经心继续说："总之啦，我们这种……很烂很烂，既自恋又自怜的烂人，都是不需要谈恋爱的，哈哈哈，"他这次招牌大笑显得更突兀了，"何况跟 Zoe 太熟啦，什么糗事儿我没见过啊，还谈个屁的恋爱啊？……恋爱只能发生在对彼此一无所知的时候，就像你们。"

此话一出，液氮泄漏似的，冷了场。

沙夏冻得石化，而你赶紧补救："打个比方，我们的关系，就像波伏娃和梅洛·庞蒂。老朋友，但个性完全不同，只能做兄妹。"

"扯淡啊你，我才没有像梅洛·庞蒂好不好？……你好意思说你像波伏娃？每次你——"

你跳起来捂住颜的嘴，防他烂嘴乱漏；而他又反过来掐你，跟小孩儿似的，目中无人闹作一团。餐厅里只有你俩的声音，沙夏尴尬地四下张望。闹够了，你把头靠在颜斯林肩上，他反过来也靠着你。你们像幼儿园关了门却没家长来接的小孩，彼此靠着，百无聊赖的样子。

你手里神经质地蹂躏着一张纸巾，那可怜的纸巾已经被你撕成一条一条，又被你搓成了一粒一粒梭形，最后碾成粉碎的白颗粒，丢了一桌子……天知道你在想什么。

沙夏用手抹掉那些胡乱扔了一桌子的纸屑，收拾干净。“我们换张桌子，吃饭吧，点些菜。”他像个年轻父亲照顾两个孩子似的，把你们哄到用餐区。

侍者端来你们各自点的菜，地中海沙拉、烤羊腿、焗扇贝，一大桌香气扑鼻，摆盘配色鲜美欲滴。西餐就是这样，看着比吃着更棒。你和颜斯林不分彼此，互相从对方盘子里叉着吃。

一切都要感谢酒，气氛终于得到软化，冒着小泡，你甚至挥着刀叉，手舞足蹈地比画小时候看过的1988年港产电影《月亮星星太阳》，模仿dodo姐最后在餐厅里跟服务生纠缠那一段，惹得他俩突然发出爆笑。

颜斯林笑得鹰嘴豆从嘴里喷了出来，而沙夏笑得被柠檬水呛到，一边剧烈咳嗽还一边笑……瞬间气氛变了，活脱脱两个狡黠的大男孩，指着你大笑。你莫名其妙，不知道自己刚才做了什么，值得这俩货如此爆笑。你一脸发蒙的样子让沙夏快乐得近乎心碎。他突然明白，这是你最太阳的一面，但你还有月亮的一面，星星的一面……这是他爱你的原因，因为看不透，像不可解的三体之谜。烛火下你的头发始终闪闪发光。他不由得又想起初见那一面，你像一枚新铸的银币……能有一个这么闪闪发光的人常驻在心，总是好的。哪怕对方不够爱自己。哪怕不能永远。他想到此，心里有点哀。

从Judi's走出来，你们意犹未尽，刚好另一个朋友打电话找颜斯林，说红谷仓有派对；颜斯林一听，脸上放光，捂着话筒，赶紧问你们去不去。

“废话呀，走走走！”你喊着，兴奋地蹦了起来。

沙夏不知道红谷仓是什么地方，看你们高兴的样子，觉得应该很棒。你们在路边等朋友的车来，就在那一刻下起了雪。

“听，”你说，“嘘……听见没，雪有声。”

“傻吧你！”他俩齐声喊，笑声湮没了雪声，也许真的是有的。

你们缩着肩，靠在一起，轮换双腿的重心，微醺得……像站在泳池里，身体轻轻晃着。颜斯林就连在这一刻，都不忘记打开手机放首歌，“人生若没有背景音乐就是个错误。”他总说。灯下一片温黄，小街没有行人，静得像一张明信片。流雪回风，细絮被灯光染成金粉，满街扬洒。沙夏轻晃着，靠近你，忽然亲吻你的睫毛，一口抿掉那似有若无的雪花。颜斯林见了，笑着别过脸去，望着马路。

车来了，一辆红色的 mini cooper，你们三个人赶紧挤了进去，整个车立刻像填塞过度的火鸡，快撑破了。

14

“能想象吗？这儿建于 1820 年。”你说着，扬扬得意地走在前面。

一座巨大的仓库式建筑，翻漆崭新的红墙，就在小镇阿金斯农场边缘，是开派对的绝佳场所。远远地，穿过林间路，你们融入众人，沿着栈道排队朝着红谷仓奔去。细雪耐心地，一层层上色，将夜晚漂白。树木颤抖着，在寒风中发出一阵阵咳嗽般的声响。你们隐隐听见谷仓欢嚣声，酷似某种童话中才有的情景。

进去巨大谷仓的那一刻，火热的人气扑面而来，电子乐点燃激素，一切都在蠢蠢欲动。暖气十足，门口的换衣处形同虚设，无数外衣、围巾、包……太多了，太多了，纷纷从挂钩上掉了下来，在地上胡乱堆成小山。

整个仓库就是巨大的舞池，年轻人如细胞正在有丝分裂一样，涌动着，有的已经脱得只剩下底裤，跟着 DJ 摇头晃脑。

沙夏从临时吧台买了四大杯廉价金酒，双手举着，救火似的奔回来，递交给你，又转身去打剩下两杯。你们四个人举起杯子，晃洒所剩无几的酒，酒像雨滴一样洒在头发上。

好多年没有这么淋漓过了，每一粒空气分子都在命令你们“舞！舞！舞！”，真真切切的，想要卸下浑身关节，让四肢飞上屋顶。灯光反射着一片五颜六色的头顶，沙夏仰望那高高的天花板，高得像教堂。狂欢正如一种宗教，人们彼此感染、忠诚、激切。你跳舞跳得全身散发热汗，完全醉了，把沙夏整个人扑到木板墙上，你用你的腿死死锁住了他，你的口型分明在唱“I'm goona marry you,I'm goona marry you[1]”，而他怎么也听不真切。

真切的只有你的眼睛，酷似一只年轻的小豹，如此机敏、伶俐，美得如真似假……你好像是在唱着：

但我可能不会这么快就爱你
我得看看你下周的发型
再决定要不要爱你
我得看看你跳舞的样子
再决定要不要爱你
……

不知跳了多久，大约是后半夜了，红谷仓内的电路突然短路，音

1 我要跟你结婚。

乐斩首似的脱落了。黑暗中，你们闻到胶皮燃烧的剧烈焦臭。所有人“噢”了一声，集体静止下来，凝固了两秒。有人在台上喊：“Get out,get out.[1]”

在尚可控制的惊慌中，人们纷纷涌向门口，无数只手在胡乱抓寻自己的外套、包。一切都很混乱，很多大衣都是黑色的，彼此缠绕，难分难解。有人摔倒了，尖叫。沙夏抢救出了你的包、你的外套，又返回找到自己的。人群像一堆呕吐物似的从门口喷了出来，一地都是脚步，推搡着，踉踉跄跄，往外逃跑……

一粒杂念掉进沙夏的脑子：如果今晚注定要完蛋，那么你们一起被火势吞没……

他将觉得甘心，为这个疯狂的念头笑了。路面结了冰，滑得像洒了水的镜子。沙夏走两步就滑倒了，完全爬不起来。你也滑倒了，叠在他身上，好多人被你们又绊倒了，滑稽地摔下来，躺在地上，狼狈地大笑，没人打算爬起来。

一个声音从远处的雪地里传来，是颜斯林在叫你们：“过来！过来！快看！”

你们牵着手，连滚带爬地朝林中雪地去了，没料到那么深，踩上去发出吱嘎吱嘎的响声，震得枝头的雪团纷纷砸在你们头上。密林中的雪地是蓝色的，远处，诺奇·霍利奥克山脉温柔的曲线，如巨鲸一样潜入黑暗边际。颜斯林站在前方，身高被雪地缩短了一大截，像个精灵，“看，”颜斯林喊着，一手一人，把你俩拉到身边，“看——”

1 出去，快出去！

一轮……月亮？

天啊，那还是月亮吗……像一千枚六便士拼叠起来那么巨大的、灿亮的、几乎不真实的巨大发光体。那发光体高悬在干干净净的丝绒黑幕，像神的水晶球正在占卜，你们被这夜色的温柔搞得不知所措。

那根本不是月亮，那是德彪西，曲谱写在夜空之上，你们听见了，全听见了，降D大调的月光，漫天都是和弦，一小节、一小节的柔板……单曲循环不止息。

远处，密林中传来人们隐隐约约的欢声笑语，正四散而去。你们三人趺坐，静静躺在雪地上，仰望着德彪西之月。久久地，静静地，任由肢体发肤被月光融解，化为呼吸与雾气。

沙夏想起他此生所见最明的月，不过如此了。

15

在飞往佛罗里达的航班上，你睡着了，像个孩子，头耷拉在他肩上，根本放不稳，不停地啄一下，随时要掉下来。沙夏不时用手把你额头拨回肩膀，生怕梦境摔碎了似的。

客舱服务的时候，你还是被吵醒了。舷窗外夕阳血洗了天空，美得几乎残忍。你喜欢靠窗，他总把那个位置让给你。你呆呆看了一会儿，没来由地问："所以……你觉得颜斯林这人怎么样？"

"挺好。"

"说真的，问你呢。"

"他这样的人，一出生就已经登顶了，余生多半只能是个下滑的过程。”

你把头转过来：“嫉妒吧你这是？”

“怎么可能。”他说。

你在心里叹口气。“怎么跟你解释呢，他就是个很沉浸在自我世界里的人，根本就不会喜欢任何人，从来不会。他不喜欢一切女生，男生……从来没有。他从来没有谈过‘恋爱’，you know,relationship 那种。”

“也许谈了你也不知道。”

“我当然知道啦，他在伦敦的时候跟几个‘名媛’打得火热，”你用手指做出双引号括弧，强调那两个字，“但那都是逢场作戏啦，父母撮合他们，门当户对嘛，其实谁会喜欢被指腹为婚啊，对吧？但也没办法，就一起玩儿，各种派对啦，show 啦。你知道，他们随便下个馆子也要三五百英镑，也不是跟谁都能做饭搭子的。圈子就那么大。真的，也挺可怜的。他跟我说过，不管他找谁做对象，他父母都不会满意的。这点他已经看透了，索性放弃了。”

“你们这么多年朋友，他身上总有你喜欢的地方吧。”

“不知道欸……颜……看着嘴贱，其实心肠特别纯，是个艺术家人格啦，司汤达综合征那种，你别用常人的逻辑去理解他。”

“什么综合征，我没听说过。”沙夏手机关了，换作平时，宁愿过一会儿去厕所 google，也不会问“什么是……”

“就是传说司汤达去佛罗伦萨，看了太多美术馆，被密集的审美刺激给弄晕了，倒在地上不省人事，据说佛罗伦萨医生最常见这种病，当然那是很有鉴赏力的人才能有的吧……颜斯林来巴黎看我的时候，我们去了一次Georges Mathieu[1]特展，他先是对着那些画发抖……下巴那小块肉不自觉颤抖那种……简直像被抽走了魂似的，离画儿越贴越近，一个大黑保安冲过来把他拉开，一个劲儿摇他：'Tu vas bien? Tu vas bien[2]?'当时我就觉得他脸色发青，整个人都不好了，把自己关进卫生间，起码半个小时没出来，出来时我发现他哭得不行。那一整天他都没说话，晚上干掉一瓶干白，才开口说'……我还画个屁啊！'

"从逻辑上来讲，别人画得如何跟自己还要不要画画，两件事没有关系。"

"可是你想啊，普通人可以从零开始，但他那个家世，除非一下手就是周春芽现在的级别，否则画画不就是'不务正业'吗？拿什么说服父亲？何况颜对自己的艺术要求也很高。"

"这我知道。"

"所以呀，世界是因为不规则的人而变得有趣的。可能我就喜欢他身上这一点吧。"

像饱了之后突然又摆上一道硬菜，沙夏吃不下这句话。不知道为什么，你只是表达观点，而他感到被指控，觉得你的意思是说他"过于规则"，所以乏味。怎么会这样？过去他玩比特币，价格从死海飙到珠峰，又跌回青藏高原，周围人疯得死去活来，他根本不为所动……但在你这里……总被轻易拨动情绪，为什么？

沙夏在额叶里反观到了这一点，为了努力剥离这种不合逻辑的联想，他跳进另一组观察与结论中：仅仅在暑假的一个月里，颜斯林换了

1 法国抽象艺术家，生于1921年11月27日，去世于2012年6月10日。

2 没事儿吧？

起码三种兴趣方向：服装设计、DJ、策展人……也不奇怪，金钥匙含在嘴里的人，选择太多了，机会成本高得惊人，反而像一艘没有帆，没有锚的船，一片茫然。

起点太高，并非纯粹的好事。在这个意义上，沙夏也算能懂他。

后半程你接着睡去，沙夏盯着前座的枕巾，想起，过去多年来，每次出差他都全程打开电脑工作，现在终于可以看书，闭目养神。过去他身边的人，都是规则的，逻辑自洽的，假想着投入与回报之间有清晰明确的线性关系。他自认为跟他们不是一类人，所以离开；但在你和颜斯林面前，他还是显得太“规则”了，对放任和无序感到恐惧。

16

到达出口，苏珊迎接你们，朝着你们挥手。沙夏习惯性地和她握手，被苏珊笑着拉过来拥抱：“拜托，我可不是你的生意伙伴。”苏珊的拥抱像母亲，至少她的洗发水味道很像。

“迈克也在，他周末回家了。”苏珊对你们说。

晚饭八点半才开始，狗狗不安分地趴在桌子下面，时不时蹭一下你的小腿。苏珊和迈克都是虔诚的基督徒，在用餐前都会祈祷，你忘了告诉他。但沙夏丝毫没有不适应的样子，自然而然闭上眼，跟苏珊一起默念感谢上帝，亲吻拇指交叠的虎口。

迈克第一个举起刀叉，用一种轻快的口气，一边切牛排，一边和沙夏聊天。你已经在飞机上告诉过他，迈克也是做金融的，他有自己的基金公司，做了很多年了，你甚至在他公司实习过。沙夏猜想，迈克的职业生涯这么成功，大概跟心态有关，一个十九岁就得过癌症的人，余生每一秒都是意外捡回来的。他的交易风格一定很谨慎，稳打稳扎，这足够他过上一份上层中产生活。

“所以，我听说你之前在投行工作，怎么样？”迈克问。

“挺好的，在变得不好之前。”沙夏耸耸肩，玩笑有点生硬。

“出什么事儿了？”迈克继续问。

“我老板，是 Bryan。”

“哪个 Bryan？”

沙夏的脸色掠过一丝什么，他俩都莫名其妙地变得严肃起来。

“对，就是‘那个’Bryan，角鲨头 Bryan。”沙夏肯定了迈克眼里的提问。

“天啊！真的是他吗？那个可怜的家伙……”迈克的表情显得震惊，摇着头，接下来的语气十足惋惜，连切牛排的动作都变慢了。

你和苏珊莫名其妙，插不进话。你猜想大概那是他们行业内部的事儿，觉得索然无味，继续吃你的泰式沙拉。

苏珊忍不住好奇，问：“怎么回事？”

沙夏提起一口气，一副说来话长的样子：“Bryan 不仅是我的老板，更是我的老师，在业内挺有名，人脉很足。他最喜欢喝角鲨头啤酒，人们都叫他角鲨头 Bryan……但是人脉太足了……也不全是好事吧，有人逼他‘卖消息’，加上业绩压力太大，他就卷进去了，后来他们有个同伙在海外的账户被查了……狗咬狗，一只牵出另一只，内幕交易就曝了光，闹得沸沸扬扬，扯进去很多人。这些人一旦落网，都会做认罪协议的，没有例外。

“在 Bryan 意识到事情即将败露之前，约我去飞滑翔伞。我算是他的教练，我们以前就经常一起去飞滑翔伞，所以没觉得有什么不一样。到了空中……他的伞绳……断了。

“我眼睁睁看着他坠落下去……像个石子儿，被林子吞没了。我惊呆了。真的。那一刻我体会到，什么叫血液在倒流。

“接着我被控制了大半年，那八个月简直是地狱……警方、证监局、公司的律师和检方的律师……反反复复调查我，盘问我，没完没了……Bryan是内幕交易的hub[1]，可我只是个边缘小角色，我根本不知道他做了什么……我们只是一起喝啤酒、玩儿伞。警察研究了伞绳的断面，判定是故意割断的，后来 Bryan 的妻子发现了他的遗书，才确定是自杀。”

沙夏断断续续，分了好几次才说完，你分明觉得他盘子里的意面都冷了。看着沙夏的眼睛，你头一次觉得，也许每个人记忆里都有密藏，如果你只看到一片无聊的废墟，那也许是因为他还没有向你摊开地图。

迈克摇着头说：“劣币驱逐良币，人也一样。”

沙夏又抱歉起来：“餐桌上真不是说这些的时候，抱歉……”

迈克拍了拍他肩膀：“好了，这些事儿，不就是餐桌上的甜点吗？忘了它。”

苏珊起身为你们更换餐盘，从冰箱里拿出准备好的甜点，而你又开了一瓶酒。一切都暗示着这将是顿冗长的晚饭。也许是因为话题的缘故，你们吃到最后感觉身心俱疲。陪苏珊洗完碗，已经十点半。你叫沙

1 枢纽，关键人物。

夏一起泡澡："他们的大按摩浴缸很舒服，你试一试。"

他勉强地笑了一下："好啊。"

按摩浴缸在后院里，露天的。佛罗里达的夜晚一点都不冷，冬天还有蚊子。热水放好了，在树影里，你小心翼翼地撇开不经意掉进水中的叶片，坐进浴缸，缓缓沉下去，神情在一瞬间松弛，充满惬意。水面升起一点点氤氲之气。沙夏仔细地给迷你音响套上了防水塑料袋，才开始播放音乐。他小心地调低音量，不想吵到苏珊他们。

"十六岁的时候我也在这儿泡澡，想很多心事。"你望着星星，沙夏望着你。

"Bryan 一直跟我说，他想做个精酿酒吧的小老板，我一直当他开玩笑。他出事之后我意识到，我做到底，也不过是重走一遍他的——"

"——其实你已经想明白了，对不对？那就不要反复怀疑自己的决定了。"你打断道。

"……对不起。"

"还有，也不要频繁说对不起。没有什么好对不起的……我们说点别的，这么好的夜晚，你看，上弦月，"你从旁边拿起冰桶里的那瓶霞多丽，倒了两杯，递给他，"不要时时刻刻都绷得像个闹钟发条，沙夏，世界不是你绷紧了就可以掌控的，你都离开了纽约，离开了上海，来了这儿……"

"我知道，我知道，sorry。"他还是说了 sorry，差点为了这不小心脱口而出的 sorry 而再说一次 sorry。你回以一笑，和他碰杯。

清脆的三角铁之声，你轻声说了一句祝酒词："Dolce far niente[1]."

"Dolce far niente."他回应着，凝视着你，喝酒的时候，目光越过杯

---

1 意大利语名言，大意是指"无所事事之美"。

口，你也凝视着他。

17

决定去“六旗”，根本就是随机的。那天你们醒得过早，无所事事。你打开衣柜，本想找件衣服，赫然看到满满一柜子的旧物：粉色的T恤、牛仔裤、校服、球衣、首饰、小东小西、十六岁的内衣……连你自己都震惊了。保存得那么完好，仿佛高中毕业舞会就在昨天。你毕业后，一度以为苏珊早就把它们全“处理”掉了。

“都是你以前的衣服吗？”沙夏在背后突然一问，简直吓你一跳。

“对啊……”你掩饰着，想要关上柜子。

“你过去也穿这样的……？！”沙夏一下子笑了，朝一件有点花哨的T恤伸出手，被你阻止。他那一笑让你极度不自在，好像有什么极度隐私的东西被暴露。你把他拽开，推到一边儿去。

早餐时，大概受了那一柜子少年衣服的刺激，你一时兴起，问苏珊借车，说要跟沙夏去“六旗”公园玩过山车。苏珊大大方方地祝你们玩得开心，帮你们把那辆丰田SUV挪出车库。

你们坐上车，拉安全带，看见苏珊裹着睡袍，站在自家门口的草坪边上给你们挥手说再见，口型是说“路上要小心”。沙夏觉得那一幕很像……一位母亲看着十六岁第一次拿驾照的一对儿女，兴冲冲要出去溜达。

“六旗”是有名的过山车主题公园，那儿只有过山车，各式各样的过山车，大的、小的、成人的、孩子的。停车场一望无际，活脱脱一座现代工业品墓场，汽车如弃尸一样匍匐着，阳光猛烈，晒出一片明晃晃的反光。

你停了车就走，而沙夏在后面仔细观察位置，以防回来找不到车。过分靠谱的家伙……你真是拿他没办法，催他快一点。

买了 VIP 票，节省排队时间那种，你激动地跟他说："最高的那个过山车，座位头枕上安着喇叭，坐进去的时候要提前选自己喜欢的歌，然后在你上飞下蹿的时候耳边就会一直放那首歌。"

为了坐第一排最刺激的位置，你们专门又多等了一轮。你拉着他，坐进第一排，赶紧在点歌按钮上选了 4 号，是 Evanesce 乐队的 *Bring me to life*。

"你玩过多少次啦，这么熟？"

"从高中就一直玩啊，他们居然一直没有换歌！这首歌的节奏跟这个过山车是绝配啊，绝配！一会儿你就知道了，就在最高点，最高点那儿，刚好就是 Bring me to life 那句——哎呀哎呀，不剧透了，你听吧！"你激动得像个孩子，沙夏也是，你们牵着彼此冒汗的手心，感到肾上腺素像喷泉一样飙上来。

安全带系好了，保护架自动把你们紧扣在座位上。车厢缓缓地爬升，齿轮与链条发出嘎吱嘎吱嘎吱的声音，太刺激了——眼前陡峭得仿佛是直角，你们完全是面朝天空而去的……

心跳疯狂加速。

曲子一开始是一段呼啸的风声，恰好你们耳畔也有风，越来越急、越来越高的风……

近了，近了，近了……你们的心脏几乎要从牙齿缝里掉出来，最高点……最高点，吱嘎声停了，你们的视角从仰朝天，变成面朝地——

一分零四秒处，歌曲正要迸发高点，过山车也恰好爬升到顶点。

“Bring me to life——”随着女主唱Amy的亮嗓一起，你们从顶点直直坠下，双双坠入地狱，那感觉简直太疯狂了，你尖叫着：“不准闭眼！不准闭眼！！”

“没有闭眼啊啊啊啊啊……”沙夏叫着，听见后面的人鬼哭狼嚎地从天坠地，又从地升天……

你们变成蚂蚁，被扔进了滚筒洗衣机，天地都乱了，在剧烈的失重感下，五脏六腑都在交换位置，每一秒钟都比一个世纪还长。最后一次攀升的时候，沙夏抗拒着巨大的超重压力，艰难地扭过头看你——你只有一颗披头散发的脑袋。

你在哈哈大笑，他也是。

就这样整整玩了一天。肾上腺素几乎耗竭，回来的路上，你们过度兴奋以致精疲力竭。在戏剧性的反高潮中，你们无缘无故低落，坐在车里，谁也没说话。换成沙夏开车，他莫名其妙有点腿抽筋。

倒霉的是，下班高峰被你们赶上了。堵在高速路上，车流汹涌，你们又累又饿，还很尿急。

沙夏问：“最高点的那一刻，你在想什么？”

“什么也没想啊！”你突然提高音调，“拜托！那种时刻难道你还想什么了吗？”

“我也没有……”

又坚持了十分钟，实在是无法忍受这毫无指望的堵车了。你饿得慌，迫不及待要上厕所，指着前方出口，几乎是命令道：“出去，就从这里出去。”

拐下高速，你们到了一个完全陌生的小城。无聊的麦当劳、壳牌、赛百味排成一列，太无聊了，就跟南方农村所有小镇一样。

你们又往前开了一阵，竟然看到了海。你叫沙夏把车停下来，步行，找厕所。

“这家海鲜肯定不错。”你突然说。

“为什么？”

“一看就是本地的老人、中年人，他们都来，肯定不错。”

“可是环境好闷，里面黑黢黢的。”沙夏的否定令你无端烦躁起来。饥饿、疲惫与尿急，三重胁迫。你们压抑着争执的势头，烦躁地冷战着。又走了几步，你没有跟他商量，径自拐进一家餐吧，实在憋不住了。

等你出来的时候，沙夏已经在门廊的座位上坐下了。侍者过来打招呼，倒了两杯冰水。

“就在这儿吃？！”

“难不成呢？你都进去用厕所了。”

“可那不代表要在这儿吃啊！”

“那怎么行，太不礼貌了……那儿不是写着：‘洗手间只给客人用。’”

你提高分贝：“点杯可乐，带走，意思意思，不就行了吗？为什么非要在这儿吃？我想吃家好的。”

“就在这儿吃。”沙夏说着，翻开菜单。声音轻而冷，压抑过后的烦躁，显得不容置疑。

你气急败坏地坐下来，呼出一口气。沙夏继续看菜单，没说话。你拿起菜单，却没有一样想点的。你把菜单重重地摔回桌面，这时你感到脸上苹果肌那两块皮肤刺痛，突然意识到今天阳光这么强烈，而你没有擦防晒霜，太失策了。甭提了，肯定像猴子屁股似的红红两块，说不定还要脱皮，过敏。你经常在暴晒后过敏，又痒又疼。你不由得嘀咕着骂。

“又怎么了？！”沙夏言下有怒。明明一整天都很高兴，此刻气氛直转而下，而你们谁也不知道为什么。

你只点了一杯柠檬茶，而他勉强点了一份三明治、薯条。你不想说话，掏出墨镜，戴上，冷冷地坐在对面。他只好低头吃三明治，心情跌落至谷底。的确难吃极了。他有点后悔这么棒的一天，最后却搞成这样。

无人说话，气氛沉闷得叫人无法忍受。吃完三明治，沙夏擦擦嘴。他耐下性子来，问你：“怎么这么不开心？不是很好的一天吗？”

“没什么。”

你们沿着沙滩走了一小段。小孩们荡秋千，尖叫着一前一后，锐利地擦刮着天际线。你们不由自主地望着海天尽头：那儿有一轮硕大的球体，大到足以让人看成是落日。

“不对，那是月亮。”

“不可能！金红的，那么大。”

“那叫夜阳。初升的月亮，叫夜阳，就是很大很亮。我以前也见过。”沙夏说。

你正要就地而坐，被一只手臂拦住：沙夏迅速脱下外套，铺在沙滩上，才让你坐下。对一个这么爱干净的人来说，把外套铺在沙滩上让你坐……

你在心里轻轻“唉”了一下。

他的善意、仔细、可靠……没错，是很好，但……总让你感到无奈。

这又是为什么呢？你也不清楚。你无端可怜起他来，这个活得像根发条一样的家伙。你为这种居高临下的怜悯细思极恐，心一软，便摘下墨镜，顺着他的目光，也望着那轮月亮——没错，那其实是月亮。

海浪声一阵阵，像个口吃的人，卡在同一个字上。眼前那轮不知是月亮还是落日的巨大球体，诡异的，红彤彤的，不知是要升还是要坠。沙夏无端想起郑钧的《溺爱》，刚刚车里还放过，歌词说：“我只拥有你的月光，我要把它当作骄阳。”

你挪了下身体，靠近他：“对不起，”你说，“可能……可能……太久，没有人，这么快，就走近我的生活，来我长大的地方玩……看到我的过去。我不太习惯。早上……你看到我衣柜的时候，就有点这感觉。没法说清……但就……”

“没事，我知道了。”沙夏没再说话，专心致志看海。

你顺势坐到他前面去，把他的手搭在你自己的肩膀上，好像你们在划双人独木舟，就要推舟入海。

涨潮了，一层最猛的浪攀上沙滩，侵蚀了你的脚底，你的鞋子湿了。沙夏起身，拉着你也站起来，一前一后，离开沙滩。

在停车场，你看着不远处，说："Je me souviens."

"嗯？"

"那是魁北克的车牌，Je me souviens.'我记得'的意思。纪念他们的法语文化。"

顺着你的目光望去，沙夏也看见了那辆休旅车。车牌非常特别，跟这儿的都不一样。"Je me souviens."他用唇语重复着。

18

"玩儿得怎么样？"颜斯林几乎隔一天就打来一个电话，跟你瞎聊。

"挺好的，今天去那啥，环球影城，排了好久的队，去玩哈利·波特主题公园，结果！！居然遇到乌龙！！那个魁地奇，其实就是拟真布景的室内过山车啦，居然出了故障！卡在半中央，幸好不是头朝下……然后灯全亮了，全亮了——周围的布景都是搭建的，简直毁童年啊，什么机器都看得一清二楚，哈哈哈……"

沙夏就在一旁，躺在床上看 kindle，听你在电话里聊得那么开心，他莫名嫉妒，又因为不想承认自己嫉妒，只好装作无动于衷。

"你还好吗？"挂完电话，你发现他脸色暗淡。

"挺好啊。"

"Sure?"

"Sure."沙夏故作轻松地打了个哈欠，"明天我们怎么去机场？苏珊要送我们吗？"

"对啊。"

一夜豪雨，狂风，是佛罗里达常有的坏天气，到第二天出发前才弱了一些，但雨还是没停。苏珊开车送你们，提前了很早就出发。开到机场，你们找不到航空公司柜台，这才一看机票，傻眼了：彻底走错了机场。附近有两座机场，特别容易混淆，鬼上身地，你偏就搞混了。

“Shit...”你捏着机票，爆了粗口。

沙夏收住脚步，转身，冷静地看着你。从苏珊的表情分析，这应该不是你第一次搞错了。她一点都没有生气，只是略带责备地摸了下你的头，又看了看表：“还好，来得及。”

你们重新上车，匆匆赶路，抵达另一座机场，一路小跑，在关舱门前一分钟登了机。跟苏珊的告别仓促至极，为此沙夏遗憾得厉害，他总觉得以后再也不会见到苏珊了，而所有的“最后一次”都让他心里发堵。

你还是坐靠窗的座位，还是迅速入睡。真像个孩子，哪怕总是一路睡觉，也非要靠窗。这是旅途最后几个小时，很快就会到达波士顿，接着是纽约，你们将在那儿分别。一个回国，一个回谷里，春假就这样结束了。沙夏尽量不去想离别的事，好像不想它就不会到来似的。他欠着身子，越过你的侧脸，看向舷窗外——大地像片乐高玩具，只有查尔斯河蜿蜒如缎，在阳光下闪闪发光。

飞机落地，沙夏打开手机，随着目光从上到下浏览，他的眉头越发皱紧：“我们住一晚再走吧。”

“怎么了？”

“Bryan 的妻子想跟我见见。说有东西要给我。”

约的地点，就在哈佛广场附近。等人的那段时间，你们拖着行李，哪儿也不好去，他没有问你“要不要去学校看看”，而是走进一家叫Black Ink的礼品店，避寒，混时间。货柜从天到地，摆满糖果色的物件，像走进了一个孩子的梦境。东看看，西瞧瞧，沙夏自言自语起来：“挺讽刺的，其实，以前我以为我想要平凡，普通，但……真正等我到了这儿，真的变得无比普通、无比平凡的时候，我完全崩溃了。

“导师一个月见不到一次，自己一个人几乎住在图书馆里，埋头作论文，独来独往。那些论文可能烧成灰了也没有谁会注意到，那感觉太寂寞了，太寂寞了。你不知道那些东西写来有什么用，无意义的感觉，很恐怖。我甚至焦虑我找不到工作。”沙夏说着，抚摩一只木头做的小海豚，“你看这些包装纸、信笺、橡皮、小玩意儿，多么精巧，好看……多么无用，就跟论文似的。”

“也不是的啦……”

“工作之后，每次去餐厅，我从来都给最高的小费，有时候为了凑整，会给到25%，比我平时自己一顿饭钱都多。连Bryan都说，你干吗要给那么多小费？！我就耸耸肩，装得很轻松的样子，说，she's cute[1]。其实我就是害怕被轻视，因为肤色，人在异乡……”

“Gosh,you are...”你咬着吸管喝果汁，把“pathetic[2]”这个词及时吞了下去。

“有一年我去本科生的寝室找人拿资料，弄到半夜，楼下不晓得发生了什么事情，一片喧哗，像着火了似的，声音燃起来了，结果是Primal Scream[3]，我们所有人都扑向窗边看，当时我真想跳下楼去加入他们啊，赤条条地吼上一圈……但实际上我只是待在暖气房里隔着窗玻

1 她很可爱。

2 可悲。

3 哈佛期末考试季开始之前，学生们12点裸奔，为释放压力。

璃，傻看……那晚回去的时候我就想，自己只是看起来挺奋勇的人，实际上很懦弱的，只选最宽、最平的路……”

一个电话打断了他，沙夏接起来，只说了两句就挂了。

“Bryan 的妻子来不了了。她真的是……唉，算了，习惯了。”

“那我们回酒店？”

“才八点……”他想了想，“走吧，我带你去个地方。”

19

这儿曾经是他跟 Bryan 的心头好，据说是全波士顿最棒的精酿厂。创始人是一对夫妇，彻头彻尾的嬉皮士，头脑一热把婚结了，然后才开始琢磨如何度过人生。好在两人都爱喝酒，一头钻进啤酒世界，再也出不来。

冬日的波士顿，港岸错综复杂的街道，行人稀少，窄小的门面毫不起眼；一进去，客人却多得像灾荒饥民排起长队，酒保忙得仿佛有三头六臂。

你们四处寻找座位。起码等了半个小时，门口的小桌，刚走了人，你赶紧把两人的衣服垫在屁股底下，占了。他高高举着两杯浅棕色的艾尔，杂技一样穿过人群，找到你这边来，“尝尝，尝尝”，他推来两块杯垫，放下杯子。

桌子很小，你们离得很近。周围的喧哗声浪轻轻拍打，你们像守住一座小岛似的，鼻尖凑在一起。你几乎闻到杯口散发的麦香，冰凉地，引诱着什么。活脱脱一杯流动的作品哪，你呷了一口，温柔的杀口感过去之后，桑葚的味道令你想起相遇那天。

“这跟你酿的那款很像啊？”

“好鼻子，”沙夏笑着，用纸巾擦了一下你嘴角，“这酒是 Bryan 的配方，有七种啤酒花……还有五味辅料。完全不计成本的，就图个好玩儿。Bryan 一直开玩笑，说退出之后就告诉我配方……但你知道的，‘每个人都有个退出数字，只是那数字越多越好’。”

“叫什么？”你问。

沙夏盯着吧台后面的黑板，上面写满幼稚而粗壮的粉笔字：“‘子曰’，喏，那儿写着的。”

你看见黑板上写的：Z said。还真是译得有趣。

“为什么要复制一模一样的酒？”你问。

“因为它已经被证明了啊，是受欢迎的酒。”

“So?”

沙夏突然接不上话。对啊，被证明过的对和好，又怎样？体面的工作？ Bryan 的下场？又怎样？

你锐利得像一根针，总是挑他不想碰的水泡……几乎令人生怕，不，他不会承认“怕”的部分。过去遇到的女孩从来都只会仰望他，仰赖他……这令他感到特别乏味；而你不仅平视他，还专门挑他的水泡，可这滋味也并不轻松，人和酒一样都是矛盾体，淡了嫌没味道，浓了又怕喝过头。

“好热，”沙夏有点不自在地打岔，脱件外套，折叠在腿上。“要是生活就像脱衣服一样，可以把过去脱得一丝不挂，赤身裸体跑进明天，就好了。”

“写下来。你该随身带个本子，把这些话写进你的诗。”你说。

"我记在手机上。"

"说好了，跟我一起的时候可不能玩手机。"

"那你帮我记。"

"OK，指纹给我。"你捉起他的大拇指，点开解锁，在备忘录里记下这个句子——

> 他想要脱掉衣服似的，把过去三年的生活脱得一丝不挂，赤身裸体跑进明天。

那一刻你们凝视彼此。势均力敌的笑意……如两扇平等的涟漪，在水面交锋。是一款树莓塞松把气氛给柔化了。醇红的酒体如一支活泼的乐队，姜、树莓、柠檬皮合奏舌尖的交响，定音鼓来自特殊酵母产生的一股白胡椒味，如此离经叛道，几乎像是酒中的毕加索。

你们从塞松喝到世涛，从安哲罗普洛斯说到李安。在恰到好处的微醺时刻，你也脱掉外套，里面是一身暗红色的平绒薄裙，黑色及膝高靴。沙夏听见自己内心趔趄了一下：你妩媚得就像一杯……都威啤酒，清透的金色，上蹿的气泡，设下看起来不会喝醉的骗局，让人放松警惕，容易沦陷。

沙夏不安地挪动了一下坐姿，警惕地朝四周望了望，果不其然，起码有三双，贪婪的、雄性的眼神，正朝你投来。他觉得有点无力招架。

你羚羊似的瞧着自己那双高靴，说："高中毕业舞会，我就穿了一件类似的裙子，配了一双高靴出门，苏珊拦住我，说不能穿这样出去。我问她为什么，她捂着脑袋，说'疯了吗？这根本就是"Fuck me boots[1]"，

1　有性暗示含义的靴子款式。

你这样出去，打算什么时候回家？’”

沙夏大笑：“简直是纵火，你这样子会把那些男孩烧焦的。”

“包括你吗？”你问。

哧的一下，你们之间看不见的氢气球被火柴划燃了。

眼前的美酒显得如此多余。吧台在缓缓倾斜，视野在液化。地板变成泡沫垫子。微醺时刻如期而至，“我们走吧。”他几乎央求道。

“等一下，”你端起眼前的杯子，一饮而尽，“我从来不浪费酒。”

半小时后，你们用肩膀和后背抵开房门，像小兽一样互相把对方扑在墙上撕咬。你们身体各处不停碰到开关，嗒嗒嗒嗒，房间里的灯亮了又灭，灭了又亮。手机掉在了地上，房卡、鞋子、外套、裤子、内衣，像森林徒步的路标，置了一路，一路峰回路转，跨过溪流、湖泊，直到你们攀上山顶。

带着下山一般的倦意，你们懒懒地躺着，像两只疲软的海星。你们的头挂在床尾，脖子往后垂着，看见窗外亮得如同白昼。“天……”你低声惊叹道。

那月色。

又是那月色。

和红谷仓那晚的满月不同，这次是半张弦月。银色的查尔斯河，倒映在落地玻璃上，看起来仿佛流淌在夜空中，流向星月。

你狡兔似的，跳下床，跑向窗，像渴极了的沙漠旅客，想要饮用那月色似的，寻光而去。你赤身的背影站在窗前，流畅的曲线，像一尊大理石维纳斯……接着你踩到了什么，脚底有锐物扎入，疼痛令你反射性地收脚。

“钉子吗？！”他少有的惊慌的声音传过来，然后跳过来，蹲下查看你的脚。

是一枚戒指。

不是什么名贵的钻石，只是一枚镶着一小颗星星的银戒指。

他小心地捡起来，对着月光看。银星反射微亮，他递给你。你惊讶地看着它，好奇地捻起来，端详，一枚不可思议的天意之戒，微弱的五芒，某种无法言说的、海市蜃楼式的……不，不是光风霁月，良辰美景，不仅如此。不够。世上可以形容此刻的词，还没有被发明。

你自然而然地把戒指戴上，伸开手指，对着月光端详。

“我们结婚好吗？”沙夏突然问。

你显然受惊，但还是很快恢复镇定：“我们现在这样，不就很好吗？”

“你是没有信心跟我一起生活吗？”

“不是每个姑娘都只想着结婚的。”

沙夏完全语塞。他颓然躺了下去，好像被抽走了什么似的。良久，他看着天花板，说：“这些天我一直在想，回去之后，我们把奶奶的院子打理出来，开个作坊，酿‘子曰’，怎么样？我和你说过的，这会是个好市场，你也看到了，国内刚刚兴起精酿，还算是蓝海——”

“——嘘，”你用食指缝合了他的嘴唇，“我们就不说话，看看月亮。好不好？”

“我是想和你谈未来。”

“可我们能够把握的只有现在。”

沙夏在深呼吸。房间里暗淡了下来，月色不知何时被浓云遮盖。

“可我们总要想想以后的生活吧。”

“我们还生活得不够好吗？”你看着沙夏，目光在问他，问进他心里去。“想生活，多简单，可要想享受生活……很难的。”

“……”

“我知道你想说什么，我也爱的，”你不肯吐出那完整的三个字，你只说，“我也在爱，真的。”

20

第二天清晨醒来，沙夏不见了。你只有一瞬间的恍惚，但已经想好了，如果他真的不见了，你会怎么办。

枕头无辜地凹陷，床单蜷缩起来。它们见证了沙夏清晨醒来时的低落，一想到离别，他感觉当头一棒。他无所适从地起了床，怕吵醒你所以没开灯，昏暗中，轻手轻脚穿上衣服、鞋子。

从酒店出来，早春寒冷的空气几乎把他扑倒。穿过空无一人的街道，经过梅西百货，一直跑到波士顿公园，那感觉很熟悉，像读书时那样，每天用跑步换来一丝内心安宁。他跑得鼻尖发红，双手冰冷。

手机响了，你的。沙夏手指不听使唤，在一棵老榆树边，折腾很久才接起你的电话。

你问他人在哪儿，他说他在跑步。你又问什么时候回来，他说跑完就回来。

这个斯多葛式的家伙。你挂掉电话，心想，真拿他没办法，一根从来不会松懈的发条。你真的担心你们要是生活在一起，会不会是个糟糕的决定。

回酒店吃完早餐，离去机场的时间还早。回国的航班在午夜，你们决定去一趟水族馆，杀掉多余的时间。

深蓝色的水箱里，水母们梦游似的，上上下下，用艺术家杨典的话来说，“像一群飞翔的泡影”。你说你特别喜欢水母，以及蓝鲸。他说他就是喜欢海。孩子们什么都喜欢，咯咯笑着四处乱窜，那种全然无须理由的开心，黄金般让人羡慕。你们在纪念品店买了一只黄条纹鱼“尼莫”钥匙扣，作为临别的礼物。你把“南方幸福大街69号”的钥匙套在了钥匙扣上，送给了他。

“那你回去怎么开门？”

“颜斯林还有备用的钥匙。”

沙夏把目光投向旁边的礼品架。上面挂满了小小的戒指盒。木头做的，每个盒子正面刻着常见的英文名，背后是拉丁文或希腊文的词源含义。他的目光顺着字母往下找，看到了Zoe这个盒子。取下来，背后写着：生命。

他掏出昨晚捡来的那枚银色戒指，放了进去，递给你。你收进口袋。

离别时刻还是来临了。再隔几个小时，你们中间将隔着太平洋。

为了谁送谁，你们小小地、善意地争执了一会儿。最后是他让步了——你坚持要先送他走。

等车的时候，他紧紧攥着行李，一言不发，深深看着你。你说：“旁边有家冻酸奶店，要吃吗？你不是很喜欢吃吗？我给你买一个。”

“别走，”某种强忍的泪意，弄得他声音都变了，“别走，我不吃。”

沙夏惊于此刻的痛感，还从没有如此舍不得一个人。仿佛心里扎着几根箭，不敢拔出。他用力攥着尼莫小鱼钥匙扣，故意用金属边缘割着指甲边的肉。

在“彼得·潘”的叹息中，他提前上车了，弯着腰，择了一个靠窗的座位。玻璃很脏，隔望你的脸，因此显得憔悴。你裹着灰色的羽绒衣服，戴着黑框眼镜，发丝在风中不断缠上你的脸。他竟然嫉妒起那阵风来，突然跑下车，扔下随身物品不管。

他的拥抱叫你措手不及，那种用力，好像这是一场死别似的。你感觉惶然，有那么一瞬间你想起你最后一次抱着父母，尤其是你抱着母亲。你当时那么不经意，那么不认真，从不知道那将是你最后一次完整地抱着他们两个。所有的分别都不会是最后一次，你一直这么相信，所以你拒绝难过。

不像他，总是提前把很多事看作最后一次。

“我知道现在说这个很扫兴，但昨晚我说过的事，你真的考虑一下。等你毕业，夏天，我再来看你。我想和你一起生活。”沙夏说得郑重极了。

一直到司机最后一次催促，他才松开你。你惊讶于他竟流泪，整张脸仿佛刚刚被淋了雨。

巴士把他带走了。你看着车尾部的“彼得·潘”字样，没有追上去，没有转身离开，只是站在那儿。

“夏天见……”你自言自语，“我爱你。”

第四章 火夏

1

十六岁那年的夏天，在香港国际机场到达大厅，远远看见爸爸。只有爸爸一个人来。

“嘿，爸爸。”你走过去。他抱你。他大概很久没换衣服了，你闻到汗酸味儿。杂草似的胡楂，口气不太清新。你们都清楚，为什么只有他一个人来。

爸爸替你拿过行李。你只背着黑色吉他，双手如此多余，只好攥紧了背带。你看到他的手，贴着两片邦迪。你一直盯着那两小块贴布，鼓起勇气问：“妈妈还好吗？”

“还好。我觉得好些了。她也想来看你，但她有点累。”

你们回家放行李。开门的瞬间，久未开窗的空气，一种复杂的潮臭。大理石地板已经是厚厚一层灰，几乎变成哑光。在它们光洁如镜的时候，盛夏，幼小的你曾经穿着肚兜，躺在上面冰镇自己的整个后背。

大理石是冰凉的，比冻过的西瓜还要凉。

你不敢出声，轻手轻脚朝妈妈的卧室走去，怕吵醒她睡觉。爸爸却说："她不在这儿了。"

你几乎要哭，身体失稳，只有眼神在问，什么意思？

爸爸几乎被你的表情吓到，赶紧说："别怕，妈妈是住到画室那边去了。"

2

像很多重病患者那样，租一间离医院最近的临时住处，便于看病。爸爸让你拿几件换洗的随身衣物，跟他走："去画室那边看妈妈。"

爸爸的画室，曾是你发呆、玩耍、涂鸦的地方，如今再去，意义已经不同。狭小、破旧的走廊里，灯坏了，很黑。父亲翻找钥匙，呼吸声急躁而狼狈。你用手机给爸爸照手电光——那束光上下颤着，随着你的手发抖：一想到门背后是妈妈……病重化疗的妈妈，你差点扔下那束光，落荒而逃。

就在一年前，你出国之前，她还好好地经常哼着歌，直接转动锁匙进门来，有时候是给你的花瓶换水，有时候是一把拉开窗帘，直接掀开你的被子。她不许你锁门，也会撕毁你收到的情书，责备你学习不用功。

这样的妈妈不可能生病。

将逃未逃的时刻，门从里面打开了。面前是一组形销骨立的轮廓，剃光了头发，绸子睡衣像经幡似的，飘在骨架外面。在没开灯的空间里，妈妈只是勾勒了一个比黑暗更浓更深的暗影。

那身影缓缓地伸出双手抱你。

“妈妈，我回来了。”你强迫自己靠近那块影子。

“妈妈都好，妈妈很想你。”那影子的声音，好像被蚀空了，干涩沙哑得你几乎无法辨认。

这画室曾经大得空空荡荡，如今却小得不可思议。墙壁上，油画涂料处处斑驳，水磨石地板，污净不分，照明仅靠光秃秃的灯泡。两张行军床，一大一小，一看就是临时买来的。父亲的油画根本无处堆放，草草塞在床底下，堆得满满的。多余的60cm×60cm尺寸的画框堆叠起来，当作临时小桌子，散落着琳琅的药瓶。颜料全部干涸，皲裂，积满灰尘，调色刀和拖鞋扔在一起。没有厨房。卫生间阴暗，又潮又臭。

当晚，爸爸睡在旁边的小床上，你和妈妈一起睡。你想抱她，触之，又缩回。母亲主动起来，虚弱地抱过你。

灯熄了，录音机开始转动，她说：“我现在每天晚上听听这个。”

是诵经的佛教音乐。随着一对磁芯缓缓转动，如一双眼睛，不祥地，冷漠地，缓缓转动，看着你们母女，吟唱安魂曲。

那磁带是舅舅送给妈妈的。你至今想不通，送什么不好，非要送一盘这样的佛音磁带。以致其后很多年，你一听到诵经的声音就恐惧。

母亲似乎睡去了，而你醒着，彻夜睁眼与天花板对视。躺在身边的这个女病人是谁？这个房间是什么鬼东西？这是在哪儿？父亲画过一整个系列的人物肖像，模特都是母亲。她坐在画框里常坐的地方，端然而笑，根本不把时间放在眼里。那时候房间里的音乐是马勒，因为爸爸珍藏的那几瓶年份酒“只有马勒才配得上”。你一直想尝，但不知什么时候，已经空了瓶。那时候父母还是人人眼中的伉俪，一对璧人。那都是真的吗？画中人已被反扣着堆在床底下。

你一点一点地问自己，问空无。你想起她严厉地剪去你长发的那个小学毕业之夏，你为此哭闹不休。你想起她那一柜子的漂亮丝巾、精致的阳伞、黑鸭子合唱团CD，刚刚换了清水的百合花散发幽香。周日早晨，一家人懒懒起床，磨磨蹭蹭去吃早茶……

恰如纳博科夫在《说吧，记忆》里面提起维拉庄园的童年岁月：一切都应该如此，什么都不会改变，永远不会有人死。

3

两年后，十八岁那年的夏天，你再次回国。那是六月，临时画室终于退租了，理由却不是母亲好转。

母亲住进了重症病房，父亲日夜照料。那年暑假，你每天骑自行车，去医院看望她。她已经不再有人形。浑身插满各种管子：输液管、引流管、氧气管……瘦得……浑身骨头好像嫌在主人体内待着不舒服似的，纷纷想要从皮下钻出来。

你在她身边熬着，剥橘子，削水果，粥热了一遍又一遍。最后都是自己吃掉，因为她已无法进食，流食都不行。你陪着输液，在她偶尔回光返照的时候，陪她说一小会儿话。你几乎是逼着自己这么做的，每天，骑车去医院，强迫自己梦游。

整个六月，每天傍晚，你都在说：“妈妈，你好好休息，明天我再来看你。”

又一个清晨六点，你如诺去了。

母亲却没有如诺醒来。

那是十八岁的六月，你刚骑自行车到达医院，汗滴还在脸上发痒。无人的长长的走廊，脚步声只属于你。清晨六点的阳光，朝气蓬勃，无辜而无情，仿佛什么都没有发生。

你站在走廊里，一个人，感受透明般的寂静。

4

遗体告别仪式，你整个人一滴眼泪都没有掉下。父亲哑忍创痛，在灵柩即将被送入焚化炉的前一刻，泪水终于决堤，扑上去泣不成声。他跪伏的身形，像一把锈得无法打开的折叠刀，哭声经过努力压抑，依然撕心裂肺。父亲重复着："静志啊，你安心走吧，我会照顾好咱们女儿的……"

你站在一边不为所动，仿佛眼前只是一幕电影而已，而灵柩里躺着的那具病身，根本不是你母亲。

你木然接受大人们凝重而迟疑的悼念。母亲的朋友、同事、幼时的邻居、叔叔阿姨们，纷纷来到面前，捧起你的双手，有的说"从小看着你长大的啊"，有的说"你母亲真是个好人"，有的说"你要懂事，节哀……"，有的说"想哭别憋着，有什么话要跟大人说"。

你从头到尾不为所动，彻底拒绝把眼前这一幕当真。

下葬当日，舅舅和你两个人，开车六百公里，把骨灰送回母亲老家。七八个小时的长途中，你穿着久未换洗的T恤、短牛仔裤、匡威鞋，头发油腻，只能扎起来。一路上，马尾顶着座椅的头枕，极不舒服，而你适于此，一动不动，眼睛盯着前路。

第一个大路口，等红灯停了很长时间，舅舅瞟了你一眼，眼神似乎有抱怨，大约是希望你穿得更正式些。可你根本不在乎了。你已经是……失去皮肤的人，还在乎什么衣服？母亲的骨灰盒被你紧紧捧着，红色的化纤绸缎在腿上不断摩擦，不断摩擦，你一直记得那诡异的痒感。

到达公墓，已近黄昏，暮色沉抑。你给挖掘墓穴的工人买了两包烟，还递上了红包，“辛苦你了，麻烦周到些”。你把烟递给他们，好像这只是一次墙壁粉刷。

工人眼神恻隐，嘴上却只是漫不经心问你：“多大了？”

“十八。”你说。

你眼睁睁看着红绸骨灰盒被下降至墓穴中。

墓碑是你选的，为此你和舅舅大吵一架，你坚持要用刻着百合花的那一款，而不是他选的那种死板得如丧考妣的黑大理石。他不会知道母亲最爱的花是百合。

整个下葬的过程，父亲没有来。他痛苦得没法下床。“拒绝前往”是他不接受现实的方式。而你拒不接受现实的方式，则更加决绝——母亲下葬第二天，你就一声不吭，背起行囊独自去了云贵川旅行。

你感觉自己身上像“人”的部分被抽走了，变回一头小兽……一只幸存下来的，毛皮都被撕掉的孤儿小兽。地狱门口看过一眼，不过如此啦。重返丛林，天不怕地不怕，搭车，沙发客，飙摩托，一样不落，走夜路大声歌唱。大门乐队唱，“自由就是第一次走出家门的滋味”。不，不只如此。自由是不需要毛皮。

站在荒无人烟的半山腰，阳光发烫。山海蔚蓝，是诗人在《横琴岛九章》中写的那种，“很深的拒绝，或很深的厌倦，才能形成的那种蔚蓝”。你对着阳光，剧烈地发誓，你会重新长出美丽的毛皮，追着风筝远走高飞，要好好地、自由地、无拘无束地、痛痛快快地远走高飞，一个人生活。像萨冈那样，像三毛那样。

5

学者伊丽莎白·库伯勒·罗斯（Elisabeth Kubler Ross）在 1969 年出版《论死亡与临终》，描述人们遭遇悲痛后的五个普遍阶段，分别是——

否认与隔离（“不可能，这不是真的……”）；

愤怒（“都怪你们！是你们抢救无效！”）；

讨价还价（“……要是我们当初早点发现……”）；

抑郁（……）；

接受。

你全套走过这五个步骤，从无动于衷，到哀恸显影，并逐渐立体，用了一年。回到美国，进了大学，生活的齿轮缓缓重启，继续，渐渐地，噩梦变得真实起来，你开始愤怒，开始回过神来，是时候跟命运讨价还价了。

有时候发生在周末的派对，大醉之后；有时候发生在上学的校车上——妈妈不在了，永永远远不在了，就这么，没了。可你手机里还有她的号码呢，上一条短信还停留在大半年前，蓝色对话框，真真切切的蓝底黑字："放心，妈妈好多了。"

你才十八岁，妈妈怎么能走？许多念头联合突袭你，给你套上黑头套把你直接绑架。你好几次不得不紧急拉响校车的铃铛，示意司机赶紧停车，赶紧，停，车。该死的，停下来，现在！立刻！

你扒开车门，冲下车，扑到旁边的野林子中，抓住一棵树干。五脏六腑陷入暴乱，绞痛着，嚷着要逃离你的身躯。你都不知道自己是在哭，还是在呕吐。你跪倒在雪地里，整个上半身都在摇晃。你真的想过死。

你从来不让别人看见这一幕。

颜斯林是唯一的例外。从认识起，他无数次扶起过你，收拾你吐脏的衣服。他连自己的衣服都是雇人来洗，但会亲自照顾你，在你吐的时候帮你把头发扎起来，递上拧开了瓶盖的水。每个断片儿的晚上，都是因为有他，你才能接上第二天的。你们无数次醉到跌坐在楼梯上，一边是墙，一边是他的肩膀，两者都不言自明的坚实，随便倒向哪一边都行。

母亲走后，你出于对父亲的怨恨，断掉了家里给的信用卡。奖学金足够负担学费，但生活费必须靠自己四处打工，而不是每个老板发工资都那么痛快、准时。经常有上顿不接下顿的时候，是颜斯林大大方方付了钱，虽然他和你一样厌恶——甚至更加厌恶——用家里的钱。但是为了罩你，他咬着牙、厚着脸皮，每周在电话里忍受母亲数落有多少银行发来不可思议的扣费短信。有时候打打闹闹起来，颜斯林也会骂你，"靠，还敢跟朕嘴硬，你说你欠朕多少钱了？"但事实上，你清楚，他从来没有真的和你计较过。

但有代价，你明明白白知道，不可能有比颜斯林更铁的挚友——可万一崩了，也不可能有比他更狠的敌人了。就像当你们坐在台阶上，他会顺手抢过你的手机，检查你的微信列表里，他的名字是不是被置顶；检查你有没有把他固定成星标联系人，如果不是，你就死定了。

没有哪个男朋友敢这么放肆，可你也不知道为什么，你就是可以纵容颜斯林这么做。你经常有种感觉，和颜斯林这种星座的家伙“做朋友”，一点儿都不亚于“谈朋友”。一旦被拽进“最好的朋友”这一梯队，更确切地说——这一金字塔顶——他的小本儿上就只剩南极和北极，一白一黑，不存在温带，也没有灰度。对朋友，或对你这个塔尖儿，颜斯林的爱恨都是一瓶伏特加，又纯，又烈。

一旦失去，再无挽回的可能。这家伙，你几乎可以说是“丢不起”。因为，你也是那种，可以没有男朋友，但不能没有朋友的人。

大三那年，颜斯林要去伦敦做交换生，而你要去巴黎。离别的气氛延续好长一段日子，又正好快到母亲忌日，每年那段时间，你都难免低落，于是那顿饯行饭吃得索然无味。你感到持续的耳鸣、头痛，像极了……母亲走的那天，医院长廊里的蝉声，一声声无动于衷的聒噪，电钻似的切割耳膜。

忌日当天，父亲毫无表示。你不确定他是忘了，还是故意不想提。你没法脑补他跟新欢老婆住进你们家的画面。父亲在你的手机里已经不是“爸爸”，而是他的大名。偶尔那个名字会打来语音电话，和你敷衍几分钟，互相确认彼此还活着，说句“OK，bye”。

那通电话叫你很恼火，他像个受了欺负的孩子似的，没完没了地跟你抱怨经济不好，画廊老板不厚道，低价压画，还想抛弃他转行不干了，去做红酒进口生意。

“所以呢？”你预感这电话比平时更长，翻出耳机插上，一边叠衣服，一边心不在焉应着。

“……”

“那是你自己的问题吧。”

“……”

“你就直说吧，你想干吗？”

“……”

“那你们怎么不自己找人？”

“……”

“找我，我也会收费。而且我现在很忙，不见得有时间。”

你知道这样的语气最能刺痛他。暗爽，但内疚随之而来，隐隐的。挂了电话你突然觉得他很可怜，五十岁的人了，头发少了大半，大腹便便，才华平平，丧偶，续弦不是省油的灯，女儿跟他翻脸。你叠衣服的动作停下来好久了，膝盖抵着床尾的栏杆，生疼。你坐了一会儿，低头给父亲发语音，口气软了些，说：“你别太担心了，自己照顾好身体。”发完，你半天站不起来，不想动。

6

母亲离开了，而你常常觉得她还在；父亲还在，你反而觉得他离开了你的生活。他留给你最大的财富大概是品位：对艺术，对酒。

红酒课的资料里有这样的公式：“价格 =12.145+0.00117× 冬季降雨量 +0.614× 成长期平均温度 −0.00386× 收获期降雨量。”看到这里，你简直笑出声来了，现实真的有这么简单就好了。开课第一次，你打量着来参加这种课程的“同学”，四五十岁的白人中产，有钱有闲，生活空虚又还想要挣扎一下的那种，十女一男。课程意义不大，教的东西随便上网搜一搜也是一样，品酒种类很有限，还不如自己在欧洲的时候，随便一家酒行。

做交换生那年，是你的黄金之年了吧，独自住在巴黎第十七区的小街道，顶层的小阁楼，螺纹旋转楼梯，整整六层，每次上去或下来都经历晕眩。扶手看上去靠不住，白漆剥落，橡木已磨得光亮，吱嘎呻吟着，抱怨每个步子。阁楼里的壁炉已经无法使用了，铸铁闸门，泛起蝶翼般的褐锈。你是有壁炉情结的，无论在巴黎，还是在先锋谷，你忍受旧公寓的吱嘎声，漏风漏水，就为了那只壁炉。也许是你内心的某一部分也像壁炉，在等待一把火。

阁楼下，二百米内有两家酒行，总是开到很晚。你几乎尝遍了店里所有的葡萄酒，瓶塞收集起来，装满一个大玻璃罐。课堂上的硬骨头啃累了，会读一读罗兰·巴特来放松头脑，接着下楼透透气，去转角的小酒吧，找老板娘聊聊天。

老板娘来自摩洛哥，说法语、阿拉伯语、英语。是她告诉你，学一门语言的最高境界，是不再有人夸赞“哇，你说得真好”，因为母语是不需要赞扬的。也是在她的店里，你不断收到法国绅士送的大捧玫瑰，几乎比你整个上半身还要庞大，完全无法带走。每次你只抽走一枝，带回公寓，用空的酒瓶养着，把剩下的留给老板娘，换来她的谢谢，顺便回赠你一杯年份酒。

入秋的巴黎，走着走着天上就掉下雨滴，像是云要和你说什么话。十月是落叶的狂欢；而风，好像放了假的小孩，满街溜达，调皮地掀起姑娘们的裙摆。赶上没有罢工的好日子，你会为了一碗拉面，坐地铁到玛黑区去。那是欧洲还算太平的几年，你还相信梦游的魔力，相信这个世界值得被改变，可以更美好一点，正如从酒行的货架里，你随时能找出好几款 9 欧元一瓶的惊喜。

常常，你左手怀抱着装新鲜蔬果的纸袋，右手拎着一瓶干白，精灵似的走回家。那一小段路，被你踏成五线谱，你的脚步按照脑海里想象出的某首歌，打出节拍，走路带风。熬到交了论文，翌日又没有早课的日子，你会就着自己炖的萝卜汤，垫一下肚子，然后去小酒吧喝到微醺，作为庆祝。无论法国绅士来不来，你都享受。

秋天结束的那个夜晚，云想和你说的话突然变多了，雨滴密集起来，你走过转角，法国绅士站在那里等着你，准确说，是堵住你。

他带了长柄雨伞，却没有撑开，淋得肩头发黑，开口就问："老天，你都去哪儿了？"

你耸耸肩。

"为什么不回我短信？这个星期你去哪儿了？是我做错了什么吗？"他一个跨步上前，使劲儿摇晃你的肩膀。纸袋掉在了地上，苹果滚出来，柠檬滚出来。芦笋摔散了架，法棍亲吻地砖，裹上了雨泥。

你紧紧抱着怀里那瓶干白，身子斜过去，几乎是在保护它。你的确消失了一个星期，跑到伦敦和颜斯林过万圣节。你没法理解这样的事情为何得报备给他。难道仅仅因为那几捧硕大的玫瑰？仅仅因为他牵过你的手带你登上过埃菲尔铁塔，进行了表白？像对待国际友人那样？拜托，我们都会带国际友人游览长城。

伦敦皮卡迪利大街被妖魔鬼怪堵塞，封了路。夜色越浓，你越亢奋，临时借来陌生女孩的黑口红，把自己涂成潦草的吸血鬼；而颜斯林则用油画颜料把自己的脸涂鸦，套着自己亲手做的印第安羽毛帽子，拽着你的手，在人群里钻来钻去。你放肆地发酒疯，无人理会你，这种无人理会很孤独，也很自在。自在更重要。手机在你的衣兜里疯狂振动，无休无止。你看都不看就知道来自谁。你的手伸进口袋把它摁关机。当然，有时候是它振到没电自己关机。

“和我结婚吧，Zoe，别走，留在巴黎。”法国绅士几乎快要给你跪下了，眼里都是雨。

你立刻后退，一步，两步，撤退之前，你腾出一只手，掌心对着他，示意“这位先生你不要激动”，那是一种对付抢劫犯的姿态……当你意识到一个人比你想象的更认真、更爱你的时候……就像是要抢劫你。

你也不知道为什么。

“好吧，见鬼去吧，你太像个男人了，和你谈恋爱简直就像搞基，简直不可理喻。”法国绅士撕掉了好脸色，咆哮着扔下这话，掉头走了。你几乎松一口气，然后在心底冷笑。

你没有捡蔬果和面包，只抱着毫发无伤的酒瓶，转身上楼。你回到安静的小阁楼，确认锁好了门。

蜡烛点上了，音乐放上了，酒……还需要冰一下才能喝。你等待着，在微暗的房间，你盯着衰老的壁炉，回顾刚才的时刻。其实这样的情形发生过好多次了。喜欢过你的人，都吃过你这一套。亲密关系这玩意儿，只是你生活的甜点。甜点是可有可无的，而且不能多吃。也许下一次，你该提前告诉对方，有蛋糕也不错，但你只想尝一小勺，只要一小勺，谢谢，好好好，够了。

休想强迫你吃掉一整块蛋糕，你会拒绝的。不要逼你。这个世界是因为例外而美丽的，例外的，不在乎恋爱和甜点的姑娘，不痴迷成功和金钱的小伙子。例外或不规则，世界是因为这样的人才有趣的，你坚信。

你意识到你讨厌海明威或许正是因为骨子里你们太像。他宣称“女人越向一个男人表达浓密爱意，就越会赶走他”；而你想补上一句——在不低的概率里，反之亦然。

酒冰好了，你把它镇入冰桶。在一丝柚香中，你的舌尖尝到了……一味杰作，像莉迪亚·戴维斯的短篇那样清爽、幽默、回甘。酒体恰如作品，好就好在文本之外，句号之后那十秒回甘。

还有两周就要离开巴黎的时候，你在楼下小酒吧碰到盲打误撞进来躲雨的浙江商人。来法国的浙商如此之多……几乎泛滥成灾。还好这两人不太油腻，可以忍受，你坐下了。老板娘见你来了，热情地给你倒了柠檬水，推来杯垫的时候，她顺便用法语对你耳语道：“他们抱怨很久了，说想做葡萄酒生意，但英语不灵光。想不想试着……做一次美酒猎人？”

你无所谓地耸耸肩。老板娘用润滑式的漂亮推荐，说服他们请你喝一杯。这时候，你们的话题已经涉向生意。

7

为了做一个合格的葡萄酒猎人，你像爱护皮肤一样爱护你的感官、嗅觉、味觉、举止、气场，都要慢慢练习。一个无可比拟的优势是，你的法语已经练得和英语一样无懈可击，西班牙语和意大利语也听得懂，而你的母语是中文，代表着世界最大、最有潜力的市场，每个生意人都垂涎。

你只挑选合得来的聪明头脑做生意，所谓“合得来”，是聪明但又被你说服的那一类：放弃满嘴的拉菲、罗曼尼·康帝吧，它们早就变成了符号，而不再是葡萄酒本身。放弃超市、五星级酒店吧，那些市场既饱和又傲慢；放弃中国北方市场吧，他们传统固化，喜欢白酒，不易打开。为什么非要租店开酒行，为什么不考虑互联网，艺术展览，酒会？不，不要急着一次进太多，超过一个货架的酒在海关就麻烦一倍，我们得在海外提前贴好中文标签，如果质检报告只有一份，还是1962年的，那最好请他们再做一份质检报告，把原件给我们，因为国内有的口岸就是非要原件不可。

除了恋爱，世上大部分事情都是一分耕耘一分收获的（这大概解释了为什么你始终对恋爱不太感冒）。你的口碑已经在圈内传开了，选酒、谈判、定价、订货，哪怕心里没底的时候你也像个老练的猎人那样，说话反应超快，正所谓装作如此，直到真的做到如此。他们很吃这一套，况且只要有你参与的场合，男人们大都会因为睾酮作祟而迅速达成生意，价格优惠。你跟颜斯林讨论过这种微妙的优势，衍生成一场争论，关于“性别优势”。你掐灭烟头，用中立的口吻说，我只是在做我的事。他们要想别的事，恐怕是他们的生理局限吧。

几笔生意下来，你体会到经济独立的甜头，是自由。自由就是有底气对这个世界说不，对愚蠢的家伙说滚。爱则恰恰相反，爱让你接纳，让你说好。这也许是为什么，你对爱的态度极为谨慎。

第一桶金（虽然只是小小的桶底一点点金），是在意大利北部赚到的。那是一座离都灵不远的古老小镇，在皮埃蒙特。整个山区被阿尔卑斯山斜插一刀，沙土、陶土混合得恰到好处，给葡萄提供了极好的养分。被你瞧上的酒庄并不算有名，但当年的雨水十分温驯，葡萄收成出奇地好，你判定这批酒物超所值，是媲美 DOCG[1] 级的遗珍，只是需要更好的包装营销，还得重新设计瓶签。

庄主年纪大了，一提起葡萄园，脸上有种骄傲的愁容。这里已经有四代人了，第五代想要叛离自己的宿命，几乎是预料之中的。庄主的儿子早逝，独孙亚德里安已经长成了英俊的青年，但一门心思想要离开这里，去柏林做 DJ，不愿意留在这里帮他打理葡萄园。庄主有时候闲得慌，会和雇农一起，亲自给心爱的葡萄叶喷洒硫酸铜。

暮夏时节，一望无际的绿藤上缀满了粒粒黑亮的珠宝。到了冬日，尤其是早晨，悠缓的山坡则完全被浓雾淹没，葡萄架呈现出某种抽象的虚线格子，一种印象派的典型画面。你去的时候就是这样的季节，踩在雪地上，满脑子幻想着一群群麋鹿出没，唱颂歌的矮人成群结队跳着圆圈舞。

圣诞节近了，亚德里安回到庄园和家人团聚，却成天把自己流放在荒凉的山坡上，鼻头冻得通红，瑟瑟发抖地裹在皮夹克里，坐在雪地里抽烟，硕大的耳机圆鼓鼓地套在鬓侧，隔着两米也能听见撕心裂肺的电音。破旧的菲亚特小蓝车被扔在不远处，寂寞地匍匐在雪地里，玻璃已经结冰。

亚德里安看见了你，抬了抬下巴算是打招呼。他吐出一口烟圈，有风，烟雾缠上他的脸。“来一支吗？”他问。

“当然。”你点头。

他从衣兜里掏出裹在锡纸里的烟叶。手背干燥，冻得发白，像结了一层霜。那双手发着抖，仔细把烟叶填进小纸卷，递给你。点火的瞬间，你们变近了：他的睫毛那么长，你几乎担心它们会被烧到。

1　指的是意大利葡萄酒品质标准系统中最好的一类酒。

听说你来自中国，亚德里安仰着下巴笑起来：“你好呀，我的图兰朵公主。”

哇，不愧是意大利人，你心想。但你没有顺着回应“鞑靼王子”，而是拐了个弯，问他：“你知道《图兰朵》的原型来自《一千零一日》吗？”

“是《一千零一夜》，我记得很清楚。”

“你错了，是《一千零一日》故事集，里面有一则叫《杜兰铎的三个谜》。”

“好吧，我回去查查，如果输了，你也要给我说个谜语。”

赢定了，你心想。你是听着奶奶读阿拉伯民间故事《一千零一日》长大的。1981 年的中文选译本《一千零一日》，姜黄色的封面，你记得很清楚，源于克什米尔公主对一位叫“梦想家”的王子朝思暮想，奶妈心疼她，便给她讲了一千零一天的故事，里面的女主角们聪明勇敢，率性而为，完全是《一千零一夜》的反面。难以相信，在几千年前的阿拉伯民间，流传着这么多带有强烈“女性主义”色彩的故事。

在《杜兰铎的三个谜》中，骄傲的公主已经爱上了卡拉夫，但不愿意答应婚事，因为：“我无法忍受任何一个男人说：我征服了杜兰铎！”

“可他们最后成婚啦，不是吗？”亚德里安问。

“没错，但原因是，她丈夫也说：‘杜兰铎你得到了更大胜利：你克服了自己的骄傲。’”

“骄傲吗，你？”

也许是吧。童年，每逢寒暑假期，爸爸都带你去风眠湖，拜访老杨。你喜欢去那里：逃离了严苛的母亲，每一口呼吸都是自由的。你尽可以拿奶奶给的零花钱，一天吃二十根冰棍儿，遍地撒欢，上山摘一种叫不出名字的小浆果，脸蛋晒得通红。山里的苍耳沾在你的裙子和鞋子上，被你带回院子，进屋前被你摘下来扔地上，奶奶笑着说："再这样下去整个院子都会种满苍耳啦！"

奶奶住的镇上经常停电，而你喜欢停电，喜欢烛火支撑的善意的黑暗。多年过去，你对烛火仍然有偏爱，那令你感觉像躺在奶奶身边，听她给你讲阿拉伯童话；那是一张近乎巍峨的四桅大床，蚊帐飘忽如梦，你闻到楼下作坊传来浓烈的酒曲味道，经年不散。仅仅是那气味，足以熏得你入醉。大约是从小被那些勇敢的女主人公鼓励着，你长大后性格带骨。

也就是在当晚的餐桌上，隔着无数酒杯、盘子、烤鸡、烟熏香肠、沙拉和蜡烛，你收到了亚德里安的短信："你答对了，图兰朵。"他一直在长桌尽头看着你，目光热烈得像一对火钳。他隔空向你举杯示意，瘦削的下巴镶嵌在V形的领口，每一簇棕色的鬈发都带着笑，迷人得简直就像一头巨角麋鹿，刚从雪地抬起头来。

那是一张足以容纳二十人的长桌，谢了顶的老头子们喝完了十分之一的窖藏，个个红光满面，浓重的卷舌音把烛光吹得蜷曲。意大利人讲话用的不是舌头，而是手势，满桌子都是手在挥舞，而庄主热情得过分了，拉住你不停地哇啦哇啦。

亚德里安坐不住了，站起身，端着酒杯，走到你身边，打断这一切。

"所以你不想知道谜底吗？"他问。

"什么谜底？"

"鞑靼王子的吻，什么滋味？"

你在宝蓝色菲亚特的后座得到了答案，有烟草和单宁的涩味，但很温柔。旷野里，风雪在尖叫。车窗内，你们的呼吸如潮水在雾中翻涌。轻咬着耳垂喘息，闭上眼，你仿佛能看见亚德里亚海湾的堤坝，傍晚的星，忧郁的海风琴，第一缕呜咽声随着涨潮而奏响。

当你再次睁开眼，亚德里安用手指在蒙着雾气的车窗上擦出一块满月。他的脸在月光中只有一个盾形的轮廓。可能是弹贝斯太久了，你分明感受到他指尖都是茧，硬硬的。

你们久久地躺在后座，彼此折叠。在异乡这寒冷温柔的雪夜，潮汐过去了，沸腾的泡沫破灭，苍青色冷月注视着你们。残缺破旧的中世纪城墙在葡萄田的尽头，默默围剿黑暗。你们在广袤的田野里相拥着，像两粒珍珠嵌在深海贝肉里，几乎睡去。

“该说再见了，但我会想你的。”他的道别风格，完全跟你相似。没有人说我爱你，更不会要求留下来。罗曼史的美，就美在它适时而止，像《理发师的情人》，把爱意留在巅峰瞬间，不要反刍，不要复制。一切让你担心的黏着都不会发生。你吃惊地发现，当和一个酷似自己的同类相遇……那感觉像……面对镜中的虚像，吻到冰冷的玻璃。

8

飞越大西洋的时候，你俯瞰：远洋巨轮像几枚胸针，别在海蓝色的衬衣上。

离开巴黎，回到美国，你拿到了亚德里安设计的新酒标。庄主开心地在电话里嚷嚷：“这是我孙子给我设计的，我的孙子。”你看见酒标上的月亮，海浪的波纹，想起某个夜晚。你用破破烂烂的意大利文告诉他："您的酒在中国很受欢迎，明年我们还会再进两个货架。"老头子在电话那头笑得像个孩子，重复道："亚德里安很喜欢你，很喜欢你。他没告诉我，但我把他看得透透的，他可是我的孙子。"

挂了电话，轻微的爆破声，烟花在窗前洒落，你拉开窗帘，读亚德里安的邮件，得知他的确去了柏林。你想象他像夜行动物一样，穿着皮夹克盔甲，出没于冷战时期的防空洞，在迷幻现场做 DJ 的样子。重低音炮，节奏愤怒，不跳舞的人，稀稀疏疏靠在墙上，间距均匀，神态懊丧，像一排等待死刑的人。也许亚德里安正啄着头，俯瞰涌动的舞池，人头被蓝色灯束扫射。

你为那个画面感觉开心，因为你们及时在口香糖味道最好的时候吐掉了它，你们是一类人。你记得他脖子上挂着的那个银色音符，他心里只有那个音符，就像你心里只有一个小童，爱着她亟待探索的世界。

Zoe 吾爱：

也许，你看到这封信的时候，打开 *La Donna Romantica* 这首背景音乐，更对心情。

你应该已经回到谷里了吧？最后半个学期，加油。我回来之后，时常想起在佛罗里达那一段闲适的日子。

那一张你在阳台上仰身抚发的照片。清风几乎将你的妩媚一丝丝吹散，飘扬在雨后的馨香之中。拍那张照片时的你，并不知道，在一年多之后，会遇到我。

我此刻浮现在脑海中的是你黑发上的幽蓝光泽，那是我在上次彻夜聊天中一直凝视的地方。那是我最享受的时刻，你的气息，每一寸皮肤，像光滑的树叶，杳无人烟的荒野间，光与风，都围绕着你。

你以彗星般的形态，坠入我的生活，我不能确定在这茫茫的宇宙穿行中我们会遭遇什么。能吞灭光的，尚有黑洞。

……

但我想要对你说，如果有一天我们消散在空茫的宇宙，或有一天你从属于了另一束光的引力，那我将感到无限的孤哀，那是遥望梅花落满南山，怅对雪原云海，都不足以抒怀的孤哀。

……

我一直渴望，有人从长城的另一端走来，我从这一端走去，彼此相遇，镶嵌到命运里去。

但愿在有极光与灯塔的地方，我们永远是爱人。

你的沙夏

你从长城另一头走来……我自这一头走去。他指的当然是南斯拉夫艺术家玛丽娜·阿布拉莫维奇（Marina Abramovic），1988 年她和乌雷（Ulay）的行为艺术作品 *lover*，史诗般的情人，本来是计划花三个月从长城两端走来相会，并举行婚礼，但事实是，相会之后他们便分手了。全世界为此惋惜，但这是一种古老的遗憾，不是吗？早在 1926 年 8 月 22 日，茨维塔耶娃写信给里尔克：“……爱活在语言里，却死在了行动中。”

你用鼠标轻快地从顶拉到底，扫完 E-mail，关闭网页，继续写你的毕业论文。

许多人对你说过“爱”，但最后都离开了你。因为你总是挑起他们的征服欲，却从来不会带给他们征服感。你觉得他们既不懂什么是征服，也不懂什么是爱。那关乎某种权力结构，而你压根儿不在乎。

类似一个亲历过大屠杀或核爆炸的幸存者，再来看待日常生活中的离合，无外乎两个玩具车相碰的意外。母亲走后，你内心卷入战争泥潭。父亲迅速新婚，给你投下了那枚致命的核弹。战争是终结了，而你被炸成一片废墟。伉俪情深二十年，家庭和满，但又怎样？但又怎样？！你发现人之爱，无非像甜点，饼干似的甜蜜，却脆弱无比。甜点有，当然好；没有，完全无妨。

所以沙夏长长的E-mail，比教授的readling list更让你头疼。你不知道怎么回信。那些E-mail长得像小说，一个人怎么会有那么多时间写邮件？他难道真的不打算再工作了？一开始你是因为忙而来不及回，接着就越积越多。

越多，你越不知道怎么回；越不回，来得越多。

电话打进了黑洞，E-mail掉进了黑洞，短信发送给了黑洞。沙夏渐渐意识到，你的确是一面没有裂缝的镜子，但镜子背后，或许根本是一个黑洞。一种谜。

9

春假结束，沙夏走了，你回到属于自己的生活节奏。穿过廊桥从食堂到图书馆，来来往往，有时候带着宿醉的头疼，有时候放慢步子看看墙上的社团广告。日常的细节，零星趣事，你也想过和沙夏分享，但是通过手机把上下文情境赘述起来，真的太费事了，于是你选择不讲。几次下来，你发现所谓的远距离恋爱根本就是一种变相的日程报备：晚安我睡了，早安我起床了，我去上课了，我周六出去和朋友聚会，不要担心……

可是又怎么能不担心呢？一想到你周六晚上的派对，酒精、电音、热舞……一脸青春痘的美国男生飞了叶子，轮番来找你搭讪，沙夏就心如乱麻。那画面简直是必然的。他痛恨这种心乱如麻，又无可奈何。他曾经那么自诩理性，聪明。可惜到了这种时候，他陷入被动，却又不想表现得小气，因必须压抑焦虑而更加焦虑。

而即使是沙夏已经万般压抑联系你的冲动，你还是感觉不自由。你完全能想象到手机的另一端，始终有一双目光在徘徊、在站岗、在盼望你回个消息。你几乎能听到iPhone解锁的咔咔声：沙夏强迫性地点开屏幕又关上，关上又点开。

你的夜晚是他的白天，要是到了十二点或一点，你还不发一条消息告诉他“我已经回去啦”，那双眼睛就会一直盯着屏幕，咔咔解锁，关了又开。

越是这样，你越不想报备。你明明知道发两条消息过去，便能安抚他的心焦，但你就是不想。你也说不出为什么。也许是叛逆，也许是对控制欲的本能反感。也许有人沉迷网络恋爱，享受时时刻刻抱着手机发短信，但你做不到。你喜欢肌肤对肌肤，表情对表情，眼睛对眼睛的现实关系。你们再也没空打八个小时的电话粥，即使拨过去，也往往无话可说。

屏幕上，长时间的“对方正在输入”之后，沙夏发来一句话：“和你的沟通分寸好难把握，多一寸变成干涉，少一寸变成疏远。”

你收住步子，站着，盯着手机，不知怎么回复。松鼠从树上蹿下来，跑过你脚边，钻进化了雪的草地。你关掉屏幕，把手机放进口袋。

据说有科学研究，人类的激情没有超过八个月的。八个月之后，新恋情所激发的多巴胺、内啡肽、睾酮、孕产素……通通回归正常水平。月晕散去，光环消失，你们直面对方的阴暗面、缺点、乏味。远距离则雪上加霜，将你们之间折磨得岌岌可危，仿佛一副隔了年的旧对联，脱了胶，其中一联已快剥落，另一联孤零零的，迟早也要被撕下来。

你的消息变得越来越稀疏，最后你彻底不回 E-mail 了，手机也断了消息。12 个小时的时差，他醒的时候，你睡了。你起床的时候，他已经困到熬不住了。可你偶尔出现在颜斯林的朋友圈里，生活如常，写纸写累了，在高马喝啤酒。你有时间喝啤酒，但没有时间回消息。

他终于忍无可忍，像商务谈判似的，约你“找时间打个电话”，要跟你“谈一谈”。你有不好的预感，但还是拨过去了。

太久没听到彼此的声音，几乎是陌生的。你们词不达意地各说各话，穿插长段的空白，听筒里只有深呼吸的噪声。

你辩解道：“……真的，我一回来就开始赶毕业论文，真的没空啊，我比颜斯林他们毕业都迟，已经来不及了。”

沙夏忍住，没有反问“忙，那你还有空去喝啤酒？”这种傻话。他的傲慢不允许把自己和一杯啤酒拿来比较。他用沉默，暗示你赶紧示弱，像个普通女孩子那样，撒个娇。

而你接着说：“可能真的是你太闲了，我太忙了，你的注意力全在我这儿。那我怎么办啊，你就没有你自己的事情吗？……”

“你根本不知道我以前过的是什么日子！”沙夏怒吼一声，打断你。

你一怔。

“……太好笑了，你居然说我‘太闲’……好啊，你要是想看我忙起来，你可不要后悔——”

“——Grow up man！[1]”你一生气就飙英文，顿时把嗓音拉高八度，“怎么跟个小女生一样啊，你这是‘谈一谈’的姿态吗？”

沙夏在电话那头深呼吸，像是重症病房里的输氧机那样用力的呼吸声，哑弹一样危险。“我们分开吧。你忙你的，我忙我的。”沙夏当即就挂了电话，转身把手机扔在沙发上，又被沙发弹到了地上去。他感到羞辱，正因为没有任何情敌，却眼睁睁看着对方心淡下去。他迁怒于这个房间，瞪着沙发、床单、桌子……所有物品都让他气急败坏。它们还留存着你的气息，痕迹，你送的礼物：一支弧线优美、封存在梭形玻璃中的羽毛。

你听着嘟嘟嘟的忙音，很久都没挂，有种一脚踩空似的失落。

这失落你很熟悉，月晕光环散去后，真相不过是一轮脆弱的饼干：凡人之爱的局限。你深呼吸一口气，翻出耳机戴上，开始听陈升，继续写论文。明天就是最后期限，你不能涣散。你现在不能去思考，如果沙夏这家伙真的就此拉倒，你们就这么散了，会怎么样？这设想令你痛心，可它不是你现在能想的。眼下你至少还得写完五页纸，明天就要交，而此刻已经是夜里两点了。

熬到夜半，头昏脑涨。电脑前坐久了，你冷得不行。你打算去卫生间洗个滚烫的热水澡，不料迎面撞上颜斯林出来，彼此都被吓了一跳。

“怎么哭得跟鬼似的？”

---

1 拜托，成熟点！

“被论文搞得啦。”你用浴巾挡住脸，走进洗手间关上门。

“屁！”颜在门背后赖着不走，“讲啊，到底怎么啦？”

你没法告诉他，就在刚才，艺术史的论文你写到了路易丝·布尔乔亚（Louise Bourgeios）。她的代表作，那个著名的黑色大蜘蛛，被命名为《母亲》的雕塑。恐怖的、黑色的、狰狞的细小躯骸，被八条弧形巨腿撑到空中，就像——也就是——病重的母亲，浑身插满导管的妈妈。

这已是母亲离开的第四年了，余震还未平息。上周的小组讨论课，教授打出这座蜘蛛雕塑的幻灯片时，你感觉像有人在心窝踢了一脚。肋下绞痛，你在众目睽睽之下，跑出教室，撞进卫生间去。急性的痛苦一发作，如同你的身体发生了自燃。你打开龙头哗哗地冲脸。洗手间的镜子里，你看到自己的五官如燃烧的胶卷，皱成一团。你难受得想喊“妈妈救我”，然后你意识到妈妈没有了。

颜斯林固执地敲着门：“喂，又跟那家伙吵架啦？哈哈哈，快说出来让我高兴高兴！”

“滚啦你！”

“切！那下回哭不要来找我啊！”

你冲完澡，镜子上一片雾气。你用纸巾擦干一块，映着自己清晰的脸，干发巾裹在头上，你看起来像……阿拉丁。你刷牙，又抬头凝视自己。“恋爱就是，你是一面破碎的镜子，在找一个补镜子的人”，林奕华是这样说的，沙夏同意，而你不同意。

吹干头发，抹了面霜，你感觉好点了，身体也逐渐回温。一开门，颜斯林这家伙还守在门口，嬉皮笑脸地靠在门框上吃一包薯片。

“胖死你。”你故意从他脚上踩过去。

“拜托！干吗这么大火？”

“走啦你，明天我交完论文就好了。”

“喂，你自己要开心点。刚才姐姐打电话说，下周一答辩完，马上就要我回去。”颜斯林常把母亲称作姐姐，你习惯了。

“这么急？回去干吗？！”

“不晓得，急吼吼的，好像是卖了什么房子要我签字……”颜斯林摇晃着薯片，哗啦啦。

“那她怎么不去？”

“姐姐人家在埃及玩儿。”

你转过身吹头发，噪声之外，什么都听不见了。过了一会儿，你关掉吹风机，问：“那你还回来吗？”

“这个就……不知道了……”颜心不在焉地捻着薯片，清脆地咬着，晃回了房间去。

10

熬夜一宿，搞定了论文，你晕晕乎乎踩着正午的阳光往回走。春天好像不知不觉已经来了，校园里的樱花树泛白，化入残雪。晴光万里，而风起的时候，依然冷极了。

沙夏：

抱歉之前一直忙，没空静下来给你好好回信。

我想说的是，现在你所感受到的这种不平衡感，我真的、真的、真的很难过。我以为自己已经做得很好了，在心里对你毫无保留，但是在你那边看来，却总是缺失……

但是必须说，在我看来，爱是离不开时间的，是关于持久和考验。两个人从一开始，谁不是激情甜蜜，不断发现对方的好，不断加分，不断有惊喜呢？但真正的考验是两人慢慢进入一段平淡如水的相处期，慢慢更加全面地认识自己的伴侣，看清对方身上的优点和缺点的同时，是否还是对彼此不离不弃。这对于我来说，是最重要的。因为我知道，我自己身上有很多的缺点，可能你现在还没有发现。也许你慢慢了解了我，可以下一个中肯的评价后，我想知道，你是否还像当初那样爱我。

我是很真诚、很真诚、很真诚地跟你说这句话。你不要觉得我拖住迟迟不说那三个字，是在跟你玩技巧，或是让你追着我跑。相反，在真爱面前，我毫无技巧可言。说出三个字多简单，可我只是希望它真的在现实里，能够持续地长久，长久，再长久一些。你以为我不知道你的分寸吗？你以为我不知道如果让你觉得失去平衡久了以后，我真的会失去你吗？我有时会觉得有枚定时炸弹在那里，我知道时间的期限，但我还是为了维持对亲密关系的理想主义，承受失去你的风险，忍受这一分一秒倒数时间的折磨。因为这次，我要最好。这真的，不是技巧。

这就是为什么，突然联系不上你的时候，我真是害怕极了。有那么一瞬间，我觉得我真的有可能失去你了，觉得你等不了了，要撤退了。那种一瞬间的害怕，真是我从未经历过的。你走之后，颜斯林都说我变了许多，说话做事不像以前那么从容放松，现在我有严肃的时候。可能是因为我内心有所坚持，对一个人从未这么在意过，小心翼翼，生怕一个小错误就会全完蛋，然后我会后悔一辈子。

……

我是真的想和你走到时间的远方去，看看春远秋长。

Zoe

这封给沙夏的信，被你噼里啪啦在键盘上打出，一鼓作气。眼睛干涩、刺痛，盯着光标悬停在最后一个字眼右边，闪烁着。

鼠标悬在“发送”按钮上，你犹豫了很久、很久，最终还是点了发送，合上屏幕，有种交完作业的轻松。你向后一靠，瘫在躺椅里，意识到，所有的爱都是用奔跑来找脚，用飞翔来寻翅。

已然爱了，才回头去想，所谓的爱，到底是什么，或，为什么。

11

Bryan 的妻子打电话来的时候，沙夏以为是你，不想接。过了一会儿，看到短信：“上次在波士顿，我临时有事，非常非常抱歉……我现在到了香港，如果可以，想和你见一面。”

沙夏一愣，正在不知道怎么回复的时候，又来一条短信：“事实上，你必须来。Bryan 给你留了一份信托，律师有文件要你签署。”

在中环一家茶餐厅，沙夏又见到 Bryan 的太太。墨镜未摘，镯子在腕子上晃荡。严重厌食症的体形，不到 40 公斤，瘦得脱了相，皮肤粗糙，妆容勉强。

“Hey...”沙夏走过去。Bryan 的太太挤出一个笑迎的姿势，起身来，给了个象征性的社交拥抱，彼此只有胳膊和肩膀碰触，上身隔得老远。

叉烧、姜撞奶、菠萝包、白灼菜心，她点了一大桌，自己却只喝例汤。两人的话题绕着 Bryan 这个暗礁，如雾中的巨轮，谨慎而尴尬地兜兜转转，毫无推进。沙夏几乎要疑心这是个陷阱，不知道她到底在玩什么把戏。自从 Bryan 出事以来，他对一切“水太深”的东西避之不及。毕竟危险的不是水，而是行到深处，身不由己。强大如泰坦尼克，尾大不掉，只能撞上冰山。

沙夏拿出沉默寡言那一套来对付场面。少说话的好处，他颇有心得。细嚼慢咽，装作专心吃饭，煲仔饭被端上来了，随之而来的还有一个满口港式英语的律师。他一身典型职业装束，匆匆赶到，落座之前起码说了五个 sorry。

沙夏问服务员要一副碗筷，那律师一边说“不用不用”，一边就掏出厚厚一沓文件，递过来。沙夏迟疑着，不敢接。

“不要担心，非常非常干净。”律师好像一眼看穿沙夏在想什么似的，“前提是，这笔信托只能用在‘子曰’的创立事宜上。这是 Bryan 的遗愿，他应该和你谈过。”

沙夏好像面对一份传染菌样本似的，小心翼翼接过文件来，皱着眉，低头一行一行看。

“我需要考虑一下，我回去仔细阅读，之后再答复你们。”沙夏说。

从香港回来的航班上，沙夏竟然破天荒地睡着了。梦见你们坐着彼得•潘巴士，车内灯光如琥珀，你们肩并肩，头颈彼此镶嵌，双手也镶嵌。握你的手，那么真实，触感温热，软而暖，指间严丝合缝地吻合，如一枚史前海螺化石缓缓陷入沙地。

飞行颠簸的时候，沙夏醒了，发现自己的右手紧紧握着鼠标。

鼠标被焐热了，不知握得有多紧，在屏幕上打出了惊心动魄的长串乱码。梦境像是被海浪冲溃的沙盘，他被抽回现实，现实正如有句诗歌所写的："所爱隔山海，山海不可平。"

落地之后，沙夏打开手机，读到了你的 E-mail。他反复看了几遍，下意识点开微信，看到你朋友圈里更新了一张照片，墨镜、红色单衣、马丁靴，正在过马路，侧过脸看镜头，漂亮的……像一匹独角翼马走过童话的第一章。

谁为你拍的照呢？他忍不住想。阳光真的很好，从照片来看，谷里的雪已经彻底化了。碧空如洗的春天，来得很迟，也很短。晴朗是羞涩的，忽亮忽暗，乌云孵了一些雨，沉甸甸的，游荡在天空。

读完你那封 E-mail 第三遍，沙夏盯着你的照片，决定再次买机票，飞来见你。

如果问题只是出在距离上，那么就解决掉距离，他想。

12

与上一次相聚的感觉略有不同，在机场重逢的时刻，你们略带克制地拥抱，像两个刚刚爬出低谷的登山者，略显疲惫。

六月的纽约，黄金般的好时节。满街的豆梨洋洋洒洒，绿中隐白，人们迫不及待地穿上夏衣。从窗口看下去，植物与人都缤纷复活，走路带风，沿着高线公园的经脉，绽开一顶顶墨绿的阳伞。空气十分干燥，沙夏的嘴唇干得发痒，早晨醒来，眼睛和嗓子一样渴。

昨晚你们已经用身体发肤重新确认亲密，像修复硬盘数据，一点一点，找回原形，彼此都有点力不从心。翌日时差袭来，沙夏感觉很疲惫。不怎么样的早午餐，叫人意兴阑珊。咖啡凉了，炒蛋都没怎么吃。话题坑坑洼洼，绕不开难题。

“我也没有过异地恋……不晓得这么难……对不起。”

“你竟然那么轻易就说分开，真的，这让我很难过。非常，非常失望。”你认真说。

“我们重新来过，再给我一次机会。我收回我的话，那是气头上……”

“没那么简单的，感情又不是 NG 一条，随便重来。”

“为什么不能重来，等你毕业……我们可以一起生活。Bryan 给我留了一笔信托，我们可以一起做，就借用你奶奶的作坊，重新把它打造出来。”

他居然用了“打造”二字。

你把手抽回，目光转向别处，望着空中的飞鸟。他在找寻你的手，但你已经把它们收进了并拢的双膝。

“不是你想做什么，我就想做什么。明白吗？——我去了干吗？你有考虑吗？”

“就做你自己喜欢的啊！或者，什么也不做！”沙夏差点脱口而出“我也可以养你啊”，但想到你的个性，忍了一嘴，换成，“你不用担心生活的，有我在呢。”

该感动了吧，台阶都铺到脚下了，快扑到怀里来，沙夏暗自期待着，没想到你说：“我不可能什么也不做。不，可，能。别跟我说什么‘我养你’，这三个字根本就是胡扯。时间一久，你不会开心，我也不会开心。”

你能这样想，当然不是普通姑娘，他再次被确认这一点。可是好像头一次，他宁愿你“普通”一些，周星驰对着窗户吼这么一声，就可以被感动的那种。

“不是那个意思……”他几乎是叹着气的。

“我这边做红酒才刚刚铺开路，给我点时间，我要想一想。”你说。

13

好像是为了逃避问题似的，你们在纽约待了三四天，昼伏纸醉，夜出金迷，跟很久没见的朋友聚会、跳舞、喝酒，笙歌不断。在舞池里，有狐媚的犹太姑娘搭讪沙夏，够直白，伸手撩他的领口，从衬衣第一颗扣子摸到最后一颗。你见了，直接过去，Excuse me，一把拽着沙夏走到外面。

“你吃醋的样子很好笑，很难想象你还会吃醋……”沙夏笑嘻嘻的，被你骂了，却一脸乐。

突发奇想，你当即决定去法拉盛唱 KTV。一万年没唱歌了，你犯了瘾似的，说走就走。地铁坐了很久，从曼哈顿到法拉盛，简直像穿越时空。法拉盛还是国内三线小城 90 年代的样子，乌泱乌泱的黄色面孔，店铺招牌像一口烂牙，行人冷漠，埋头抢路。

你们看到一家叫作“斑马”的 KTV，换作国内，是绝对不会进去的那种门脸，但此刻顾不了这么多了。一楼兼容了日本拉面、韩国拌饭、中国台湾烤串，还有很美式的可以聚众看球赛的吧台。负一楼只有三四间 KTV 包间，你们选了最大的那个。

选歌机器很老旧，歌也老旧，都是以港台90年代流行为主，最新也就到2005年。你一直在唱“怀旧金曲”，有种穿越时空的错觉。罗大佑的《皇后大道东》、叶倩文的《潇洒走一回》，沙夏惊呆了，没想到你会的老歌比他还多。开了一瓶假酒，沙夏点了几首邓丽君，也没唱，只是听着原声，说：“我妈最喜欢听这首了。”也不知道触发了哪个开关，等他再看向你的时候，你已经哭得没了人形，一脸泪光，映着那首《何日君再来》，几乎是号啕着说：“我妈妈也最喜欢这首歌了……”

足足有一两首歌的时间，你哭得太厉害，哇啦啦说些什么，完全口齿不清，沙夏就听见一句：“……她走了以后，你知道那种孤独吗……”

你好像被自己的眼泪给呛窒息了一般，完全上气不接下气，哭得像个婴儿。

那模样令沙夏刻骨铭心。他抱紧你，你的哭声在他怀里渐渐平息。沙夏心底一遍遍跟自己发誓，“绝对不让你再受一点委屈”“今后无论发生什么，吵架也好，矛盾也好，只要想起这一幕，一定让你三分”。

没想到，你情绪来得快，去得也快，过了半小时，沙夏还难过着，你却好像没事儿人似的，去了个洗手间，回来，换好了正常的面孔。反倒是沙夏，陷入某种豪情爱意的喷发，无法自拔。

此时，一对台湾小妹突然闯进包厢，吓你们一跳。她俩说“哎呀，找错人了，不好意思哦”，便出去了。隔了三分钟，那对小妹又端着酒进来了：“给你们赔个不是哦，喝一杯吧，我们一起唱歌吧。”

你竟然想也不想就“好啊好啊”，开开心心跟她们碰杯，沙夏拽都拽不住。他看不下去了，冷着脸，三两下把那两个小妹轰走了。

你问怎么了。

他关上门就说："骗子好吗，陪酒妹！懂吗？说不好酒里给你下药！"

你坚持："不可能。她们只是找错房间了。"

沙夏拧着眉头，他简直搞不懂你了。魔方一样的矛盾体，有时候那么锐利不好惹，有时候又那么天真几乎傻气。哭有时，笑有时，哀恸有时，跳舞有时……但很快都被你抛在脑后。你脱下往事，就像脱外套一样轻易。偶尔穿一穿，但总是迅速脱下。沙夏怀疑自己以后也会被你像脱件衣服似的扔下。

天亮了，或也没亮，仅仅是灯海。你们从"斑马"踉踉跄跄走出来，坐地铁回曼哈顿。一长段地面轻轨，很久，很久之后，不知不觉才转入地下。车厢白光惨弱，像太平间，空荡荡的尽头，壮硕的黑人拉起帽衫，把自己藏在黑色卫衣里。衣兜突出，像是捏着一把枪。

他突然非常渴望那黑人掏出枪，恶狠狠地对准你们：……自己会挺身而出吗？你的表情会如何？

沙夏陷入这荒诞的念头，想入非非，几乎被自己吓了一跳。他侧脸看了下你，吻了下你头发。你靠在他肩膀上昏睡，一无所知。

14

从纽约回到谷里一个星期了，一直没有见到颜斯林。他的房间乱得好像遭遇了洗劫：三个大行李箱，张口结舌地躺在地板上，里面胡乱丢入了几件他最心爱的衬衫，其余还是一塌糊涂。衣柜半敞开着，里面的衣物堆成危险的斜坡，看起来马上要雪崩。也不知道颜斯林到底是在忙着答辩还是忙着派对，半夜三更，偶尔听到开门的声音，像是才刚回来，但第二天早上又不见了。

正值暑假前奏，小镇的学生们都走了，街道像沙盘模型一样寂静。你好几次打电话叫颜斯林一起吃饭，他要么拿出各种理由搪塞，要么彻底不回信息。等他突然跳出来要你们参加Goodbye Party[1]，口气又霸道得不容置疑："必须来，对，就今晚，只有今晚……你这个重色轻友的，带上你男人，行了吧！"

沙夏坐在对面都能听到电话里的声音，深深皱起了眉。你知道他在想什么，你说："别往心里去，习惯就好，他没有恶意。"

派对到尾声，朋友们都走光了，只剩下你、沙夏、颜斯林，坐到夜深。侍者面无表情地擦拭着玻璃杯，时不时冷眼瞟一下你们三人，又看看腕表。

你们干掉了所有的酒，又要了咖啡，三个人都心跳紊乱，困极了，却无睡意。曾经在这间咖啡馆里，就在这棕色的橡木桌子上，你们吃过多少个三明治，赶过多少论文，聚过多少会，喝过多少杯。毕业后再也不会有这么单纯的日子了，想到这个，你和颜斯林干了一杯。

问起今后怎么打算，颜斯林宣布："去韩国讨债。""为什么？"你问。

"以前在英国上高中的时候，那个混蛋，你知道的啊，欠我一大笔钱。现在我穷成这样，怎么能说算就算？！"

你根本不信，照他买的舱位，机票都不止债钱。"到底怎么回事？！"你踢了颜斯林一脚，他晃了一下，坐稳，冷不丁来一句："像我这种破烂家庭出来的孩子，真的，好悲哀。无论我做什么，无论怎么

1 告别派对。

努力，别人都不会正眼看我。他们只会说‘不就那谁谁谁的儿子嘛，不就是个富二代嘛’。”

“你别喝多了。”沙夏提醒着，把颜斯林面前的酒换成水。

“挺搞笑的，之前在伦敦读书的时候，以为终于可以像个普通小孩那样，去自食其力……去证明自己，结果呢，白人孩子当我是空气，国内孩子当我是子弟，不跟他们一样玩车啊、玩夜店啥的就是假清高，不合群……毕业时，我拿了优秀毕业生奖，爹把烟灰抖在上面，冷笑一下，问我：‘知道这张纸值多少吗？一座音乐厅。’他给学校捐了一座音乐厅。他们就是用这种方式，一棍子把你的努力打扁。你再怎么努力，也会被轻而易举，抹杀掉。”

沙夏和你面面相觑，默不作声。

“我妈到现在，逢人就说‘我儿子在常春藤’。她就像认香奈儿一样认常春藤，每次回国，我要配合她撒谎……说在常春藤。什么自由文理学院，她根本就不认可我的选择，也不屑于去认可。

“你知道吗，之前我实习的时候，帮人做策展，头一天连前台小姐都不正眼瞧我，可第二天，画廊老板就主动打电话给我，还给我安排单独会面，我就猜到是我妈又动用她的关系了。就因为我在电话里无意中透露了我在哪儿实习。

“从小到大，我见过很多奉承，但从来没有被真的尊重过……”

“有时候我真的……希望自己不是生在这个家里，你能懂那种感觉吗？我必须比常人付出很多、很多、很多的努力，做出很多、很多、很多倍……的成绩，才有人说，你看，他不简单……不只是个富二代……”

颜斯林语无伦次，几乎端不稳一杯水，絮叨个没完，每句话都用“你知道吗”来开头。

你忍耐着，想反驳的时候，就喝水。

“知道吗，小时候，我撞见保姆往我的牛奶里吐口水。她瞪我，恐吓我不许说，那个眼神，我永远都忘不了……后来我还是告状了，她就被开除了。然后她的女儿，还是我爸帮她免了学费的，就在我爸的学校里读书。她要泄愤，就组织了好多个女生，把我拖进女厕所去，往我身上浇脏水。她们扯下我的领结，蘸了马桶里的水，再往我嘴里塞。那天我没敢回家，自己去酒店，开了一间房，洗干净自己，再把校服洗了……”

“那你就干脆放松，安安心心享受家庭给你带来的好处，不就得了？”沙夏说。

“换了你，你甘心？”

“还是看心态吧，很多人做梦也想拥有你的出身。”

“那就来换啊！”颜斯林突然大吼。声音之大，几乎有回音，服务生被吓得双目圆瞪，紧张地盯着你们。

“上个月，我爸一万年没影儿的，突然打了二十个电话，要我赶紧回去接班。威胁我说，如果不接班，信托一分钱都拿不到；紧接着我娘亲，又直接飞到纽约来，反过来警告我说，不许接班。说有个‘大老虎’被抓了，我爹的公司跟着也被‘上面’盯得死死的，是要我回去背黑锅的。说我两个舅舅被弄得没法脱身，大陆也不敢回，躲在香港，都是被我爹坑的。

“当时我手机就响了，我爸又给我打电话，我妈一把按住我，说

‘别接’；又说‘打开录音，打开录音，以后无论什么时候，和你爹讲电话，一律录音’。”颜斯林说。

“So sad。”你叹气。

“对啊。我问我爸，我是不是他唯一的儿子。一般老爸遇到儿子讲这种话，肯定很气，对不对？搞不好一记耳光飞过来那种。但我爹好像对我这样问很有准备一样，说：‘我是你亲爹，我坑你，有什么好处？’我又问他：‘我是不是你唯一的儿子？’他声音就变了，问我：‘你妈叫你来问的？’他就这样跟我绕来绕去，最后就是没有说，是或不是，两个字，很简单，对不对？他就不说。

“我就懂了，其实不稀奇啊，想想好悲哀，你的亲爹突然跟你套近乎，是为了让你回去背黑锅……毕竟是我爸欸，他还是爱我的吧？我劝他们离婚算了，跟亲人这样算计来算计去，有什么意思？我妈一听，脸色一变，拿起晚霜瓶子朝我砸过来，额头给砸出那么大个青包，说：‘离，我忍你爸几十年，要我离？想得美！’

“根本离不了。离婚就是分家产，对不对，怎么分？帮我爹顶包的是我舅舅，娘家人，捏着把柄的哦，分多少才够？怎么可能够……怎么可能扯得清？我娘觉得我爹欠她家好多，我爹又觉得问心无愧，没亏待过她，还被她控制……”颜斯林说着说着，一脸鼻涕眼泪，醉得坐不直，与任何一个没钱没势的小镇青年受尽屈辱的样子，别无二致。

“你们以为我只会装疯卖傻，”他絮叨着，“你们以为……我在这种破烂家庭里边，好有钱呀，好幸福呀，哈哈……可是真的，谁喜欢谁来换，我是真不想去接我爸的烂摊子，也不想听我妈安排，我就是想去韩国，我得证明自己……”眼看颜斯林醉得要摔下凳子来了，你上去抱住他，几乎是把他抱下高凳的，你说："我知道，我知道……别哭了……"一边安慰着，一边让沙夏过来搭把手，却被颜斯林一巴掌打开："都别碰我！我自己可以！"

动静太大，侍者朝你们再次走过来，沙夏赶紧去结账。刷卡的时候，POS机提示是否加小费，他点了"是"；按百分比还是按金额，他点了"百分比"，然后输入25%。沙夏把POS机还给侍者，说："抱歉弄这么晚，不会再有下次了。"小费熨平了侍者的脸色，送你们出门的时候，还挤出一个假笑。

"你不该给他这么多小费，根本没必要，不是钱的问题，下次你不要这样了。"你说，"我去个洗手间，回来我们就走。"

大厅里只剩下他们两个。颜斯林醉得像睡着了似的，软绵绵地靠在墙上，突然来了一句："她为你改变太多了……真的，太多了。"

"你什么意思？"沙夏警惕起来。

"紧张个屁啊，我俩都多少年了，我还屑于跟你抢她吗难道？想多了你，我就是看不下去，她为你改变那么多，都不像从前那个人了……太不酷了……"颜斯林没有睁开眼，仿佛是在说梦话。

"你喝多了吧？"沙夏说。

颜斯林没接话，在鼻腔里笑了一下，笑里很苦，有眼泪，别过脸去，醉得整个脸盘鼻子都贴到了墙上，擤了下鼻涕。

你上完洗手间回来，觉得他们两个之间的气场有点诡异。谁也没再多说什么，回去的路上，你和颜斯林在前面，沙夏落在后面，看着你们的背影，互相搀扶着，穿过小镇的深夜。

你们在低语着什么，沙夏听不清。隐约的笑声，随着口里喷出的雾气，绽放又消散。沙夏越走越慢，落在后面，落在冷清的空气中，看着你们的背影，跌跌撞撞地朝着南方幸福大街 69 号走去。

15

颜斯林走后，房间显得很空。柬埔寨室友也走了，整套公寓只剩下你们这一对儿。你和沙夏在小镇度过一整个夏天，从六月初到八月末。窗口的大树，冬天的时候曾是枯黄的，此刻已经蓊郁盎然，风起叶摇，声如密雨。

那个夏天有世界杯，尽管美国佬不爱足球，但小镇的酒馆里所有电视屏幕上都有绿茵，小人儿们跑来跑去，无声奔波，几乎有种荒诞感，像某种数学矩阵。你们都不是球迷，但还是决定去看决赛直播。

晚餐的生蚝不怎么好吃，又很贵，弄得你们心情不好。可能是久处生倦，你的话明显变少了。他记得冬天的时候，同样一家餐厅、同样的位置、同样的菜，但你话好多，说到兴奋处，手舞足蹈。英语里形容两人来电用 Crush，这个词多么形象，那时他心甘情愿被你一笑碾碎。

而又怎么算“久处”呢，你们相处不过才半年多。想到此，沙夏目光越过露台，天空上一片粉红色的晚霞，几朵掉队的云，哀伤如小丑。停车场上的车子看着像死去的甲壳虫。

你们打了个赌，今晚谁赢。你说阿根廷，他赌德国。

“赌什么？”你问。

“输了的负责找三人行。”

“你是……来真的？”

“真的。”

小镇不大，却有好几家精酿啤酒馆。几乎每一款酒都被沙夏尝遍了。决赛冗长、黏稠，德国人用那种推土机式的勤奋逼近胜利。你们的话题跑遍天南海北，又绕回“理想生活”。

沙夏说：“理想生活，就是……和你在小镇上度过的这种日子。”

你几乎吓了一跳：“拜托，就这座小镇？？”

“难道你不是吗？你对这里没有眷恋吗？”

“要是你也在一个小镇待了四年，你就不会觉得这是理想生活了。”

那晚德国队拿了冠军，但沙夏一点也没有赌赢的快意，你输了，但也没有如约去找三人行。有些玩笑，认真就不好玩了，你们都清楚。你就像阿根廷，可他像德国。

离打烊还有一个小时，沙夏问：“真的不想毕业了回国，跟我一起生活吗？”

“那我们就来做一场思想实验吧，想象我们在一起，我是说，生活在一起。”你较真儿起来，掏出手机，翻了几页，找到一个八卦软件，点开，页面上是一个心理测试游戏，开篇还有音乐的那种，“爱是……电光石火，良辰美景。而在一起，真正地生活在一起，则是……”你用指尖迅速抹去第一页，进入正题。

下班回家会不会把衣服、背包一股脑儿地扔在沙发上

袜子臭不臭

会不会把袜子、内裤一起丢进洗衣机里

是早晨洗澡，还是晚上洗澡

洗了澡，清不清理排水洞口掉的头发

睡觉打不打呼噜

谁洗碗，谁拖地

能吃辣吗

接受放蒜吗

早晨起来受不受得了彼此的口气

放了屁装不装傻

水电气房租要不要 AA 制

若是，那又该谁去交

发现对方翻你的手机，你会不会生气

周末晚上要出去浪，对象来不来

若 TA 来了，你还能不能尽兴

若 TA 不来，会不会在家一个小时查一次岗

……

“好了好了，别闹了。”沙夏夺过你的手机，把它反扣在杯垫上。

像玩一二三木头人那样，你们突然凝视彼此，严肃起来，谁也不动。十秒之后，他先没绷住，蘸着怒气，却笑出声来。

你也开始笑，一长段，莫名其妙的大笑。

“看过《理发师的情人》吗？法国还是意大利的？”你说。

“好像看过，但不太记得讲什么了……”

“它讲了，一个从小迷恋理发师的男人，长大了，娶到了梦中情人，理发师马蒂德。他们结婚后还是很甜很甜地生活在一起，拿古龙水掺在鸡尾酒里喝，时时刻刻都在缠绵，浪漫……就在他们最如胶似漆的时候，马蒂德在一个风雨交加的夜晚，借口去买黄油，然后决然走进了海

里，终结了这一切。马蒂德的理由就是，我们此时此刻的爱，太过于美满了。她害怕有一天会失去这一切，所以‘先走一步’。”

你的眼神意味深长，像最远的星。沙夏的指尖攀绕你的手腕，沉默温柔。你注意到他的袖扣，是你上个冬天送的那一枚。

16

第二天早晨一如往常，沙夏早早就起了，轻手轻脚换上运动鞋，下楼去晨跑。在夏天有晨风，橡树的头发里被晃出一群鸟。店铺门脸安安静静地闭着，看起来还在睡。

他想好了——或者说只能接受——既然谁都不愿目睹鲜花枯萎的时刻，就把在一起的每一天都当成最后一天吧。有人说：“两个人在一起的最高境界是，没有在一起，也没有不在一起。”他当时不理解，但现在有点理解了。

何况爱是不理解，但也接受。

想到此，沙夏加快步伐，蓄意折磨心脏。好像只有这样，才能抵消烦躁。

跑完步，你还没醒，他迅速冲一个澡，披上睡衣，去隔壁颜斯林的房间用功。就这样，一天天过得很规律：早起跑步，回来洗澡，搜材料，分析市场数据，想怎么做“子曰”；等你睡醒了，你会在隔壁大声喊他：“沙——夏——”他会从书桌前起身，走进你的房间，吻你的额头。有时候也不那么温柔，他的吻几乎是在咬，而你们会狠狠缠绵一番，淋漓得像地球上最后一对人类。窗外那棵橡树，默默看着你们，窸窸窣窣地偷笑，释放几只羞涩的鸟儿，逃向天空。你睁开眼，看着那些纷乱的翅膀。

日头过午，你们才起床问彼此，今天想吃什么。小镇上的餐馆选择不多，被你们挨个儿轮番吃了个遍。

下午，你也看看书，弄一下论文，累了就一起去附近的大学健身房。你不喜欢游泳，他喜欢。遇到例假，你不想健身的时候，他也就陪你不去。你们一起开车去超市，买做沙拉用的食材。你的拿手菜是跟苏珊学的泰式沙拉，在佛罗里达的时候，沙夏也很喜欢。你们买菜回来，一起洗，一起切，厨房里放着音乐，他开一瓶 IPA，你开一瓶干白。

吃饭，洗碗，然后去楼下倒垃圾。因为清晰意识到这样的日子所剩无几，所以连倒垃圾的心情都是美妙的——对他来说。

洗衣房距离你们公寓有三个街区，在一个地下室。等待洗衣和烘干的那一两个小时，你们总是百无聊赖。你们会用散步把这一段时间打发掉。附近的街区，被你们反反复复逛过很多次。有时候你走在前面，随手捻起路边的夹竹桃闻一闻，也喜欢细嗅蔷薇。他走在后面，会捕捉你的背影，拍下照片。

月色里，你们也曾接吻，就在那几株夹竹桃旁。你的唇就像雨后的土壤，“petrichor[1]”这个词跃入他的脑海。

“你知道它们有剧毒吗，夹竹桃？”

“不知道……”

“那现在你知道了，可远观而不可亵玩哈。”沙夏说。

可惜有时候洗衣机房太满，你们散步回来，烘干机已经被人占了，

1　雨后泥土的芬芳。

还得等。无事可做，便去“高马”喝几杯，杀时间。楼下的台球桌空着，沙夏数出烘干机需要的钢镚，把剩下的塞进台球桌边槽，和你打几局。台球轻轻碰撞的声音，清脆悦耳，在《蓝莓之夜》电影原声的歌里也曾出现，声声敲击，略带黏稠感，两颗球仿佛不愿意离散。

取了烘干的衣服，已经半夜了，你们开车回去，虽然只有两英里，但生怕被抓到酒驾，开得很慢。有次，到了停车场，两个警察在清理违章停车。你一紧张，倒车手抖，半天搞不定，歪来歪去。

眼看着两个警察皱着眉头就朝你们过来了。

沙夏很镇定，握着你的手：“别急，别急。左打一盘子，对，回，够了，OK，就这样。我先下去，你坐着。”

“嘿，先生，晚上好。”沙夏大大方方下车，从后座取出那一篮子衣服，抱着，露出轻松的笑容。那警察的眉头舒展了，瞟了下车里的你，点了一下头，转身离开。

你几乎松了一口气。

有些片刻，你也想过，没有沙夏，你的生活会是什么样呢？你是需要他的，越来越需要。也许正因如此，你越来越不愿意承认。

你的理想生活，绝非在这小镇。你不愿人生还没展开就已经折叠，变成每天上班下班，回家吃饭，晚上睡觉的无聊纸盒。厮守，是爱情最扁平化的幻觉，被大多数爱侣当成夙愿——那个大多数，一定不包括你。

也许十年后你会接受那种轨迹，接受自己的平庸，接受自己一直找不到喜欢的事情是因为本来就没有特殊天赋。但再说吧，十年后再说吧。至少此时此刻，你不甘、不能，也不想就此收住羽翼。

17

八月末，已是沙夏在先锋谷的第三个月，你们已是如厕、洗澡也不用关门的爱侣了。晚上他走进淋浴间，再次看见堵塞在排水口的掉发，忍无可忍。他叫你的大名，直到把你从一通生意电话中叫过来。

“我说过多少次了——以后每次洗完澡，顺手就把这些头发给清理了，举手之劳的事情。这真的、真的很恶心。”

你盯着他，用鼻子深呼吸。再次呼，吸。肩膀上，下。你什么也没说，怒扯了一大把纸巾，抹掉那些头发，用力甩进垃圾桶。

那个晚上你用一通长长的越洋电话来避免和沙夏产生任何接触，把他变成透明人。他照常下楼倒垃圾，开门的时候跟你打招呼，说出去了，你不应。他一个人走到后院，憋一口气，掀开胸口那么高的大型垃圾箱，在微热的腐臭袭来之前，迅速扔进一大袋垃圾，迅速扣上。巨大的空洞的金属回声，他转身，走远了，才敢恢复呼吸。他突然捂着脸蹲下来，陷入垃圾一样恶臭的心情。

他觉得自己曾经是个那么骄傲的人。至少看上去是这样的。面不改色地处理动辄上亿美元的并购，从键盘到领口都是干净整齐的。但不知道为什么……在你这里他感觉低矮，感觉被照见了内心的裂缝。

直到心情平静了些，他才回去，作势要敲门的手，突然收回，换用钥匙打开。换鞋，听见你还在打电话。你们没有道晚安便各自睡了。

第二天早晨，你也没有喊他过来抱你。你醒了，脸色苍白，咬着嘴唇，看上去糟透了。

“你怎么了？发烧了吗？”沙夏摸你额头测温。

你一直没说话。僵持好久，你拨开他的手，说：“我做了噩梦。”

“又梦见母亲吗？”

“不是，梦见你了。你和我。”

“梦见我们怎么了？”沙夏兴致勃勃的，毕竟你几乎从来没有梦到过他。

“你把我关在地下室。我摇着栏杆，求你放我出来。你举着钥匙，站在栏杆另一边朝我笑，怎么也不肯开门。”

说完，你扭过头，不看他。你也想过，编一个甜美的梦瞒过去，避免他现在这样，脸色一个像素一个像素地暗淡下去。

但你只是想过。

18

第二天你一直睡到中午才起来，叫他，他照例过来吻你，仿佛昨晚什么都没有发生。冲澡的时候，一边刷牙你一边想起昨晚他暗淡的表情，有种莫名的愧疚，愧疚使你很想弥补一点什么，比如，给这个夏天画上一个漂亮的句号。

湿头发吹到一半，你关掉吹风机，说：“我们开车去附近玩一会儿吧，短途的那种。”

“行啊。”沙夏声音冷淡。你注意到，他没做早餐。也没有现在要做的意思。

“先去对面的 Boltwood 吃个早午餐？”

“随便。”

这曾经是你们最钟爱的一家餐厅，白栅栏，绿草地，长廊也是白色的。来客大都是老年人。你们无话相对，沙夏盯着花园里的蜜蜂，几乎不看你，就像你昨晚不看他。

侍者过来问要不要加咖啡，他突然问："有啤酒吗？"

侍者一脸发蒙。

"没有就算了。我只是突然很想喝喝酒。"

侍者走后，他终于看你了，说："我一直听说缅因州的阿卡迪亚公园很棒，开车也就四百公里不到。想去看看。"

沙夏向来很少提什么要求。你几乎是庆幸的，应道："对啊，早上我就跟你说，我们开车出去逛逛。"

气氛终于缓和下来，你们都清楚，相聚的时刻不多了。

19

出发那天早上，刚启动车子，你就喊停。你冲回房间去，下来的时候，拿着七八张 CD，"没有音乐，还叫什么 trip[1]"，你笑着打开 CD 盒，脸色却变了——空的，都是……空的。你们面面相觑，又哈哈大笑。

最后一张 CD 盒子打开，谢天谢地，有唱片，但……那是席琳·迪翁的老专辑。"妈呀，难道接下来一路我们都只能听老席了吗？"你感慨道。

沙夏大笑。

你把 CD 喂给播放器，说："高中的时候，歌咏比赛，我还是唯一一个唱英文歌的，唱的就是 *My heart will go on*。"沙夏笑得更厉害了：

1　名词，旅行。

“来，快给我唱一个。”你们在车里打闹起来。

两个小时过去了，你们再也无法忍受那些老掉牙的歌了。到了城郊，沙夏瞥见电器超市，一个盘子甩过去，开进停车场。他买了无线电转换器和音频线，在车里捯饬了半天，总算可以插在手机上播放 iTunes 音乐了。

“来，击个掌。”沙夏和你大力拍了一下。

“好了，接下来让我们欢迎 Patti Smith[1]。”你做起了 DJ，沙夏笑着，重新点火，开动。

有了音乐，记忆就像浇了水的植物，活了过来。红色铃木小轿车（你亲切地叫它“小红”）实在是破得不行了，右后轮胎一直都在漏气，每到加油站，沙夏都得停下来给它补气，但越是这样越开心，因为年轻就该这样，路上累了困了，随时可以下车来，铺着毯子路边野餐。车厘子便宜得跟不要钱似的，吃了一整盒，把果核埋进土里，想着，也许真的会长出几棵樱桃树吧。

在梭罗的瓦尔登湖，你们绕了路，想去湖边走走。它已经变成一处最普通的公园，大人们散步，孩子们喧哗着扑进湖中游泳，救生员怅惘地坐在高凳上，托着腮，守望着。你们没有在瓦尔登湖停留，继续赶路，第二天，到达阿卡迪亚国家公园，密西西比河以东最古老的国家公园。

从词源上来说，Arcadia 来自古希腊传说人物 Arcas[2]，一个猎人的名字，教人们编织和烤面包，后来成了 Arcadia 之王。古时候，Arcadia 是伯罗奔尼撒的一个行政区。到了英文里，衍生出“世外桃源”的意思。

---

1 歌手名。

2 阿卡斯，人名。

而阿卡迪亚国家公园，虽然拼写上少了一个 R，但在沙夏看来，它就是世外桃源，没有之一。

抵达之时正是黄昏，你们沿着盘山公路开上了山。从高处俯瞰，金色的半岛像盲人的双手，轻柔地触向大西洋，抚摩着，浸没下去。

天空被冶炼成景泰蓝，珐琅之丽，无边无际。鲜艳的云朵被晚风撕碎了，随意撒在天边。你长长的睫毛被镀金，头发也变成金色的。沙夏笑着说："可惜我们没有买几瓶啤酒上来。"

就着原声大碟《瀑布 / 鸽子之歌》（*Water Fall/Cucurrucucu Paloma*），你们像电影里的情侣那样，把小红开到了路的尽头，停在最高处。

你打开车门走下去，展开双臂，走向悬崖，有那么一瞬间，沙夏觉得你就要变成鸟儿，在眼前眼睁睁飞走。你一直给他这样的感觉：随时都要飞走。

"我好想跳上车顶！"你迎着风，大喊。

"那就跳啊！"

只听见咚咚咚几声，转身一看，你真的已经跳上了小红，从引擎盖爬到车顶上。很快，你哈哈大笑起来，大喊着："糟了！我把它踩凹了！"

沙夏蹦起来一看——车顶皮凹下去一块，像被石头砸了似的。你们都不知道怎么跟学姐交代，只能傻乎乎大笑。

洋流在海面抹出了几笔写意沙画，夕阳晕染，宛如刺绣，卷轴打开，在你们眼前徐徐铺陈。那大约就是康德所言的"壮美"，实体的、拳头一般有力量的、结结实实的美，像一匹野兽来到你们面前，叫你们吃惊，失语，完全呆住。

风来了，你的发丝，撩过他脸庞。你分了一只耳机给沙夏。你们默默肩并肩坐着听歌，什么话都显得多余。落日的尾声中，天空就像篝火燃尽的木炭，闪烁着，滚烫着，好像永不熄灭。在那一刻，最爱的人，最爱的风景，都近在眼前，与你拥抱的那一刻，他快乐得几乎痛苦起来。他冥冥中意识到，一旦抵达巅峰，接下来无论怎么走，都是下坡路，生活、事业、恋爱，都是这样的。你们要往哪里走呢？他哪里都不想去，只是想停在这里。

你们好像是接吻了，是的，一定有。你们都在心里喊：停住，停住。别离开我的嘴唇，时间的陀螺不要倒下，小红车车顶的凹陷不要弹回，落日不要消散，我们不要消散。

他怀疑不会有比那更美的人生巅峰了，而他不敢问，你是不是也这样想。

你们每晚都露营。扎帐篷，燃篝火。沙夏在这些方面周到得可怕，他甚至买好了充气气垫，躺上去软软的。在微微虫鸣声中，你们守着篝火，用长签烤饼干夹棉花糖。星空低沉得仿佛随时要塌方，时不时真的会坠落流星。旁边的营地也总是一家人、一辆房车、几个孩子、一条狗。你不经意间听到他们的对话，有时候吐槽两句。沙夏想而没有问：如果和你结婚……如果你们也有了孩子……是不是也会过上这种无趣但踏实的中产人生，白栅栏，绿草坪，假期全家旅行？

在阿卡迪亚，你第一次划了独木舟。教练领队，远远划在前面，用激光笔朝夜空指去：这是大熊星座，那是猎户座。看到了吗？腰带上的三颗星，连成直线，北半球最好辨认的星座。你的目光随一线激光刺向苍穹，消失于猎户巨人脚踝的方向。

放眼望去，黑暗的大西洋，像望不到头的深渊，那种严肃的黑暗，带有威慑力，警告人类最好不要妄自尊大。只有银河是温柔的，如缎似绸，镶满了星，从你们头顶流淌过去，如此清晰。一切安静得……犹如宇宙还未诞生，亚当、夏娃还未摘果。

你坐在独木舟前面，沙夏在后。海面黑暗，人间洪荒，方舟上的动物都死去，就剩下你们两个。

他的视野里，只有你的后脑勺：一个抬头仰望星空的、天真的、扎着马尾的后脑勺。

上了岸，你很冷，他脱下衣服把你揽过来，裹挟着你往回走。经过堤坝，看见一座小小灯塔，孤单地站在滩涂尽头，尖顶上有红灯旋转，闪烁，像极了《了不起的盖茨比》里那个经典的意象。走近了，看见灯塔下有一个告示牌，写着“此处待售”。

此处待售。一座可以买的白色小小灯塔……红宝石一样的顶阁……方圆都是海，丘陵。你被这突如其来的浪漫击中了，有那么一瞬间你差点说，我们买下它吧，住在灯塔里……

你没说。但沙夏从你眼里读到了。

也读到了你为什么没说出口。

有那么一瞬间，沙夏突然理解，为何菲茨杰拉德甘愿被 Ginerva King[1] 捆绑，毁于放纵，酗酒，心脏病。

但又很难讲，如果不是 Ginerva“毁”了他，他还能不能成为菲茨杰拉德。

1　人名；生于1898年11月30日，卒于1980年12月13日，费兹杰拉德的情人，原型出现在菲茨杰拉德的多部小说中。（下同）

20

回程路上一直下雨，凉如深秋，是一切尾声该有的气氛。漫无边际的绿，在细雨中幽深蜿蜒，柏油马路湿润如镜。在谷歌地图上，你们发现一个叫“七棵树”的营地，临时决定去看看。

营地在湖边，完全被森林掩映，湖水正如梭罗形容的那样，“像下凡的天空”。对岸是群山，与倒影对称，工整得严丝合缝。几乎没什么人，空位肯定有，你当即决定晚上别赶路了，就在这里过一夜。

最后一抹光线消失之前，沙夏把帐篷扎好了。你打开行李，看着泳衣，说：“这趟出来，还没用上呢。”说完，你们不约而同看向那面湖。

扎入湖中，惊觉水温竟比岸上暖些。“离水草远一点。”他不忘提醒你，而你用大笑来回应，故意扑腾着，穿越水草，往远处游。他在后面提心吊胆，紧跟不放。

静止的群山倒影被你击碎了，水花融于涟漪。上一次野泳，还是在小时候了。那一刻你觉得自己被时空流放了，再次变成走失的孩子，在水中嬉戏，逐乐贪欢，乐不思归。借着浮力，沙夏老是试图用双肘托住你，你挣脱。“最讨厌公主抱。”你半开玩笑半认真地说。纠缠了两次，沙夏放弃。

后来每到无法入睡的夜晚，回忆这趟旅途、这些细节，沙夏感到预言在黑暗中微笑。

还有三天就要回国的时候，你们在楼下的独立放映馆看了一部黑白片——*IDA*[1]。极静、极细腻的波兰电影，井中捞月式的叙事。走出小小

1　电影名，2013年由Pawel Pawlikowski导演。

的放映厅，你们谁也没聊关于片子的事。你显然困了，上楼回家睡了个午觉；而沙夏独自在院子里散步，晃荡。

口袋里的电影票还没丢，他突发奇想，走进咖啡店，借了笔，在票的背面迅速写下几行字。他把票卷成香烟似的小筒状，捏在手里。端着咖啡，他在附近兜兜转转。

下午的小镇街道，呈现爱德华·霍普一样的枯静画风。沙夏在他印象最深刻的那个地方，找到了一个砖缝，打着手电筒照了照，确认里面没有动物筑巢，便把电影票塞了进去。

他盯着那塞着秘密的洞缝，说了些什么。

其实你都看见了，在窗口。

第五章 刀锋与丝绒

1

在机场到达的通道里，颜斯林拎着拉杆箱，一路侧着脸走，盯着自己在玻璃幕墙上的模糊倒影，不停地理头发。

被司机接上了车，赫然发现母亲端坐在后座，正在玩手机。

“姐你不是去巴西了吗？”颜斯林一进车，母亲便放下手机，一个侧脸，又一个侧脸，亲得他一愣一愣的。

“哎哟，晒都晒死了，谁去那鬼地方，”母亲轻拍身边的座位，搂他过来，“饿不饿？吃点什么再去酒店睡？……”

偌大的包间，服务生毕恭毕敬地立在角落，像个会动的摆设。席间，手机振动不止，母亲时不时瞟上两眼，眉头轻皱。她最近的焦虑来自同侪压力：九个好友拉着她加入了名媛会，核心只限十人，而淘汰制度极为残酷——每次“牌局”都是一次消费升级，从澳门玩到蒙特卡洛，最后一两位说“这次没时间去啦”的，就要被“购买力更强”的新人代替。而这种代替又是心照不宣的，你依然可以来聚会，但你清楚，钱上有钱，天外有天。

Tonia[1] 是那个名媛会里的“头牌”，一口不知道从哪里学来的台湾腔，有时候又会用白话骂“顶你个肺”。若非短头发漂染成奶奶灰，外形就是个 Q 版的埃及艳后；浮夸的项链、耳环、戒指，显得身体部件短缺不够用，肚子又太多，被颜斯林叫成“脂环王”。

母亲俨然已经被脂环王洗了脑，对其呼风唤雨的能力深信不疑，认定脂环王正打造一台“现象级偶像养成秀”，碾压全网。头次见面，是在一家私人会所的酒廊里，远远就听见高跟鞋噔噔噔噔地一路敲过来，回声之大，引人侧目。一见到颜斯林，表情夸张得好似商博良破解了象形文字：“哇欧好棒！ Awesome[2]!”

Tonia 坐下来，就着杯茶，口若悬河，从业内八卦到明星异闻，上天入地，无所不知，提起任何一个人，都是“我很好很好很好很好，很久很久很久的姐妹 / 哥哥 / 弟弟”；说得太激动，抬手碰翻了咖啡，前襟湿了，她惊慌失措的样子，仿佛发生了命案。

洗手间里，污渍处理不掉，母亲把自己的披肩给她遮丑，脂环王拿过来的时候，不忘瞟一眼标签。

颜斯林在大堂吧百无聊赖，见缝插针跟你通了个视频，没说两句，眼睁睁看着脂环王和母亲手挽手亲如姐妹地走出来，一汪眼波如同托孤大臣：“妹妹，你的披肩救了我的命，你是恩人，我们是生死之交。颜公子就是下一个 Justin Bibber[3]，我拼掉命也要做好，最好的资源任他选。”

颜斯林预感不对，立刻起身，冲到外面停车场去，躲开二十米距

---

1 托妮亚，女子名。

2 形容词，极好的。

3 贾斯汀·比伯，男子名。

离，给母亲打了个电话："赶紧出来！出来！说清楚！"

隔着落地玻璃，看见母亲回避了一下脂环王，背过身，走远了，压低声音斥责："你不是想去韩国发展吗？我帮你把路都铺好了。Tonia 会照应你的。"

颜斯林心里一咯噔，硬着头皮，推开旋转玻璃门。一抬头，脂环王过来把他一把搂住："亲爱的，看我给你带来了谁。"

一个戴墨镜的光头男打着电话走过来，腰间硕大的"H"故意显露出来，兜着肚皮，一直在打电话，一直打，眼神扫过颜斯林的时候，点了点下巴，就算招呼。

"亲爱的，这是全亚洲最牛的、最牛的——音乐人，"脂环王说，"一会儿我给你看他量身为你打造的单曲。"

颜斯林正在脑海里拼命扫着名单，全亚洲最牛的音乐人该是谁，那人终于从电话里抽身出来了，二郎腿一跷，啪地点了烟，在手机上点开了一段小样，丢过来。

"Wow 太棒了！"脂环王尖叫着，作势举起左右手，打着响指，当即扭了起来，颜斯林惊得……用手捂着嘴，才克制住没将"什么鬼啊？！"脱口而出。

"接下来半年，我们就去首尔封闭集训，保准一出道，"脂环王一比画，"哒啦——！"

"我用下洗手间。"颜斯林几乎是逃出去，锁了门，跌坐在马桶上。

足足坐了十分钟，纠结着还回不回去。在电话里，他给你形容那首"小样"：听着简直就是"误入夜市地摊，一张印度飞饼滴着油——啪啦一下给盖在头上了"。

颜斯林觉得父母的掌控，也像一张硕大的会无限铺展的印度飞饼，死死地，无处不在地扣在他脑袋上。走多远，罩多远。

2

颜斯林偷偷改了机票，把时间提前一个星期，企图躲过 Tonia 的全程控制。到了首尔的第二天，他提前约好的高中室友没有出现。等了半天，来了两个西装男，客客气气堆笑，解释说“社长”还在开会，一时半会儿走不开。我们奉命先陪客人坐一坐，享用韩国美食，一人是翻译，一人是司机，随您调遣。

空荡荡的餐厅，鸦雀无声，就跟俩韩国人这么尬吃着，走也不是，不走也不是，颜斯林在心里烦躁起来。通过翻译磕磕绊绊的中文，确认室友现在进了父亲的公司，听上去大概相当于总经理吧，算是说得上话的人了。

西装男客客气气问“来韩国贵干”，颜斯林模模糊糊地说，想来了解下娱乐公司的情况。

两个西装男听了，脸上的表情有点怪，用韩语嘀咕了一句什么，颜斯林心里硌硬得厉害，但没多问。

三个小时过去了，颜斯林尬得全身脱皮，正想说算了朕先回去了，而室友刚好匆匆赶来，两个西装男立马起身，鞠躬。

室友胖了一大圈，但人还算亲切，拿出有点生锈的英文，跟颜斯林寒暄了起来；不知道是真的时间有限还是什么，他们很快心知肚明地切入正题，而一听说颜斯林想要“出道”，室友突然大笑起来，弄得颜斯林心里发毛。

笑完，室友往后一靠，二郎腿一跷，从英文切换成韩语，腔调变了，故意要翻译传达一遍。估计翻译手下留情，把话润客气了些，转达颜斯林，中心思想是："我们公司选人一般从十五岁之前开始……"

尬了三秒，颜斯林明白他们什么意思。不就嫌老了吗？老子才二十一岁，开什么玩笑！他压着怒火："也太苛刻了吧，简直跟雇用童工似的，大学毕业的反而没资格啦？"

室友说："行情就是这样，越早入行培养，背景越干净越简单，年龄大了的，谁没有一点儿'故事'？对吧？"室友说着，食指勾起括号，眼神有点儿猥琐，"网络痕迹是打扫不干净的，万一被扒出什么黑料，公司上下都会非常头痛……"

颜斯林懂他的意思了，耸耸肩："来都来了，要不带我去您公司拜访拜访？"颜斯林也是故意用中文说的，翻译毕恭毕敬地转问社长，对方"OK"一声，点了头，倒也爽快利落，一拍扶手，let's go。

3

时间已是夜里九点，练功房里灯火通明，摄像机位无所不在，无死角 360 度地拍，堪比最高防备监狱。

"谁来告诉我，什么叫——耳光？"一个老师模样的人吼问所有练习生。翻译凑近了，把这话翻译成中文；颜斯林听了也发蒙，什么耳光？

"A mounting position for stage spotlights at the front side of the auditorium, usually a vertical pile.[1]"第二排中间的那个混血男孩大声回答。

1　装在舞台大幕外左右两侧的竖排灯光，靠近台口的位置，光线从侧面投向舞台表演区，叫"耳光"。

翻译耳语介绍：这是一个从纽约舞台剧学校回来发展的孩子，公司最看好的王牌，十六岁。出道排期就在明年。

十六岁？这孩子起码身高一米八，又白又瘦。那张脸……人种优势啊，怎么会有那么好看的人。

老师冷冷地说：“既然要回国，就给我把韩语练好。没人喜欢听你蹦外语。”

这堂是“硬课”，要学礼仪、心理，有两个孩子没认真，交头接耳，窃笑声在前排发芽。老师走过去，给了左边第一个发笑的男孩一记真正的耳光。响亮的声音，好像打在了所有人脸上。许多人应声一抖，接着全体鸦雀无声，双手插兜作散，继续排练。

那男孩久久地捂着脸，偏着头，仿佛脖子被扭了，再也拗不过来似的。

颜斯林看了一会儿，心里直打鼓，觉得自己跟他们比，真的像个……中年大叔。脸大得跟盘子似的，他还撒了谎，把自己说小了一岁，其实二十二岁了，下个月就满二十三岁。

“这些孩子都不上学吗？”

“上啊，本土生白天上学，晚上训练，至少三四年吧。”翻译微笑着，眼神像是在欣赏一座大型海缸里的名贵热带鱼。

4

回到酒店，颜斯林焦虑得饭都不敢吃了。他泡在游泳池里，心不在焉地游了两个来回，思来想去，靠自己找门路从韩国公司慢慢练起是没可能了，算来算去，还是只能仰仗 Tonia 帮衬，尽早插条近道，这是唯一的捷径了。想到此，他沉进水里，屏住了呼吸。

他和你的联络从一天几次微信，变成一个星期几次，变成好几天不回。你也忙着最后一稿毕业论文，没空理他。有天大半夜的，颜斯林哇哇哭着留了个语音："Zoe 快来救驾呀，朕要死啦。"你睡得迷迷糊糊，问他怎么啦，他也没回。

第二天一早，你看到他留言，发的是个视频：视频画面边角的颜斯林，站在一间手术室似的练功房中间，穿黑色 T 恤练功服。灯光全开，照得看不见影子。三面镜墙，让身体的每一丝缺陷都暴露无遗。X 形腿无所遁形，小腹赘肉无所遁形，鼻梁不够高无所遁形，青春痘无所遁形。

"舞台上每一个机位，每一种光源，每一拍节奏，你们都必须给我记住。从今天起，除了水，进了嘴的每一样东西都要给我记下来，总热量不得超过一千二百卡路里。超过了，晚上就去跑步。跑到抵消你多吃的为止。早上六点半练功，谁也不许迟到，除非你想试试，什么叫后果。"

……

视频终止了。

你愣了一下，在微信里问："干吗呀这是？集中营啊？"

又是一个大半天没回，到了晚上，他才回了一串大哭的表情，和 S.O.S。

要发现自己到底热爱什么，很难。好在要发现自己痛恨什么，太容易了。

颜斯林从来没有这么痛恨过“反光面”。在练功房里，巨大的无情的镜子像野兽，虎视眈眈。他发现自己的身体不再是身体，皮肤不再是皮肤，胳膊、膝关节、肩胛骨、鼻梁、唇角……一切都变成不完美的零件，成为被审视的符号。他从来没有这么不满意过自己的身体，而且是越看越不满意。他没法不去瞟旁边的家伙，腿为什么这么直，脸怎么那么窄？

当意识到自己完全处在“被观看”的角色上时，颜斯林想到福柯，想到皮埃尔·布迪厄，想到欧文·戈夫曼。过去那些只在大学 seminar 上夸夸其谈的理论，逐一化身为现实细节，应验在身边，让他感觉细思极恐。同一个练功房内的男生们，都是 Tonia 从国内带来的明星苗子，个个都聪明漂亮，活脱脱的上帝宠儿，家里一个比一个有背景，别看休息的时候，一个个软在椅子上抱着手机刷，刷，刷，一旦镜头扫来，或什么有用的人物出现，十双眼睛几乎齐齐射出绿荧，像深夜围猎的野狼，散发出兽性的争抢欲与猎杀欲：快拍我，快看我，快爱我。

我！我！我……

气质是个妙不可言的东西，就如顶级的超模，不见得是最漂亮的那个，但一定是让人过目不忘的那个，气质超群。至于怎么个超群法，谁也说不上来，只知道眼球会被自动吸走，犹如磁力的天赋。你得承认就是有人浑身带戏，连吃盒饭、系鞋带都那么上镜，拍出来都那么好看；就是有人反应那么快，万一摔了，会立刻补一个吐舌头，露出有点痛又有点无辜的表情，然后迅速在网上病毒式传播，变成表情包。偶尔来了某个金主，所有人群一拥而上，爸爸爸爸地喊，像一群可爱的小鸡，让颜斯林瞠目结舌。

他意识到自己可能来错了地方，但有点晚了。

“请问你的人设是什么？！辨识度去哪里了？！你有什么气质让人一眼记住？！”Tonia 的口头禅就这么几句，经常对着所有人高喊，振聋发聩。

颜斯林黑着一张脸，不满意发型师的手艺，自己一把夺过啫喱水，试图挽救奇突的刘海儿。Tonia 例行吼完“每日三省”，突然闯入了镜框，在镜子里吓了颜斯林一跳。“秘诀不在于你有多完美，秘诀是，你有多善于贩卖自己的弱点。”Tonia 对他说，“弱点利用好了，就是辨识度。让人认得你，记得你，把自己的目光投射在你身上，不管用什么方式。”

她从镜子里抽走了脸，转身向众人喊道：“你们以为别人在看你吗？他们只是在看自己——通过你，看自己。”

颜斯林愣在镜子里，反复咀嚼着这话。头一次，他觉得“脂环王”不简单，过去恐怕把她看低了。

5

“快来救驾啊，朕要死啦，朕已经吃了七天的草啦……眼睛都饿绿啦……”每隔两三天，颜斯林就在 Facetime 那头嗷嗷惨叫，抱怨不自由，吃不上饭，抱怨练舞练声很累，跟人攀比更累。

“还不是你自找的？”你说，“半年都熬过去了，还差这一个星期啊？”

“你个重色轻友的，眼里只有沙夏。”

“八竿子打不着的事儿，瞎说什么呢？”你没跟颜斯林计较，因为你也知道，他只是需要一个情绪出口。

这是他集训的最后一周，回国后公司会选人，舞、唱、口才、个性、气质，综合反应……每个人的水平和潜力要被打分，明摆着十选一的概率。压力迫近，每个人都很焦虑，一到北京，来不及休息，整天从早八点练到晚八点，一个比一个拼，汗衫后背湿成一个 T 字，还在排练，身体不时碰触地板，发出闷响。

你也忙。马上要回国了，沙夏还在上海，你纠结该不该打一个电话，摊开来谈："愿不愿意，来北京，一起生活？"

沙夏记得那通电话，上午十一点打来的，他正趴在地板上练平板支撑，而你那边是半夜。你刚刚拿到了毕业证，房间里一片狼藉，面对那么多又厚又重的书、吉他、唱片、苏珊陪你买的落地灯，一样都舍不得放弃，但又不得不放弃。回国的机票买好了，先要回南方过春节，见一面父亲，接着就到北京。

同居的提议是你主动提出的："有一家进口商可以合作，起码先干一年，之后的事，再说。但是……在北京……你 OK 吗？"

"愿意，我都愿意。"

"你不需要考虑下吗？"

"已经考虑过了。"

你们在一起一年了，磕磕绊绊，聚少离多，沟通又少，他受够了距离。既然你不可能来"这里"，那他愿意去北京。毕竟城市大，精酿的市场正在势头上，也许在那里也可以找到厂商贴牌做"子曰"。他想。

"颜斯林好像也回北京了，我们以后可以多出来玩儿。"

"恐怕要看经纪公司允不允许吧。"沙夏并不想从你口里频频听到那个名字。

那年春节过得心不在焉，其实每年都是。你回家，约父亲吃了一顿大排档，花胶汤、冬瓜茶，提前讲好了“那个女人可不准来”，所以局面还算和平。和父亲的聊天蜻蜓点水，避重就轻，你甚至在心里有幻觉，母亲只是去了洗手间，很快就会回来落座，抱怨一下洗手间人真多，若无其事地给你夹菜……毕竟，那是从小到大一家人常常吃饭的馆子。

父亲好像老了许多，发际线又退后了些，肚腩变大，高血压、骨质疏松什么的该有的都有了，也不过就是个普通老男人。你突然觉得你不该苛责他，“人人都有处理痛苦的方式”，你想起沙夏说的话。

大年三十吃的饭，初一到初二，你除了跟高中密友聚了一下，其余时间都在收拾东西。去北京之前，你想要带上一些旧物。打开密封已久的箱子，好多都是儿时影集、日记，你一一翻阅。原来你也表演过民族舞，脸蛋画得通红，像个年画上的娃娃。小学三年级你就开始用英文写日记了，一开头就是“Bad Day![1] Bad Day!”。

你把那些好笑的日记拍照发给沙夏看，两个人在电话里都笑到岔气儿。

你放弃一大半衣服，腾出箱子的空间，将这些纪念物全部装进行李。到北京，迎接你们的是乌烟瘴气的阴霾天，奇冷无比。沙夏订下三天酒店，你们打仗似的集中看房，懒觉都不睡，从早晨八点吃了早饭就一直看房看到晚上八点，找了起码三五家中介，前后看了不下二十家房子，通通不行，又贵又糟，唯一成果是把方圆五公里的路摸清了。因为不想让你早上挤地铁，你们把房源锁定在离酒行一公里的范围内。选择

1 糟糕的一天！

范围如此有限，腿也都酸了，看来看去还是只有那些。

好几次，在小区门口等中介拿钥匙的时候，你们换着重心，双脚跺来跺去，冻得一脸鸡皮疙瘩，瑟瑟发抖，自然而然地依偎在一起。这是你们相遇的城市，也将是你们展开生活的城市。你搓着双手，哈着气，说：“其实……是颜斯林鼓励我，主动和你试一试同居生活的。”

“我以为他一直看不惯我。每次和你单独待在一起，都好像是我把你夺走了。”

“其实也不是……我自己都有种背叛友情的感觉。好像一直说好要做战友……突然有一个要恋爱去了……把另一个人丢下。”

沙夏不知道怎么接话，幸好中介小跑着过来了，手里叮当叮当一大串钥匙，说一会儿要看的小区离地铁不远，房子一室一厅，一厨一卫，还算干净，装修非常简单，基本家具电器都齐了，也没那么土，买些软装来改造一下，应该还不错。

的确如此，唯一的不足是三楼，视野很差，房间里显得阴暗。还好你们也不太介意采光问题，开关打开，发现灯光都是温黄的，不是那种教室、医院用的煞白日光灯，你们几乎相视一笑。

就这家了，不看了。你们说。

订好了房子，房东说什么都不肯押一付三，必须一年整付。连理由都不想给，也不解释，一副“不行就找别家去”的架势。

沙夏认了，正要付钱，而你当场坚持平分租金。掏出银行卡，到楼下 ATM 去转账，不晓得什么缘故，国外账户就是转不过去，一时有点尴尬。房东露出不耐烦的神色，沙夏按了一下你的手背，说：“我来，一起付了。”

你说：“等我搞定账户，就还你。”

当中介和房东都走了之后，你们拿着钥匙，回到空荡荡的小房子里，站了一会儿。关掉灯，在黑暗里，风声四起，窗子微微搏动着，发出轻响。你们摸索着，贴着彼此的毛衣，缱绻地拥抱了一小会儿。他把鼻子埋进你的长发里，深呼吸，你躲，说“没洗头呢”。

他说：“就这个味儿。”

床还是空的，不能睡人。你们只好又续了一晚酒店，第二天一早，打车去宜家，购置所有生活物品。

是个工作日，人不算太多。你推着购物车，像个孩子一样，踩在上面滑行，头发快乐地飞了起来。宜家恐怕是最能给小情侣带来爱情幻觉的地方了吧，你看着那些琳琅的样板房，不经意间真的有过一个念头，理解了某种关于厮守，生儿育女的人生理想。沙夏在后面跟着你，东瞧西望，嘴角始终有笑意。

购物车很快堆积如山。你们买了两盏竹编的落地灯、两盏台灯，被褥、床罩、枕套，洗手间的置物架，锅碗瓢盆、酒杯……浴巾、毛巾……杂七杂八。大件的还有书桌一张、椅子一把、挂衣架两个。

结账的队伍很长，你们一人推着满满一车货，皱起眉头。正在愁这么多东西怎么运回去，门口徘徊着一群拉生意的，手肘交叠插着，扯着京腔高喊“运货运货，包安装包安装……”

简直没法相信：五环内只加一百块钱，包结账，包送货上门。至于安装费，二十块一个大件比如桌子，十块钱一个小件比如椅子。你几乎要笑了，尝到了廉价劳动力和国内生活便利的甜头。想当初在美国，做梦都没有这样的好事。

就为这一段插曲，你突然对回国后的生活多了一些勇气。大家都这么拼，这么肯干，只要脑筋灵活就有活路，是个好兆头，这让你一扫钱包迅速干瘪的焦虑，信心鼓胀起来，你拉着沙夏的手说：“走，我们庆祝一下这么快搞定。”

时间还早，沙夏看了下表，好像多出来的分秒是捡了便宜。你们去了家附近的商场，热热闹闹吃了一顿云南火锅，顺便看了部喜剧片，磨蹭到五点，送货人的电话打来了。

那人自己开车又自己送货，满头满身都是尘，电梯进进出出跑了三趟，把货物全部运进客厅。宜家购物账单长达半米，你们一一核对下来，真的就是一样不落。沙夏递了一瓶水，工人也不喝，坐在地板上麻利地组装了椅子、桌子、架子。你们则拆开小件物品的包装，一一安顿被褥、枕头、餐具……只花了一个小时就快搞定了。收了钱，那人慌慌张张跑下家去了，也不知道是谁的父亲，一口安徽话，头发花白，一双手像带霜的树皮，消失在走道里。你望着那工人的背影，有点出神。

沙夏嘘出一口气，清理了地上的纸盒子，说："以前 YouTube 有个视频，说买宜家回来，考验的不是动手能力，而是夫妻感情。"

你哈哈大笑，"以后有的是吵架的时候……比如……"你说着，扔掉手里的纸盒子，突然脱掉外套，蹦着朝卧室飞去，整个人扑倒在新铺的床上，瓮声瓮气地喊："决定性的时刻来临啦！你要睡床的哪一边？我们来打一架决胜负吧！"

"我当然睡靠门的这一边。"沙夏说。他本想洗了床单再铺的，但实在是太累了。

"哈哈，太好啦，不用打架啦，我睡靠窗的那一边。"

"谁说不用打架了？"他说着，坏笑着，扑上床来，把你按住，挠痒痒。你翻滚着，笑得楼都要震垮了似的。笑着笑着，听到什么奇怪的声音，两人都收了手，僵住了，竖起耳朵。

是楼上的人在吵架。隔音好差，歇斯底里的，每个字都听得清清楚楚，刀子去刀子回的，你死我活，不知道如此仇恨的两个人当初是怎样走到同一屋檐下的。

你说："好可怕。"

"是啊，好可怕。"

"我们永远不要这样。"

"我们不会的。"

6

日子滑入轨道，静水流深的样子是有的，除了楼上的吵架声时不时在半夜爆发。沙夏睡眠很轻，总是被吵醒，闭着眼听他们彻夜诅咒彼此；而你通常一无所知，睡相甜美，呼吸均匀。他还是每天很早起来，洗漱，做早饭，直到听见你在房间里哼哼唧唧地叫他，他会走到床沿把你吻醒。你迷迷糊糊起来，洗脸、刷牙、换衣服。热咖啡他已经为你做好了，还有新鲜的炒蛋火腿三明治，放进包里，拿走。

沙夏会在家门口给你道别，"Have a nice day"。第一次说这话的时候，你差点笑出来，说"你好像个家庭妇男"，沙夏听了，脸色有点怪。

当你的身影折入楼道转角，被电梯"叮"的一声带走，他陷入怅惘，像是被"家庭妇男"四个字毫不留情地扇了一耳光。关上门，暗淡的小房间与他面面相觑。你昨天的大衣、零钱、充电线、润唇膏、长袜还一股脑儿地扔在沙发上，被他一一捡起，挂好，放回收纳包。共同生活之后，你的口头禅便是问他"我的 ××× 放哪儿了？"而他每次都记得一清二楚。

洗了咖啡杯，铺了床，把脏衣服塞进洗衣机，楼下准时传来长达一分钟的车喇叭声，几乎能想象到司机一个个横七竖八在小区门口堵得发了疯的样子，每天如此。

楼下那家漫咖啡，一旦到了早上九点、十点，每一桌都热闹起来，坐下来就是A轮，B轮，PE，VP，IP……这桌几千万，另一桌几个亿。沙夏不得不塞上耳机，无法想象，绕了大半个地球，抛下了这样的话题和人生，最后莫名其妙地绕回来，在北京灰头土脸的小区楼下再次被同样的话题淹没。

既无法相信曾经自己也是他们中的一员，也无法相信，现在连这样的一员也不能属于，快要变成家庭妇男。

7

每次顺路去颜斯林公司找他聚聚，你都有一种偷情的幻觉。明明是一件名正言顺的事情，老脸对老脸地吐个槽，可为什么，你莫名内疚，总觉得不能让沙夏知道。

关在凌乱的化妆间里，你和颜斯林的大部分话题纯属发泄，气氛很负。你说，你真心想做个“好女朋友”，但沙夏永远让你觉得，你做不到，你失败。

颜斯林一听，当下脸黑，拉了一丈长，几乎是用警告的语气，说：“这种生活不适合你，Zoe，你不是过日子的人。”

你耸耸肩：“什么日子呀你说的是？”

“你还是你吗？好端端的，一匹野马就是这样被驯服的。”

你明白他的意思，但不想继续往雷区踩。你把吐槽转向事业，一个更安全的领域，说回来之后工作一直磕磕绊绊，毫无起色。北京竞争激烈你是知道的，只是没想到惨烈到这样的地步。连小区楼下都至少两三家酒行，能想到的所有酒庄都已经被独代了，市场饱和得容不下新来者。不知道自己浑浑噩噩地忙些什么，一天就过去了，回家的时刻心情茫然，恰如雾霾天被堵在四环高架桥上，上不去下也下不来的尴尬。

Tonia 好几次过来，用怀疑的目光打量你，把你看成未来之星的绯闻对象，一个必须解决掉的风险因素。你也懒得解释和颜斯林之间真的没什么，太多年的友情……不，差不多已经是亲情了吧，那种随时可以三分钟各自放空，不说话，彼此不会感到任何尴尬的老伴儿。

吃饭、闲聊、放空，说些形而上的话题，想走的时候随时都可以走，你喜欢这种状态，和颜斯林在一起你是彻底放松的，哪怕被开涮、被骂了也是放松的；但和沙夏在一起，你越来越没法放松。

你感到某种累，像在沉闷婚姻中想要逃出来喘口气的那种。可悲的是，你甚至没法开口问他，是不是也想喘口气。

所以这些和颜斯林的聚会你都没告诉沙夏。你装作是下班的样子回到家，而他无一例外地总是刚刚从健身房回来，洗了澡，擦着湿漉漉的头发，问你去哪儿吃晚饭，你只好说你没胃口。

有那么几次，见完朋友，出于某种放松，或歉意，你也带着花束和白葡萄酒回家，脸上挂好笑容。洗好手，把白玫瑰插进空酒瓶的工夫，他点的外卖送到了，都是沙拉之类的很轻的食物。你们都很默契地把手机静了音，倒上酒，放上音乐，从傍晚一直连续不断地听歌，大量的迷幻乐、后摇、浩室……有时候也跳到尺八古曲。就着暗暗的烛光，你们窝在沙发上聊天，你把脚伸进沙夏怀里，他抱着你一双脚犹如怀抱婴儿，轻轻捏着。

他是个有洁癖的人，你清楚，这样自然而然、毫不介意，只能因为是爱。那些天南海北的话题，雾中风景似的，记不起来了，唯独你抽烟的样子很美，在沙发上烧出两个洞，令沙夏每次凝视那黑黑的孔，都想起你迷离的眼睛。在北京，几乎看不到月光，所幸客厅狭小，两盏烛就够了。你在烛影里笑，酒杯危险地斜在手里，眼看着晶莹的酒体马上要倾泻出来，他紧张得欠起身子，提前扯了纸巾，伺机准备擦拭……而那样的狼狈，又总没有发生。

这家伙，连这样的时刻都放松不下来……你每次见他欠着身子拿纸巾的样子，都在心里叹息。第三杯与第七杯之间的沙夏看起来有种……金毛狗一样的憨傻，那种憨傻竟然让你很想“欺负”。从那犬类的笑意里，你知道他也有许多话欲要倾杯而出，关于天长日久，关于厮守……也不知道为什么，你总是用指尖或软唇阻止誓言的发生。

人与人相处的品质，大部分是由这种夜晚所决定的。那几个夜晚有多美，沙夏后来就有多舍不得。他喜欢你的音乐品位，从来都让你掌控歌单，唯独有一次，万圣节的夜晚，你们在家Cosplay[1]，你穿了哈利·波特的学院派披风，斗篷，还配了姜黄与暗红相间的围巾。你也给他买了一套，但尺寸有点小，化纤质地看着挺廉价，他拒绝穿上。

“拜托！过节欸！还穿什么衬衣、领带啊？”

“太小了，穿着特傻。”

“Come on！”飙英文意味着你有点生气，但他这次不想妥协。

“太无聊了你！我可是拒掉了颜斯林的party来陪你的。”

“那你去party吧，我就在家里，我想听听音乐。”他索性切掉酸摇，改放歌剧。

1　角色扮演。

“我最恶心女高音了。”你也切掉。

寂静。

沙夏突然转身，吼道：“你能把那破手机关了，别提颜斯林好吗？”

“那是我发小！死党！你还在瞎吃什么醋啊？！陈年老醋！”

“根本就不是吃醋这么低级的问题！”

“那你说是什么问题？！”

又一轮寂静。

你以为是又一波怒气升级，但没想到沙夏退让，突然放了巴赫，像一个中立的停战协议，迫使你止步于崖，找不到吵架的画风。

是朱晓枚演奏的巴赫，不是格伦·古尔德。古尔德的弹奏精致如一只巨钟的齿轮在彼此对位咬合，而朱晓枚的巴赫……有庄严的深情，像一场森林秋雪，突然落满客厅。你知道沙夏其实很喜欢古典乐，但很少在你面前放。

“看过《音乐的极境》吗？萨义德写的。”沙夏说。

“哪个萨义德？”

“就是东方学那个萨义德。”

“他还写过音乐吗？”

“噢，他可是专业乐评人。我记得那本书的序言里，他妻子回忆说，1983年1月，他们的儿子遇到车祸，很严重很严重的那种。听到消息他们都崩溃了，他妻子说那种感觉就是晴天霹雳……没想到半小时之后，萨义德说，‘我们有今晚音乐会的票，该出门了’。妻子惊呆了，完全蒙掉，她留在家里……而萨义德真的就去了音乐会。好多年后，妻子才明白，萨义德面对死亡的恐惧时，寻求音乐，就是最大的抚慰。”

你接过了他隐藏的停战协议，顿了两秒，问：“如果你把你自己比作一个交响乐团里的乐器……你觉得自己像什么？”

沙夏喜欢这个问题，长长地抿了一口酒，说：“大提琴吧……对，一定是大提琴。你呢？”

“单簧管。”

“单簧管？”

沙夏表情意外。你说你从小就非常喜欢听单簧管，那感觉像一整个秋天落在肩头。四季中你喜欢秋天。

那你觉得秋天像什么乐器？

秋天像……排箫。

春天呢？

小提琴。

冬天又像什么？

低音鼓？

夏天像……

竖琴。

不，我觉得夏天应该像，钢琴。不对，夏天像……啊，夏天太丰富了！三角铁、长笛……

不对。

你的眼里有光，像藏着十万星辰。可惜这样的夜晚……太少了。你的手机虽然被静音，还是不断地亮起来，蹦出消息，大概是颜斯林在找你吧。过去几年你们都是一起过万圣节的。沙夏有种在和颜斯林抢夺你的感觉，这感觉无处不在，催生不想被承认的愤怒，以致即使良辰美景如斯，却总是闹得不欢而散。无缘无故亮个不停的手机，占有欲，心理学，权力，福柯，一切都可以成为你们争论的导火索。

每次你喝高了，聊开了，就喜欢和沙夏争论。

那个夜晚也一样，你们又撕毁停战协议，重新从什么季节像什么乐器争论起来，争论到萨义德、东方学、西方主义……争论是没错，但每次，沙夏注意到，每次，你会下意识地采取“批判”策略，每句话都用“不，不是……”来开启，甚至打断。

“你这样为反对而反对有意思吗？！对什么都非要说‘不’才有意思吗？”沙夏好几次差点咆哮出来，但都没有。

他总是悬崖勒马，吞回话里的刀子，他不想争吵。的确从没有一个姑娘可以像你这样犀利地与他争辩一个话题，那感觉像棋逢对手，很激烈，很棒，但……真的，让沙夏不舒服。无法解释的不舒服……就像李世石的围棋输给AI那样让全人类都不舒服。沙夏不止一次反思到，也许男性的生理局限之一，就是一旦被挑战会带来本能的怒火，点燃非理性——尤其，当挑战者是女性——尤其，来自他爱的那个女性。

你也察觉到了。你从他突如其来的沉默中，察觉到刚才自己激动了，阐述可能有点过分。但你从不后悔。沙夏会用“算了，困了，早点睡吧”来草草结束辩论，这方式让你不爽，你宁愿他跳起来和你争个高下。颜斯林就会的。你们经常吵得面红耳赤，你们在先锋谷受过的教育是保持反问，保持质疑，批判比接受重要……

先锋谷永远不会教，相处的智慧是圆融。

8

扫兴的时刻多了，两两相对，许多东西就枯淡下来。连爱都不做的时候，一切就真的不对劲了。最激烈的一次争吵，也就是爆发在那个夏末，在春秀路的小酒馆外面，你们正喝到一半，沙夏接到一个朋友的电话，前后不超过两分钟。电话里，他得知一个前任“走”了。从三十楼跳下，面目全非。

沙夏的表情复杂而镇定，像是听到持股跌破止损线的消息，只说：“好吧，我知道了。”挂了电话，你问他怎么了，他说了实情，语气十分平静，几乎是转述新闻的口气。

你比他激动，质问道：“那可是你的前任！你们曾经这么亲密，一个那么亲密的人走了，你居然毫无反应？”

沙夏一脸发蒙，又无辜：“难道你希望我表现得很过激，才代表我有血有肉？我要是表现过激，你又会不会说我还记挂着前任，没放下？”

“我是那么小气的人吗？”

“你不知道过去发生过什么。你也不知道她是怎么离开我的。”

“那你说吧，发生过什么？”

沙夏提起一口气，又重重地放下：“这么说吧，这姑娘以前……以前单身的时候，去夜店玩，被一个朋友带到一个包厢，都是陌生人。那晚，她遭到了性侵犯……后来精神状态一直不稳定。我们在一起的时候……也就那样吧，一般。直到有一天，她突然不告而别，坚决分手，走得很突然。那时候我很痛苦，我还以为……还以为她有什么难言之隐。结果发现，什么也没有。她只是喜欢上了别人，劈腿半年了，仅此而已，可能当晚，别人的车子就等在楼下，要她二选一吧。分手后，朋友跟我说，她后来精神病发作……状态更差……但我们没怎么联系了。”

你沉默。沙夏继续自言自语：“可能是活该吧……当初一个人穿成那样去夜店……”

“活该？！”你气得，声音都变了，“你居然说活该？！”

“我的意思是，她一个女孩子，应该懂得如何保护自己，不该一个人去那种地方……”

“强奸发生的唯一有罪方，就是强奸犯。”你几乎咬牙切齿。

“道理是没错，但现实就这么危险，女生必须更懂得保护自己——”

“现实就是，持你这种观念的人多了才他妈变成现实的！”

酒精在颅内沸腾，你们都喝大了，都有点情绪过激，但你的反应超乎沙夏预料。沙夏茫然望着你，他能感觉到……你想把酒泼在他脸上。

你显然在忍，攥着杯子，最后把酒泼进自己的喉咙。失望的是，没想到沙夏也不过如此……你曾以为他是不同的。

你真的以为，沙夏是不同的。

你手里那长长一截烟灰突然断了，掉下，烫在沙夏的脚上。他痛得一个激灵，而你没有道歉，甚至没有察觉你烫到了他。

他起身离去，迫不及待想去清醒一下。这明明是个美好的晚上，初夏，有风，有月，你们散步到这里，坐下来喝一杯酒。好好的，不知道为什么又搞成这样。

他绕着街区走了一大圈。回想起你们在这附近度过的美好夜晚，虽然并不是每次都保持到最后一刻，但这次，这次，他是真的不明白。他努力反省，但始终不觉得自己的观点有错。前任走了，他也几乎没觉得这消息有多真实。分手最痛苦的时候，他已经翻篇了。

转了一大圈，沙夏感觉平静多了，他加快步子，绕回来，发现你还坐在原地。他有一秒钟的庆幸，但仅仅是一秒。走近了，他发现你正在打电话，电话那端显然是颜斯林。

“我真没想到他居然会说‘活该’……”，这个字眼让你无法忽略，你哭着讲电话，完全没意识到沙夏回来了。

颜斯林的声音在电话里说：“我不是告诉过你吗，大部分男的怎么想，我太清楚了，早就劝你别——”

沙夏就站在你身旁，颜斯林的声音，几乎是听得一清二楚的。

这下你察觉到了，才极不自然地说：“我得挂了。”

沙夏走到正面，望着你，一种烫伤的怒与疼，从脚指头传导到心头。但他不想吵了，再吵下去，只会更疼。

回去的路上，他说：“可能，我的说法不正确，对不起。”

你说：“可能，我也有点过激，对不起。”

你们就这样各自后退一步，貌似平安地滑过夏，入秋冬，实则一步步退进泥潭。一地都是吵架的导火索，只是彼此忍着罢了。

直到十二月底的某夜，同居一年的最低谷期，你说好累，澡也不想洗，就想躺在沙发上刷手机，却找不到手机，于是习惯性地问沙夏：“看见我手机了吗？”

若问袜子、口红、充电宝，甚至胸衣在哪儿，他大概能准确回答上来。手机那是真不知道了。你只好借用他的iPhone来定位到底丢哪儿了，结果定位出一个莫名其妙的地方，完全不是你“一下午都在开会”的办公室。

他这次没有忍，直接问：“去哪儿了？”

“看朋友了。”

“谁？”

“拜托，先把手机找回来好不好？别闹了。”

锁定了手机，留下回拨的联络电话，堵着气，鼻孔对着天花板，干等。半夜一点，打来电话的是颜斯林，而接起来的是沙夏。

“你每次说来就来，说走就走，手机也不拿，还想我给你送来吗？！”颜斯林的声音懒懒的，毕竟跟你太熟了，却又不是常人可以理解、可以放心的那种熟。

沙夏冷着脸，把手机开成免提。

“现在给你拿过来还是明天啊？”

你的回答明显在躲闪。

“怎么啦，不会吧，又是那家伙在旁边不高兴啦？至于吗，那么小气……”颜斯林那张嘴有多无所顾忌，你是知道的，但毕竟沙夏不知道。

沙夏青着脸，挂了电话，怒目圆睁：“为什么说谎？”

“没什么好心虚的，我只是下午去了一趟他那儿，聊聊天。”

“不心虚，那你为什么撒谎？”

“这不是怕你多想吗。”

“所以反倒是我的错了？”

谁也没开灯，黑暗里，依稀看到他在唇语什么似的，下巴一直发抖。而你头一次感到心慌。

那晚你们真的吵了。吵到一半，楼上哐当一声巨响，像煤气罐摔在瓷砖上爆炸那种声音。你们在惊吓中住了嘴，屏息。紧接着那巨响，楼上继续吵了起来，比你们更狠百万倍，用词难听至极，伴随各种摔东西的响动，地板呻吟着，从客厅到卧室再到厨房，声波勾勒出追打的足迹，几乎可以想象得到有多恶行恶相。

沙夏一下子低了声音："我们说好不会吵的……"

你沉默了很久，小声说："对不起。"

9

你开始频繁地出差，说北京的市场实在太难做。这是个体面的理由，绕开了面前的泥潭。每次送走你，沙夏根本不想留在北京。前脚你走，后脚他也走。飞机上邻座的女孩一直在看日剧《逃避可耻但有用》，沙夏一边嫌弃一边忍不住瞟上几眼，觉得题目道出真理。

上海也没有欢迎他的意思：租来的公寓里只有一层厚厚的灰尘等着他。几乎发霉废掉的酿酒桶，变质的液体，提醒着他这两年一事无成，真的是一事无成。凭空多出十万公里的飞行里程，账上缩水一位数。房东通知：租约到了。

北京显然不是长久之计，上海也没意思。他长大一路顺风顺水，头一次体验到男人最大的焦虑莫过于事业荒废，明明只是想放松一下，也没想到这么一松，人生眼看要垮下去。他每天用长达三四个小时的健身来填塞空隙，以此镇压自己，不许随便怀疑当初的选择。

他好像头一次体会到，什么叫作人的非理性。

本来是决定要找你重新好好谈谈的。两周年纪念日，约好要一起过，沙夏提前改了机票，飞回北京，提前回家，想给你个惊喜，但你不在。房间脏乱，显然太久没有打扫了：衣物堆满沙发，排水孔被头发堵住，衣篓里的脏衣服堆积得快要溢出来了。想到垃圾桶会有多饱和，他连厨房都不想进。你还是个孩子，他叹口气，突然看到天花板上莫名多出一串油彩式的深绿色污迹，太奇怪了，怎么会有污渍在天花板上？他困惑了一会儿，放弃了，插上吸尘器开关，打扫起来。

差不多收拾了半个小时，屋子里有点人样了。书桌上的咖啡杯都发了霉，他拿走杯子，看见笔记本电脑开着。

屏显幻化着，像海妖的召唤，他知道不合适，但忍不住。

密码竟没变，是你母亲的生日。他带着剧烈的负罪感，臣服给海妖的召唤，打开了界面，手指握着鼠标。

你在脸书上很忙嘛……Tinder[1]也开着。云端同步了的微信，一览无余。

扫了一眼最近的一些聊天记录，他跌坐下来。

十五分钟之后，他深呼吸两次，平静地给你发了微信，问：“在干吗呢？”

四个简简单单的字，他组织了很久。末了，还添了一个憨厚的表情符号，才发送给你。房间里很静，只有电脑微信端响了一下。

1　一款社交软件。

又过了好一会儿，你回复："在家呢，怎么了？"

沙夏看到了这句，把手机扣在沙发上，捂住头。

完全是一种第六感，你直觉不太对，拿叉子的手滑了，叉子掉在地上，很刺耳。你没有捡叉子，拿起手机，想撤回发出去的谎言，来不及了。那个瞬间你脸色惨白。

颜斯林坐在你对面，蘸着番茄酱吃薯条，一边舔手指，一边在桌子底下不停地晃膝盖。选秀前最后的狂欢，减了四公斤，真的是馋到发疯，夜里做梦会打劫肯德基、麦当劳。你趁着沙夏出差，答应颜斯林出来解解闷，偷偷摸摸出来打牙祭。

也不知道为什么，一句话的事，清清白白，你就是不想提前报备给沙夏。沙夏有多介意颜斯林，你是清楚的。他说过，"我是信任你，但既然你也没什么好隐瞒的，出去跟颜斯林聚，就说一声，告诉我"，你听了也觉得合情合理，自然也就答应下来。

承诺归承诺，一到现实里，你老觉得多一事不如少一事，能不报备就不报备；一想到出去见谁还得报备，你就恶心，就烦。

你以为只要说在家，沙夏就会安心。

颜斯林问："没事吧？脸色咋那么难看？"

你想了三秒，说："不行，感觉不对劲。我先回去了。"

"什么叫感觉不对劲？！你个重色轻友的，你答应了陪我的，回来一个月了，咱聚过几次？！"颜斯林吼了起来，扭头像向日葵花盘似的盯着你冲向门口。餐厅很静，几乎有回音，几双目光投来。你走后，他气得使劲儿戳牛排，使劲儿戳。

你跑到楼下，半天打不到车。加了三倍价，叫到一辆出租车。等你心慌慌到了小区，跑上楼，在家门口整理呼吸……

门从里面打开了。

以前每次出差回来，沙夏都会提前把家里打扫干净，点好蜡烛，鲜花插在清水里。小别胜新欢的仪式感，这是他刻在性格里的体面。

其实你又何尝不是呢？算准他明天回来，你会提前用App预约一个清洁工把家里给打扫干净，省得那个洁癖的家伙挑剔你这啊那的。鬼知道这次他要玩儿什么惊喜呢？一股怒火，肝气上蹿，你呼吸变重了。

沙夏没开灯。房间漆黑，他的手指抠着门的边沿，没有让你进来的意思。他看着你，眼里像是落了一层灰。

“你听我解释……”你话还没说完，瞟到了客厅桌子上的电脑。你盯着那个不是屏保而是显示聊天内容的屏幕……收回后面的话。

你恼羞成怒，情绪的瀑布，飞流直下，砸得脑开花。

你们在黑暗里彼此怒视，然后变得平静。你也很奇怪暴雨突然爽约的平静。这次你们没有吵，他选择相信你，因为不这样想，他将更痛苦。

“不是你以为的那样的。我就只是和颜——”

“我也没有问你。”

沙夏错身而去，像鬼魂穿透你身体似的，飘向了走廊。跟刚才复杂的心情相比，他的步子堪称简陋。他没有坐电梯，因为一秒也无法等待。沿着黑暗的防火楼梯下去，他跑了起来。越来越快，越来越快，他跑了不知道多久，最后蹲在狗尿味浓重的花坛边上呕吐。

你在房间里，坐在电脑前，把屏幕上的聊天记录一一删除，努力尝试着，站在另一个人的角度去感觉那些对话，是否真的那么刺眼。删了几句，你感觉徒劳。你往后背一靠，狠狠扣上电脑。

那只是吐槽而已，拜托！这不就是吐槽的意义所在吗？把抱怨吐给密友，和睦留给恋人。谁不是这样？你相信他一定也对朋友吐过你的槽……而你一定不去看。谁都需要吐槽，需要一个通风口……

现在好了，通风口被堵塞，愤怒如毒气室困住你，你呛得无法呼吸。这是他自找的，没有人该偷看。对。你努力靠近这个逻辑，以减少内疚，却越想越气。

10

沙夏没有回来，你也不知道那个晚上他去了哪里。

凌晨，你发现自己和衣躺在沙发上，脚麻了，动弹不得。手臂很冷，摸到手机，举起来看，没拿稳，手机砸在鼻梁上，一股酸疼，从鼻腔冲上脑顶。

他的留言是“我们之间不该变得这么丑”。

在登机的前一刻，沙夏一直抱有希望你会来机场，就跟无聊电视剧里一样。但你没有，始终没有。好像又不是很意外，他在心里有一点自嘲，很哀的那种。记不清是第几次从北京飞回上海了，这两年往返周折，得到一个早就清楚只是不愿意承认的答案——灵魂伴侣，没错，但生活伴侣，是另一码事。

在起飞的时刻，他就已经原谅你了。其实也谈不上原谅，他只是接受了，爱是爱，生活是生活。

他决定接受 Bryan 的那笔信托，好好做出“子曰”来，没什么好犹豫的。犹豫的只是，去什么地方做，以及怎么做。

他在飞机上一边考虑，一边望向舷窗外。穿过云层的纹理，机翼正刮过一片荒原。风力发电机插满山头，像是大地病了，在做针灸。他昏睡过去，又醒来，发现外面入夜了。打开遮光板，惊觉星辰缀满了眼帘，他是真的飞在星星中了。

隔着舷窗，他几乎可以舔到那些星星，距离就像撒在蛋糕上的金粉那样近。一瞬间，沙夏意识到，在这么大一个世界里，一个人能找到的自洽之路，窄得可怜，却长得可怕。试图相爱，大概是因为每个人都很害怕被稀释在这个世界里吧。

但爱不解决本质问题。本质就是孤独，它甚至不是个问题，它只是本质而已。

夜航俯瞰的视角，赋予神秘的勇气，沙夏还是想到了风眠湖、无极山、你奶奶的作坊。与其苦苦劝说你加入，不如自己先做出起色吧，人人都会看到的，你也会看到的。

卫生间的指示灯从红跳到绿，沙夏站起身来，强迫自己打起精神，去洗手间清醒一下。他盯着自己镜中的脸，想，对，是时候了。

回到座位上，他已经开始在脑海里写商业计划书。关于如何利用那笔资金，如何找老杨租下那宅子，打什么营销牌……他兴奋起来。要复原“子曰”这款酒……复原你喝到“子曰”的那一刻，嘴角的笑意。

他总觉得，好像复原成功的那个瞬间，你们就可以从头来过。

11

沙夏走后，在空荡荡的公寓里，你突然发觉自己无意识地染上了一些他的习惯：吃了饭，立刻洗碗（而不是放置在水槽里），随手清理排水孔的落发（而不是到堵塞了才弄），衣服随手挂上衣架（而不是扔向沙发）。你裸身站在花洒下，看着纸巾上清理的掉发，想，是否以后真的会这样，在陌生城市，居无定所，每次遗传一点儿亲密恋人留下的细微习惯，却仅此一点儿，始终一个人生活？

天花板上，那个放射状的墨绿色的痕迹，沙夏会注意到吗？那是你尝试自己做菠菜黄瓜凤梨汁的时候弄上去的。你彻底搞砸了，搅拌机没按紧，汁水一股脑儿地喷了出来，到处都是……从你的脸到厨房台面，都变成绿的。你花了一个晚上才弄干净。

想来那个场景真的很搞笑，出丑的时候你想过拍照发给沙夏，乐一乐的，但你没有。你觉得他不会乐一乐，觉得他可能会笑你，或者生气，但不会乐一乐。你也不知道为什么会这样推测他。所以你还是习惯性地点开颜斯林的头像。

“猜我刚才干了什么？”

照片上的你吐着舌头，绿头绿脸的菠菜汁，沿着墙砖一直绿到天花板。颜斯林笑得前仰后合，“你个‘白穷蠢’。”他说。

他损你向来特别狠，但你也不怎么生气，真的是太熟了，有个说法是，看两个人有多熟，就看他们怎么损对方。沙夏是不会的，你没法想象跟沙夏之间这样刀子嘴豆腐心，他总是太认真。总是分不清什么是玩笑。

“我们可能分手了。”你告诉颜斯林。

你以为颜会和你弹冠相庆，没想到他一反常态，问你：“那你还好吧？”过了一会儿又说，“放心啦，他肯定会先回来找你的。”

你眼眶有点湿。见你老久没回微信，颜斯林说：“一会儿再给你打电话。”他的选秀迫在眉睫，往往电话里说不了两句就得匆匆挂掉，说“一会儿打回来”。

经常再没打来。

12

排练厅里，一股莫名焦虑的气氛在蔓延。某种诡谲的“磁场”，逼得每个人不得不去攀比谁吃得更少，表现更好。谁的粉丝团又大涨了，谁又找到金主爸爸了。谁的脸已经小得一个铁勺子就能照得下了，谁得用加大号手机屏照着才能抓发型。

“你他妈为什么每次都要抢我的镜？！”身后的队友突然发起飙来，吼声有回音。大家愣了一下，动作一慢下来就乱了，不知道他在吼谁。

“说的就是你！颜斯林！”

气氛冻结了一瞬，颜斯林回头一看：果然又是死对头。周围瞬间安静，只有音乐还不明就里地继续着，队员们纷纷收了舞步，或双臂抱肘，或双手插兜，下意识地站队，泾渭两分，靠边了。

颜斯林微妙地发现，几乎全部都站在对方那边。听说那孩子本身就是“星二代”，家世背景刚硬，早就内定了冠军非他莫属，其他人不过争个第二、第三。同批次的队员都挺跪舔那孩子的，但颜斯林出国久了，什么星不星的，没放在眼里。大概就是因为这态度，那孩子把颜斯林当死对头。

“不就是排练场，哪来的镜头，谁抢你的了？！”

“这动作，这样，这样的时候，”那孩子边做边骂，“这都不会，来这里干什么吃的？！每次都撞到我！”

“谁撞到你了？”颜斯林白眼儿都翻到了后脑勺。

“臭傻 ×。”

颜斯林感到一阵血往上涌，拳头已经攥紧了，他瞟到有人在窃笑。这场景他熟悉极了，围观的同学，看好戏的眼神，从小他就受够了。他一度以为这样的噩梦早就摆脱了。

编舞朝他们过来了：“怎么回事你们两个？！”

隔着五米，颜斯林几乎能闻到那家伙腋下的汗味，他真是憋着气解释：“我有腰伤，这个动作，我跳不了。他说我抢了他的镜。”

“厉害哦？跳不了？那你怎么想来这里的？”编舞朝摄影比画了一个扫脖子的动作，几个摄像机镜头垂闭了。

编舞把门一掩，拉过那孩子，耳语了两句，看样子像是在顺毛，但编舞每说一句，那孩子脸上就多一个五官在骂人，接着摔门而出。巨大的回声与镜子共振，迟迟不散。

“不要再有下次，这里也没有借口。”编舞转身回来，板着脸，低声警告颜斯林，“再给我添乱，一万个 Tonia 也救不了你。”

编舞口音太重，说 Tonia 发音像“脱你丫”。颜斯林背过去笑，音乐继续，编舞示意摄像师继续拍。大家没事儿人一样又回到刚才的位置，像机器人被暂停后的重启。

熬到了休息的点儿，颜斯林几乎是一屁股坐下来，腰疼得像是注了酸，脚踝发胀。小时候练马术和击剑落下的伤，老是关键时刻掉链子，说犯就犯。他一个人在角落，正疼得龇牙咧嘴，闻到盒饭来了，隔着一个大厅，他就知道又是香菇鸡丁白米饭，配炒莴笋；有的人也许分到的是鳗鱼寿司配味噌汤，但只有三份。这东西换作以前，他就是饿死了也不会吃，现在人人都在抢。花絮镜头还在直播，他还得演。颜斯林想要站起来去拿一份，但是真的撑不起来，放射状的疼痛从侧腰扩散到胯骨，他怀疑小关节错位了。

就在这时候，一片阴影从头顶上罩下来。那孩子不知道从哪里出现，手里拿着一盒鳗鱼寿司味噌汤，递过来，跟颜斯林说："Sorry 噢。"说完嘴角斜斜地一笑。

颜愣了，接过盒饭来。他突然觉得自己刚才好小气……这一部分，花絮可都拍着呢，传网上去又让那家伙吸粉丝儿了。颜斯林怀着一瞬间的羞愧，认真说了"thanks"。他正感动着，掀开盒子，闻了一下寿司，又闻了闻味噌汤，狠狠皱了下眉。

他不愿意相信，就又闻了一下，然后脸色彻底变了。

颜斯林咬着牙站起来，一瘸一拐地端着那盒味噌汤，走到那孩子身边去。那孩子正在跟几个队友围成一堆，有说有笑，颜斯林二话没说，把汤和寿司一把扣在他头上。

那孩子被镇住，不说话了。他用一种慢动作将上衣脱掉，抹掉了头上的寿司米粒儿，瞬间爆发式跳起来，顺手抡了个烟灰缸就给颜斯林盖过来了。

镜头把这一幕全拍下来了。

保安跟摄像、编舞，全都扑上来拉人，而队友们却纷纷闪开，退得远远儿的。

“抽风哪，怎么回事儿？！”

“你他妈敢往我的饭里撒尿，是人吗你？！”颜斯林怒骂。

那孩子被人拉着，挺着胸膛挣扎着往前蹦，食指都快戳到颜斯林眼珠子里边儿去了：“你有什么证据胡扯？我好心好意给你送饭，× 你妈的……”

“有种调监控，敢说你没往汤里撒尿……”

编舞简直一个脑袋五个大，一脸“遇到这帮小子算我倒霉”的痛苦表情，拨电话找总监。

“怎么回事儿呀？”总监一进来，脸拉了八尺长，“能有多大点儿事儿啊，你死我活的？”

颜斯林说：“调监控。”

“我这儿没监控，你家 Tonia 也不在。”总监叼着烟，慢悠悠吸了一口，吐了，撩着眼皮瞟颜斯林，好像在看一条狗。

那孩子面露得意，错着下巴，邪邪一笑。总监是他那边的人，颜斯林马上就明白了。但他的嗅觉不可能错。一滴香水扩散到三室一厅的空间他都能闻得到，更别说那汤里，尿骚味儿……臭得快把自己头盖骨掀起来了。

颜斯林点了点下巴，确认这鬼地方他受够了，抄起手机就往外冲，根本等不及打车软件，直接拦了辆出租车。颜斯林坐进去就跟师傅说：“往前开。别问我去哪儿，开。”

开出两个路口，司机心慌慌的，不停在后视镜里瞟他：“小子我说你失恋了别想不开，啊？吐车里得加一百啊……”

“给我闭嘴！”颜斯林吼完，发现司机也没还嘴，表情恐慌，一看：后视镜里出现一辆不停闪大灯的改装悍马 H3，虎头豹脸，来势汹汹，牌照是遮了的，硬生生追上来，贴着贴着就近了，从左边硬超，猛地超到前面，尖锐地刹车，接着是砰的一声，白烟，臭胶皮味儿……出租车追了 H3 的尾，H3 倒是没事儿，可怜的出租车整个前脸都撞废了，引擎盖翘到了天上。

还没反应过来，只见从 H3 里下来一堆人，虫子破卵而出似的，朝出租车围过来了。颜斯林哆嗦着，想报警，但手抖得刷不开解锁。慌乱中他根本连“110”都忘了拨，下意识拨的是你的号码，你在快捷列表第一个，刚点下去，砰砰砰的砸门声，震得手机滑到座位底下去了。

人头组成的阴影围上来了。出租车司机打开车门，爬着下了车，钻进一堆人腿中，逃了。那帮人伸出四五条胳膊，从撞烂的车门里，把颜斯林活活拖了出来。引擎盖发烫，车轮的胶皮味儿，热烘烘的汽油味儿……劈头盖脸。颜斯林死命用手肘抱头，被煎鱼似的翻面，死死摁在车身上，橡皮泥似的挨揍。他依稀看见那伙人的脸被玻璃映得变了形，长扁长扁的，都是有备而来的腿脚，要揍，但不能留下把柄，也不能致命，只揍颜斯林的背、屁股。剧烈的应激反应让他忽略了痛感，他看见车里的仪表台上蹲着一只玻璃的方形车载香水。他拔起来，抄起就转身砸，朝那些家伙一个一个砸。

有个家伙应声倒下，两股红，油彩似的，从额头上淌了下来。飙血了，一帮人愣了一下，颜斯林见机拔腿就逃，他有点记不住怎么收场的了。出租车司机哆哆嗦嗦爬到马路牙子上打了 110，警笛围过来的时候，颜还在跑着，被一群人死死追着。

13

你是在网上看到这消息的。有那么两个小时，热搜标题不堪入目，一连串视频跟照片底下，评论乌七八糟，你几乎不能相信那人是颜斯林。你第一时间拨电话给他，没人接，一串留言轰过去，也没动静。

隔了半个小时，他懒洋洋地回了个语音："没事儿啦，就是几个幕后推手发生利益冲突，捧谁不捧谁的问题，我就一棋子儿。"颜斯林用语音回复你，语气轻描淡写。他没告诉你，他被打得肋骨骨折，打了固定，卧床静养，每天用玩手机和睡觉打发时间，像个废人。

那段日子，颜斯林看到手机就怕。网上那些评论，骂什么的都有，不堪入目，没有面孔的恶意，万箭穿心。他看了睡不着，不看也睡不着。一到夜里，他感觉有个搅拌机进了头盖骨里，不停地搅拌脑浆。

出事儿之后，Tonia 也没出面，只打了个电话给颜斯林母亲。颜斯林躺在床上，竖着耳朵，断断续续听见 Tonia 说了些什么"做艺人啦，难免的啦……食得咸鱼抵得咸嘛……"之类的。母亲拿着电话走出去了，隔着墙抱怨："就这一次，就一次，他爸没捐钱，他就搞砸了，真的是……太不省心了……"

颜斯林听到了，他睁开眼，盯着天花板，又闭上。你的电话打来，振了好一会儿。颜斯林看见了，挂断。

第六章

你是我心底的青苔

1

院子里安静得只有沙沙扫地的声音。天长风清，铺着几缕云丝，风眠湖粼粼地发着光，山草随风乱摇。大不溜和小不溜突然直起身子来，狂叫不止，撒着欢，跑向门口。不一会儿，铁环敲门声果然响起。管家刘姐停了活儿，把双手杵在扫帚杆上，看着虚掩的门被推开。

“刘姐在呢，老杨和树树呢？”沙夏问。

“收菌子去了。”

“哦，那我等等他们。”

刘姐继续扫地，给了个背影说：“收菌子，可不是一天两天哦，一去可能十天半个月哦，在深山里。”

沙夏愣了一下：“好吧，难怪他老是不回我消息。”

“晚上留不留？我帮你收拾客房。”

“我自己来，谢谢刘姐。”

到底是一年到头高朋满座习惯了，客人说来就来，都当自己家。沙夏站在院子里，闻见风里有一股烧荒草的味儿，特别迷人。

夜里，月亮像个孤独的括弧，只剩下右边一半。沙夏跟着大不溜和小不溜上山跑了一圈，有点累，回来开始犯困了。他很饿，但没有胃口，洗完澡，在走廊上咬了两个苹果。

为了强迫自己别去跟你联系，他早早就睡了，睡前只给老杨发了消息，告诉他自己在“这里”，等他回来，想商量一些“重要的事情”。

正值烧麦秸的季节。田野里弥漫着烟熏味儿，时不时看见一缕蓝烟，直直地探向天际。上次见到这情景的时候，你也在呢，气味果然最能激活大脑海马深处的秘密。沙夏隐约听见孩子们的欢闹声，在黄昏的蓝烟中扩散，却看不见人影。

第二天一早，沙夏正要出门去山顶飞滑翔伞，远远地就听见刘姐骂骂咧咧：“让你去烧，让你去烧，烧死你算了！”

声音由远及近，一个手和脸都脏成炭黑色的小孩，被刘姐拎着耳朵，往一楼的公用卫生间拽。

“怎么了刘姐？”“我侄儿噻，哎哟喂，一天到晚沸[1]啊，沸，就喜欢到处烧火，看到啥子都要烧！一看到田里烧火，就要克[2]跟斗别个沸。”刘姐说一口染了当地方言的四川话，沙夏连蒙带猜听了个七七八八。

那孩子的眼神古怪，执拗的头发又黑又硬，像愤怒的铁丝，一根根奓向四面八方。刘姐把孩子的头摁进洗手台，开了热水，抹了肥皂，强行洗头、洗脸、洗手，看起来像在菜市场杀只鸡。孩子的脚尖踮着，脸

---

1 调皮。

2 去。

一会儿侧向左边，一会儿侧向右边。渐渐地，炭黑的脸被洗出了肤色，手也干净了。头发湿答答的，软下来。其实是个挺好看的孩子，机灵的眼睛像漂亮的小狼。

“你叫什么名字？”沙夏蹲下来问他。

“要你管！”“爆炸头”刚一说，就被刘姐拍了一巴掌：“咋说话的？！”

沙夏被怼得有点儿尬，只好把目光投向刘姐。刘姐碎碎念起来：“娃儿还在吃奶的时候，老汉儿[1]就跑了，晓求得死哪儿克了噢；他妈，克了深圳打工，三四年不回来一趟。造孽啊，平时娃儿没人管……我有空就喂口饭……也是霉球了，这娃太沸了……”

“难怪啊，”沙夏其实只听懂了一半，找到台阶就自己下了，“爸爸妈妈不在身边的孩子，多少有点脾气怪。您也是费心了。”

走到门口，沙夏突然又回头来，说：“要不，我带他去飞滑翔伞？”

刘姐把水管关了，问：“啥子伞？”

2

这次来，沙夏特意带了一副双人伞。冥冥中他觉得来这里，会和你飞伞的。但没想到第一次带人，是这孩子。沙夏在地上铺开伞面，细细捋开一组组绳子。

1　方言：老爸。

“天上来过多少风？”孩子突然发问。他矮矮地蹲在崖边，像一只还不会飞的小鹰。刚才还软着的头发一吹干，又奓开来，“我想画风，怎么才能画风？”

沙夏一愣，答不上来。他突然想起，上次来好像是看过这孩子画画的，对，没错，那个儿童版马蒂斯。

“我就叫你马蒂斯好不？”

“我叫爆炸头。”孩子捡起石子儿往崖下扔，回头看向沙夏，一口乡音浓重的普通话，听着挺喜感。

“行吧……爆炸头，准备好了吗？”沙夏一边问，一边做了最后的检查。

孩子不吭声，有点紧张。沙夏不等了，把孩子捆好在胸前，助跑，起伞，冲向崖边。“快，快，跑起来，往前跑，你倒是跑啊？欸欸欸往哪边？？？前边！——对嘛，快点，快点，对！”

飞起来了。

风以一种宽宏的力量，托起他们。爆炸头死死拽着坐袋，浑身紧得像秤砣，沙夏飞得很平稳，一直在耳边安慰他，孩子这才放松下来，突然发出一声大叫，接着又是一声，高兴起来了。

一个孩子的开心是可以传染的，叫声煽风点火地把沙夏也传染了。他们一起在空中号叫，大地在叫声中变得很小。

还没落地，孩子就嚷嚷：“我还要再飞！”

3

过了两天，老杨和树树回来的时候，带了一麻袋牛肝菌、黑皮鸡枞、金耳。“哟，小沙来啦，正好正好，晚上做个油煎鸡枞，下饭吃。”老杨随意得……就好像沙夏是来走亲戚似的，也根本没想起什么“重要的事情”。

“杨老师，我之前……发给您的企划书，您看到了吗？”

“哎哟，我在山上收菌子，哪有时间看呢，怎么啦？”

“那……咱们约个时间，我给您讲下我的想法，听听您意见吧？”

“哎哟，别说得跟那什么似的，你就是想租那宅子嘛，小事儿，我先弄这菌子，昂，弄完咱再说，菌子，你闻闻。”老杨把麻袋口子撑得老宽，拎到沙夏鼻子下非要他闻，沙夏只好闻了……都是泥土味儿啊。沙夏还没回过神来，老杨就扎上麻袋去厨房了，背影晃晃的，一路自言自语，“此物只应天上有哇……啧啧啧……”

一下午都在折腾。院子里，铺了一张毯子，鸡枞菌倒出来，分拣，清洗，一老一少有说有笑的，用小刷子仔仔细细地去土，又用新鲜的南瓜叶擦干残沙，手撕成小条小条的，晒着。

树树馋死了，等不及晒透，牵了吹风机来吹干菌子。老杨也没闲着，配好汉源花椒、丘北辣子、双心大蒜，统统剁好，再倒上一锅清清凉凉的本季菜籽油，菌子干了，下油锅，煎。

香。

真香。那香气溢了一院子，挑逗着大不溜和小不溜的嗅觉，它们冲来冲去，焦躁不安，连一盘猪肝粥拌狗粮都无法安抚。小不溜眼巴巴地蹭着沙夏的裤脚，口水九尺长；大不溜更猛，爪子已经搭在桌沿了。

已经是晚上了。蒸了一桶白米饭，树树捞了几大勺鸡枞菌淋在饭上，像捧着宝贝似的，端到桌上来了。

对于早就隔绝了碳水化合物、饱和脂肪酸的沙夏来说，这种“美食”挺尴尬的。他喉结动弹了一下，咬咬牙，来了一碗，一边吃，一边想，晚上得跑一趟步去。他数次想要在吃饭的时候跟老杨聊聊租场地酿酒的事儿，老杨却心不在焉，只跟刘姐谈论起收菌子的见闻，老把话题带偏。

夜里，跑完一个小时的步，琢磨着那碗鸡枞菌油饭的卡路里差不多抵消了，沙夏这才回来洗澡。他一边冲水，一边琢磨着怎么改变“谈判策略”，洗了比平常更久的时间，关了花洒，突然有了主意。

“晚来天欲雨，能饮一杯无。”沙夏提着一盏烛，敲了老杨的门。

老杨一听，眉头舒展了，虽然比起原诗“晚来天欲雪，能饮一杯无”，逊色了些，但意思到了。“这还差不多嘛，来！进来。”老杨笑着说。

4

一对越窑盌，一壶花雕酒，两颗梅。烛火经不起风的百般挑逗，颤抖着直跳。树影在粗纱帘子上投下写意的暗影，他突然想起天花板上的那一顶皇冠。他突然很想你，因此也很想醉。

“这……是真的假的？我可不敢用啊……”沙夏小心地捻起那只盌。

“怎么不敢用？”

“太贵重了吧？碎了我可赔不起。”

“小子，我都不怕，你怕什么？”老杨斟满一盏，说，“我喝茶，吃酒，都用它。器物，就是拿来用的。你看这盌。木心有本书，写他小时候逃难，搬家，坐船，一只这样的盌掉进水里去了。他就感慨哪，说后来的人生，‘比这越窑盌珍贵百倍千倍的东西，也都一一脱手而去了’，这是一样一样儿的啊。”

老杨没劝酒，自顾自饮了，咂了一口，又举起那盌，说：“这对儿小玩意儿……还是小苏送我的，那年丝婚。”

盌中，轻轻颤抖的月光，丝质的，水银般寒亮寒亮的。

“杨老师……我这次来……”

“得得得得……又要来了，”老杨打断他，说，“我知道你想说什么，企划书，我看了一眼。你这想法啊，挺好，真的。但光是想法，太容易了，难的就是做事儿。

“小左奶奶的作坊，钥匙就放我这儿管着的。别说什么房租不房租的，要用，尽管拿去。但前提说好了——这么多年，我空着也没租出去，那地儿可是有匠心的，奶奶那是一辈子都在酿酒啊，小左还是个野孩子，收不了心——当然啦，也没必要收心，年轻不就是该出去野一野，但是你既然来了，要用那地儿，行；事儿成了，不收你的；要是半途而废，那我不客气，双倍收房租。”

“没问题，没问题，”沙夏赶紧说，“谢谢您，谢谢您！”

“现在啊……都说钱不值钱，能踏踏实实做事儿的人，才值钱。你先好好做点实事儿出来吧。钥匙，我给你，作坊，你自己打理。折腾归折腾，可别把它给烧了啊。”

“我这是酿酒，又不是纵火。”沙夏嘿嘿笑。

老杨倒酒，转身，又朝着天花板大喊一声："树树！"

"怎么啦？"楼上传来一声应。

"下来！"

噔噔的脚步声沿着楼梯下来了。树树头发上还沾着白色的木屑，围着工装裙，看样子干活儿干到一半。

"到时候改房，要做这做那的，你们年轻人，自己折腾去吧。"老杨说。

"谢谢，谢谢。"沙夏赶紧说。

树树从头到脚把沙夏打量了一遍："行吗你？"

"行不行也得试试看呗，叫你一声师傅，随便吩咐。"沙夏说。

"正事儿说完了吧？咱痛痛快快的，就只管喝酒，行不？"老杨摇了摇手，示意树树也坐下。哇，真有这样洒脱的爹，拉着女儿喝酒的。沙夏喜欢这气氛，他举起杯子，一饮而尽，敬了的意思。老杨看着他发笑，说，"这么急啊？酒呢，是拿来慢慢品的。别急，昂，慢慢儿喝。"

树树从五斗柜里翻出一张 CD，塞进播放器，扭了下音量开关。

栗林秀明的尺八，《哀歌》《绘梦》，吹彻暖宵。庭院里，只剩下这尺八声声，急音阵阵。不一会儿，雨打芭蕉，绿叶亮闪如漆，在墙上投下重重暗影。顷刻间，沙夏更加觉得人间万欢，莫过于夜饮之乐，乐在无言的逍遥，杯烛摇曳，寂而不伤，孤而不哀。

醉中还有梦，身外已无心。明镜唯知老，青山何处深。[1]

---

1 唐，顾况《梦后吟》。

恍惚听见老杨吟着诗，斜身轻摇，好像被什么旧景色迷了双眼。浓云闭月，雨时急时缓。院子里，似有若无的檀香味儿，铺在一层濡湿的泥香上。

Petrichor没错，就是这气息……气息瞬间把沙夏带回和你的初遇，时间线在回忆中断裂，破碎。夜雾勾勒你的影子，又被风擦除。回忆的过程就是一次写生。风景从笔端流出来，变成水墨，变成印象派。

你已经是他心里的《日出•印象》。

5

沙夏喝大了，第二天中午睡了个懒觉，恍惚中醒来时，依稀听见隔壁炒菜。锅铲就着油，在锅里跳霹雳舞，像一种带着浓香的音乐，谱写柴米油盐的交响。那香气简直毫无人道，叫人鼻子发痒，口舌生津，整个人轻飘飘的，想要立马扎进锅里。

沙夏闻着不像是早饭……阳光那么强，吓得他从床上弹起来，抓表一看，噢，没有开会，也没有飞机要赶。

那种日子远去了，现在是在这里。

这里……沙夏松一口气，重新躺回去，今天早晨，不游泳了吧，既然已经睡了个二十年没有的懒觉。

起床时，他找不到手机了。来“这里”之后，沙夏身上不再随时揣着手机，有时候手机落在哪儿去了都不知道；不像过去在城市里的时候，一天要问十次“欸，你看见我手机没？？”，现在不会了。

上海的公寓退了。搬家如火灾，一场大型的断舍离，只留几件常穿的衣服，还有你送的几件小物，舍不得丢。最重要的是那批家酿设备，找了物流运到这里来，花了大半个月。等的日子可没闲着，每天戴着口罩、帽子，穿工装，亲手一寸一寸把奶奶的作坊重新打理出来。

树树每天都来帮忙。他俩雇来两位泥水匠，四人一起，重新抹了泥子，刷墙，地面重新找平，铺水磨石。窗棂该修的修，玻璃该换的换，整个工业风混搭禅简风，怎么个性怎么来。灰太大了，谁也没法说话，默不作声地干活儿。太阳落山，一身臭汗，洗个痛痛快快的澡，浑身像月光一样爽利。沙夏觉得这两个月过得挺魔幻：劳动真的可以改造一个人。一到夜里他就累成液态，沾了枕头就呼呼大睡，但忍过去了，人就像钢水流进模子，如沐铅浴，如被锻造。

房子弄好了，家酿设备也安置好了，但作坊上下还散发着浓浓的泥灰味儿，得通风敞一敞。反正订购的大麦芽和啤酒花儿也没送到，开不了工，干脆休息休息。

“我就不明白了，为什么你们老喜欢——那叫什么词儿来着——‘复原’？对，干吗非得复原一款酒？！”树树问。

“可能，复原，跟创新，在本质上是一回事吧。复原，不就是把过去‘创造’出来。”沙夏说。

树树的表情看上去不太买账，但也没多问下去。对于一个十八岁的小寿星来说，过去还不存在。未来还是一马平川的花筒，亟待猛烈摇晃。说好了要感谢树树帮忙打理房子，代价是“做牛做马”帮她造驳船；而且必须赶在生日之前造好。

这还不够，沙夏其实更有心，早就从网上订购了一款静音马达，打算送给树树，作为十八岁生日礼物。

所谓的驳船其实也就是个大木筏子，平的，底下垫横木，上层拼竖条木板，做成一个几平方米大小的甲板。四周打个围栏，安上条凳，可以坐人；中间放个炭火盆，可以烧炭取暖——湖面上可是非常冷的。

生日那天，沙夏一大早，偷偷去把静音马达安在了驳船船艉，发动起来，一点都不吵。树树高兴坏了，欢天喜地地盼了这么久，终于可以下水了。

这天是个大晴天，天公作美，送了大朵大朵的云。大不溜、小不溜跳了上来，老杨也上船了，大家围着炭盆烤火，喝茶。马达非常安静，没有那种惹人烦的噪声，当然速度也很慢。湖面清风雅静，粼粼漾漾的波纹，映着摇曳不止的青山浅廓。那感觉像漂浮在某种不真实的梦里。沙夏再次涌出一种……半哀的快乐。

上一次有这样的感觉，好像是在阿卡迪亚山上。

就这样斜斜漂着，几乎花了一上午，才到了对岸。茶喝完了，人都有点饿，靠了岸边，拴好驳船，铺上毯子，吃了个野餐。阳光那么软、那么柔，照在身上，橙子尝起来好像都更甜了。面包是树树亲自烤的，香得要命，还弄了巴掌大的小小慕斯蛋糕，插上蜡烛，“1”“8”两个胖胖的数字。树树许了愿，没想到山风抢先一步，把它们吹灭了。

笑着说着，食困就袭来了，树树就地一躺，帽子遮住眼睛，懒懒地睡起了午觉。沙夏也睡了，还做了梦。后来大家是被鸟叫声惊醒的，三四只长尾丽椋鸟，漂亮极了，跳到身边来啄面包屑。

“真是吉兆啊。树树，”老杨说着，嘿嘿直乐，“来！咱们种一对银杏树！往后啊，秋天一到，对岸一望，金灿灿的一片，那个漂亮！”

沙夏这才发现，周围的小苗苗，都是银杏树。有十七对了，一雌一雄地靠着挨着，在风里说着悄悄话。

6

订购的原料送到了，大麦芽、啤酒花儿、酵母、辅料。花了一个星期，沙夏把自己关在作坊里，研究“子曰”的配方。

真的是手生了……也可以怪罪水土不服，或者水逆……这已经是搞砸的第四批了；前面几批，在第一关“糖化”的时候就死于各种始料未及的问题，不是煮过头了，就是温度不够。不是麦汁反复结块，就是加了洗槽水却忘了记录加了多少升，到头来比例总是不对。一开始为了省钱买的普通煮沸桶，底下没有阀门，想要倒出来的时候，根本举不动，还差点烫伤，真让人沮丧。

好几种粗细不同的软管，多歧管，有待消毒的冷却管……盘在案台上，乍一看跟蛇似的。瓶瓶罐罐冷冷看着他，像等待演员出丑的观众。有时候折腾两三天，好不容易煮好了麦汁，冷却的时候，没能好好给它通气，或者通气的时候温度太高……麦汁的味道怪怪的，功亏一篑。沮丧袭来，沙夏筋疲力尽地躺在地上，想，这么折腾到底是为什么？在跟什么较劲儿？跟你吗？还是跟自己？

每次树树路过窗前，瞄一眼里面什么情况，见沙夏蹲在地上愁眉苦脸，她就敲一下门，喊一声“饭好了哦，给你留一碗在锅里”。

沙夏举一下手，算是答应。好几次，他真希望那个声音是你。

你已经化身为一枚头像，悬浮在社交软件里。那儿充斥着众多陌生好友的抒情、广告、调侃……是的，就这么讽刺，陌生 / 好友。爱发牢骚的就那几个，爱发广告的也就那几个，你都不属于。你几乎不冒泡。

物以类聚这事儿，即使在虚拟社交中也显而易见。沙夏真正的好朋友全都是低调的家伙，神出鬼没，万年不发朋友圈，从来不晒娃 / 包 / 食；反倒是从未见过的，也不知道名字的那几个“好友”，天天刷屏，存在感超强。还别说，刷着刷着，真就“熟”了，沙夏也常给他们点个赞。

你不爱玩这些，你的豆瓣、微博、微信……总是静止，停留在半个月，甚至几个月以前，仿佛你的平行世界里自有一套计时法则。这让沙夏困惑，你到底是过得太好，还是太不好。困惑久了，总有手痒难忍的时刻，有时甚至是在大白天中午，沙夏会不自觉地点开你微信，去你的朋友圈里逛一逛，盯着那几张熟悉的照片发呆。

有时候也怀疑，你是不是早就把他分了组，屏蔽了……但又瞬间否定自己，不，你，至少记忆中的那个你，从来不是这种人。

你的虾米播放器变得安静，从“最近播放”的曲目来看，你可能很忙，难得再有一整夜一整夜听歌的时候了。一个月之前听过两三首粤语老歌，再没换过；而你曾经作为礼物编给他的那几列歌单，一直还在，一直没变，这多少令他有些安慰。

只是他几乎再也不敢去听了。

“好变态啊你……”树树每次抓到沙夏又偷刷你页面，都骂。

“……”

“你这么想她，找她去呗！”

“……”

沙夏把眼皮从手机上撩起来，白了树树一眼，抿一口啤酒，装作轻松的样子，心里却在碎大石，咯嘣咯嘣作响。何尝不想去找你呢？难的不是找不找，而是找了之后又能如何？他其实特别想找你喝一次酒，就一次，最好是在KTV，先自灌一瓶威士忌，再给你点齐秦那首《缺口》，原唱，就这么静静挨着你肩膀，听完。要么就是马条的《傻瓜》。李亮辰的《再在》也行，或者邱比……对，邱比的《整夜大雨》。

但最喜欢的是Tom Waits，想送你所有的Tom Waits。

也仅仅是这么想一想而已。你一定不会喜欢Tom Waits。沙夏清楚，你们喜欢的从来都不一样，大部分完全相反，但人，不就是被和自己相反的人吸引吗？

沙夏没有存你的手机号码，但那串数字，化成灰他都记得。一个星期三的深夜，12:31，12:33，12:40。

那串数字像外星信号一样，突然拨过来了。三通未接，他是第二天六点醒来时看到的，一瞬间几乎心率失调。分别的日子，极其偶尔的，你的电话会在深夜打来，一打就是两三个，他总是错过，总是。偏偏第二天起早，看见了，在微信上回问你“怎么了？有事吗？”你又好像昨晚从没打过电话一样，不回他，也不留言。

很多次了，他都在琢磨，那样的夜里，打那个电话的时刻，你到底想说什么呢？

你是赌定了沙夏跟个老干部一样，每晚十点就睡了，不可能接得到，才故意打的，还是真的想要说什么，抑或，什么也没想说，就想打一个试试？

就你的习性来看，肯定是最后那个选项。那你是跟谁在一起喝了酒呢？颜斯林吗？你醉了吗？回家安全吗？或者，回了家吗？

这些杂念，到现在了，还会扎得他心如乱麻。

又隔了一个星期，你礼貌地，客客气气地，像个乙方一样，在微信上突然打招呼，问：“方便吗？有个事儿想问问你。”

“尽管说。”沙夏隔着屏幕，尽量装得大度、自然。

“老杨跟我说，你把奶奶的作坊打扫出来了？”

“呃……怎么了？你……不愿意？”

“我OK啊，又不是我的房子。是颜斯林……他最近遇到点儿麻烦。

可能得去你那儿待一待，散散心。”

“出什么事儿了？他还好吗？”

“没啥……你方便吗？我记得空房间挺多。”

“方便啊，有什么不方便的，随时来啊。”

“OK，那我跟他讲哦，到时候你们自己联系。”

你看到对话框顶上，一直在显示“对方正在输入……”

隔了好一会儿，对方还在输入。

起码三分钟过去了，对方什么也没输入过来。你失去耐心，把屏幕按灭了，再打开的时候，才看见两个字：“好的”。

你几乎在心底叹一口气。这家伙……还没变哪。

7

“一……二三四……五六……七八……，二二三四……五六七八……三二……七八，下一节，挤压睛明穴……”

颜斯林一边在心里数数，一边麻着胆子往前走。他本想“走夜路大声歌唱”，但真的……不敢。他只能把眼保健操咬碎了，塞进节奏混乱的喘息中。天色已经全黑了，无月无星。手机打出的光每次只能把黑暗推开两米。两米以内，夜路如缓行的蛇；两米之外，是坚不可摧的黑暗。

视野的边缘，有一粒诡异的荧光闪了一下。

魂飞魄散之后，五脏六腑都错位了——颜斯林感觉心脏唰的一下藏到胆囊后边儿去了，胆囊又试图钻到膀胱背后躲着。他感到尿急，盗汗。恐惧的极致是一种呕吐感。

“幻觉，幻觉。别看。往前走，跑起来，哦不，别跑，稳住，就这速度，走。”额叶皮层在叮嘱他，但杏仁核不听使唤。他想快些，但做不到，双腿颤抖着发软，仿佛骨骼正在被液化。接着他碰到了什么，一团杂乱的羽毛，怪叫着朝他扑过来，他反射性地怪叫了回去，弹射般地跳开了那团“东西”——他被自己的叫声吓坏了，这还是自己的声音吗？！

一群……家禽。天知道是鸭子还是鸡。魂都掉了，手机也掉了。颜斯林气得朝它们踹了一脚，却踹了个空。他狼狈地从趔趄中恢复过来，摸着喉结，感到声带因为猛然嘶叫而刺痛起来。但愿明天不会哑。

手机呢？他摸索着，掉哪儿去了？一点儿光都没了。黑暗卷土重来，他觉得自己像是核爆之后唯一的幸存者。这星球上唯一一个被剩下的人。

找到了，找到了，这儿……他循着那一粒光，把手机从草丛里摸出来。借着那一粒光，他把手机翻过来一看，手机屏沾满了……该死的，那是泥，还是鸡粪？！

不会吧……纸巾，纸呢……拜托。不顾了，他咬咬牙，用手抹掉屏幕上的污渍，拨号。没人接听。听筒里涌出令人陷入绝望的嘟嘟嘟忙音。他就着那忙音大喊：“沙夏，你到底在哪儿啊？！接电话啊！”

一想到手机没电了要彻底完蛋，颜斯林只好收住脾气，敦促自己快点儿。眼前就只有这一条路，还好。顺着走下去就好了，会好的，会好的。颜斯林整理了呼吸，意识到：有时候，当生活变得只剩一条路了的时候，反而容易一些。

微光虚弱地探向虚无，脚下的路又折了一个发夹弯，拐向另一边。希望是最后一个弯儿了……今天的步数肯定爆棚。得有十万步？百万步？他甚至真的查看了下，其实才一万五。

不远处，一阵摩托车引擎声传来，颜斯林一惊，站定，盯着瞧：那车灯像一颗会走路的星星，穿林而行，不时藏匿在弯道处，不时又钻出来。

颜斯林喜出望外，又突然紧张。想明白自己没什么好劫的，他反而坦然了。管他的，谁劫谁还不好说呢，这摩托车老子坐定了。颜斯林站住，看着车灯折过最后一个弯道，近在眼前。引擎渐渐地温和下来，停了。

那头盔发出一个声音，有点儿瓮声瓮气的："你也有今天哪……"

"你现在想起来接驾啦？！"颜斯林差点把手机朝那头盔砸过去。

8

"脂环王"的脸正在变形。狰狞而抽象的，像威廉•德•库宁画中的《女人》，颜料撕破了线条，动了起来，一种电音般不和谐的噪声飘浮在暗处，隐形人在用刀刮玻璃，反反复复说：不打算推你了不打算推你了，太乱了太乱了，痕迹打扫不干净了打扫不干净了，被扒出来公司会很亏很亏会很亏……

肮脏的口水，从漏了的下水道洞口涌出来，淹过来，到胸口，脖子，鼻尖……

有公鸡在外面打鸣，倔强地，一声，又一声，再一声。颜斯林再次从噩梦里惊醒，鬼压床。湿透在冷汗里，意识是有的，但身体化作黏稠的胶水，想动而不得。

四周是兑了水的墨，薄薄地暗着，他发现自己躺在一张硬板床上……小房间，白墙，他想不起自己在哪儿……足足躺了一个世纪，肢体慢慢回归意识控制，可以动了，OK，“这里”……昨晚他刚到“这里”，这是你奶奶的老宅子，你跟他保证，这里绝对“安全”。

颜斯林有点费力地去抓手机，好不容易摸过来，死硬如破砖。他依稀想起自己昏睡之前一直没关手电筒，所以……很好，这下手机没电了。

有光，微光。

黑暗不再那么结实了，天边一线红光。那是什么……朝霞吗？他努力从床上撑起身子来，窗外的晨曦很淡，被稀释的夜色正在迅速消退，雾状的，浅橙色的天际，越来越亮。他在床沿上呆坐得足够久，久到周围什么都能看清了。

他站起来，走出房间。经过走廊，隔壁的房间也是如此：家徒四壁，性冷淡风；说好听一点——极简风，禅意居。瞧那张洁白的床，整齐得就像没人睡过一样。

空气……站在走廊上就能闻到，林间的空气，翠绿色的味道，是桦树没错，他认得。夜雨将桦树酿出白兰地一般浓郁的醇香，那气息瞬间激活了大脑深处的海马，把他送回六岁的夏天，他在爷爷奶奶家度过，只需走出马场，四野就是像这样的丘陵，风吹过青山、溪水、蝉鸣，槐花儿把阳光咬碎了，一地斑斓。紫檀衣橱泛着脂膏之光，麝香味道很浓。爷爷还在，保姆们围着他转，他没有一刻是独处的。

独自一人的机会，他从生下来起就好像没有过。

饥饿感在这时候适时而至，一想到再也不用记录该死的卡路里，颜斯林就感到痛快。但问题是，除了那只打鸣的公鸡，眼前没有任何食物。

颜斯林转悠到楼下，踮了踮脚，朝窗子里边张望：里面像个实验室，空空荡荡的，几块岛台上，放着不锈钢罐子，各种容器，各种桶。门没有锁，颜斯林耐不住好奇，推门而入：台面上散落着软管，一堆体温计一样的测量仪器；一本笔记，摊开着，有水渍，看起来用很久了，写着一手好字，笔锋劲道，都是些随手记的比重、数字、配方，还有一些鬼画符，勾着些问号、横线——

谷物：

皮尔森麦芽，78%

小麦麦芽，10%

~~维也纳麦芽：10%？~~

（焦香水晶麦芽 2%？）

糖化：

63 摄氏度保持 45 分钟

75 摄氏度保持 15 分钟

啤酒花儿：

西楚，7 克，75 分钟

斯特林 7.5%AA，15 克，10 分钟

~~施蒂里亚吉丁，14克，10分钟~~

马格南？

酵母：

法国塞松酵母

发酵：

23摄氏度开始发酵，自然升温

发酵完成后降温至0摄氏度沉降

其他配料：

桑葚20克

陈皮10克

甘菊5克

（薰衣草5克？？）

沸后，熬煮袋中浸泡10分钟

“看什么看！”后面突然来了一呵斥，吓得颜斯林一哆嗦，本子掉地上了。

沙夏瞪着他，走过来，一把捡起笔记本，扔进抽屉，关上。他刚游泳回来，披着一条长长的沙滩毛巾，若隐若现的腹肌格子，像一板巧克力。沙夏转身上楼，边走边歪着头擦头发。没过两分钟，他再下来的时候，已经换好了外套，喊了一声颜斯林：“老杨、树树都来了，一起下去吃早饭？”

“早饭是啥啊？碳水我不要的啊……”

走下最后几级台阶，颜斯林闻见潮湿的木香。整片屋基被垫高了一米，离地隔潮，空出来的部分刚好堆放柴捆，码得整整齐齐。还有些铲子啦、斧子啦，靠墙放着；屋檐下还横着两根长长的钓鱼竿，两柄长长的桨。

走在院子里，一阵急促的呼吸声突然近了——颜斯林一回头：只见两条金毛，一大一小，浑身湿漉漉地滴着水，正朝自己傻乎乎哈气。不对……靠！——像个滚筒洗衣机突然炸了似的，它俩滚圆滚圆地甩起了毛，水花呈弧形，洒了一天一地，颜斯林躲闪不及，被喷了一身。

沙夏的喉结跳了一下，脸上绷住，忍着没笑，但嘴角的弧度还是露了幸灾乐祸的馅儿。树树倒是笑得一口煎饼掉到了地上。多看了几眼，突然她指着颜斯林，松开嘴，蛋白儿碎碎往下直掉："哟？这不是那谁，那谁……"那那那了半天，还没那出来。

沙夏一把扯了纸巾，接住树树的碎渣，擦掉，说："我介绍下啊，这位，颜斯林，我……好朋友的……好朋友，来这儿散心的；这位，树树，本地土生的，神人一个；那位就不用说啦，老杨，给咱做着早饭呢，"沙夏介绍完一圈儿，"好啦，吃饭吃饭！"

"不不不，你听我说，真的，你看过没有，就是他，嗨，节目里你不叫颜什么，你叫那个……"

颜斯林直躲："撞脸啦，哎呀，我洗个手，马上回来。"

沙夏使劲儿拽了拽树树的袖子，使眼色。他意识到，这地方，你竟然没带颜斯林来过。为这一点儿险胜，他无缘无故有点宽慰。

老杨笑呵呵地端着早餐过来了，双手在围裙上擦了擦，又问颜斯林："要不要牛奶？"

摇头。

"豆浆？"

几乎只花了一顿早饭的时间，沙夏就有点儿后悔让颜斯林来这儿了——大不溜都没那么调皮，拦都拦不住，非要端着豆浆和煎饼果子，跑到后院儿，坐在湖边茶寮上吃早饭。颜装模作样地盘着腿，整理一下衣服，掏出手机一阵拍，拍着拍着，明显腿麻了，龇牙咧嘴地调整姿势，膝盖一动，不出意料地打翻了豆浆，不出意料地找不到纸巾，不出意料地元音口型开骂……

沙夏心想，要胆敢用白麻挂帐当抹布，就把他踹湖里去。

这座茶寮是搭给你的，你没来的时候，这茶寮是游泳跳台，码头，停泊着树树的驳船。沙夏看着颜斯林那放肆样儿，忽然又想，也许这就是你为什么跟他做多年朋友的缘故吧，“人无癖不可与交，以其无深情也；人无疵不可与交，以其无真气也”。张岱说的大概就是颜斯林这种人，纯洁的小恶魔，从来不吝于把自己的癖与瑕坦露示人。张岱也是个“富二代”，果然。

但是该死的，真希望坐在茶寮上的是你，而不是你这个让人头疼的死党。

9

“要不要我带你遛一圈儿？熟悉熟悉周围？”沙夏问颜斯林。

“谁要你带，我自己遛。”

“行。”

沙夏一头钻进作坊继续捯饬他的酒；老杨回山上的无名堂了，树树也不晓得去了哪儿。连狗狗都被牵走了，大家各司其职，没人理会颜斯林。

长大后这么多年，颜斯林还从来没被人这么晾在一边过。他永远是群体的中心，那个唾沫星子横飞，被人围着的家伙。突如其来的安静，叫他有点发呆。周围的一切也有点呆呆的：树、草、房子、湖泊……小镇门口过往的农民，低头扛着扁担，都各成宇宙，不把他看在眼里。

颜斯林很快无聊得全身发毛，门口就一条街，从这一头走到那一头只需要二十分钟。在茶寮上看湖，坐了五分钟就坐不住了，摸出手机。靠，还没充电。时间还是汪洋一片，望不到头，心里凭空钻出一万只猫，挠着抓着，不是办法啊，这么下去。颜斯林琢磨着，他来这儿，可不是为了一天三顿饭，混吃等死的。

这才第一天！第一个上午！第一个小时！

还好，树树回来了，她牵着红枣、青枣，路过院子门口，看见颜斯林坐在门槛上假装刷手机，可怜兮兮的，喊了一声："我去镇上检疫，一路？"

马儿漂漂亮亮、乖乖顺顺的样子，颜斯林见了，乐呵呵上去，刚靠近没两步，闻到了一股鸡屎味儿，吓得一哆嗦，一脸吃了苍蝇的表情，捏着鼻子皱着眉。

"你是怕马，还是怕鸡？"树树哈哈大笑，拍了拍竹筐里两只大母鸡，肥成两只球，咯咯咯，不安分地叫着，探头探脑的。

"小时候眼睛差点被啄了，见了就怕。"

"看不出来……公子您还见过活的鸡。"树树酸了他一把，转身把鸡笼子取下，拎着，朝对街的邻居家拎去。一个老爷子打开了门，说了几句乡音，寒暄几句，颜斯林也没听懂。反正看得出来，母鸡是送人了。

颜斯林这才觍着脸追上去："欸欸欸，我想骑红的那匹。"

"还想挑？！"树树翻身上了红枣马，抬了抬草帽，"你只能骑青枣，一百块起步价，骑半小时；加时另算。没微信，付钱给现金。"

“什么呀你这？！欺负外地游客哪？！”

“噢，你外地游客哪，那得加倍。”树树大笑起来，夹了一下红枣的肚子，马铃铛清脆地响了起来，背影一摇一晃地走前边去了。

颜斯林只好拽住青枣的笼头缰绳，停了它。青枣一看就性子温顺，颜斯林轻轻一扶鞍头，一个漂亮的翻身，跃上去了。

“看不出啊，会骑马？”树树回头一笑。

“开什么玩笑，朕小时候可是骑术冠军。”

“吹吧你。冠军跑这儿来干吗……”

颜斯林的确好久没有骑马了。他持缰，挺胸，深呼吸：混着马儿、野草、阳光和土壤的乡间气息，像吸入了一整片自然。收割季已经过了，风干天燥，田野里时不时突然飘来一阵烧秸秆的味道，却看不见蓝烟是从哪里升起。颜斯林发现他特别喜欢这个味道，那气息突然把他带回阳光灿烂的深处，光箭簇拥着他，记忆被点燃，柴火堆得高高的，视线也变得高高的，像高高的童年的梦……那烟熏麦秸的气味就是梦的味道，化为一股青烟，蹿入光的隧道。

颜斯林的童年是充满了这种气味的。马场离爷爷的山庄只有两公里，夜里安静的时候，能听到各种动静，马儿的嘶鸣，公鸡打鸣，蛙鸣……

教练是个英国人，小个子，一双浅黄色的长睫毛，茸茸的，颜斯林老想摸。教练一副落魄贵族的派头，教学不太负责，对小孩子一律称赞“棒极了”“好样的”。

“你要认认真真地帮你的马刷毛，与它亲近，感受它的性格，寻找你们的联系。”教练这么说，让颜斯林怀疑是教练想偷懒，才让自己去刷毛。颜不想刷那匹给儿童骑乘的矮种马。他喜欢的是贝拉，栗色的阿拉伯马，奔跑起来，毛皮犹如铜制的波浪。

无论多干净的马场总有免不了的气味，这让嗅觉敏锐的颜斯林烦躁不堪。上课的第一天完全是幻灭，他以为他很快就能像个王子一样骑着贝拉驰骋，说不定还能跳障碍，没想到光是戴马辔就花了一周，因为颜斯林暴躁，没耐心，总是不能把衔铁喂进马的嘴里。夏天结束的时候，受衔，坐姿，才刚刚有架势。

第二年夏天，松缰慢步，轻快打浪，这些渐渐会了。但颜斯林显然不满足于胯下那匹矮种马，他觊觎的始终是贝拉。在俗语中，形容一匹马轻快走的时候，左右肩交替起伏运动的感觉，叫作“浪”，有的马“浪”大，有的“浪”小。贝拉就是一匹浪大的马，但颜斯林根本不知道。灾难也是在那时候发生的，他趁着教练不注意，在贝拉休息的时候，偷偷踩着梯子翻上了贝拉。但他没有想到贝拉那么高……他简直觉得自己要被顶上天去了，一紧张，所有的动作忘得一干二净。他完全无法用上腿部的力量控制贝拉，整个人重心一仰，被贝拉一个浪就掀翻了，摔在地上，差点踩死。教练惊慌失色，远远地把咖啡杯一抛，冲过来救场，嘴里祈祷着：“没事没事，别告诉你父母，你没事，没事。”

的确没大事儿，但小腰给闪坏了。当下还不是特别明显，直到开学了，一背书包，哎哟，那个疼……躺在床上，连翻身都不行，放射状的疼痛一直延伸到尾椎，连屁股都遭殃，整个后背犹如针扎。

奶奶特别疼颜斯林，但偏偏不信他腰疼这一说，颜斯林一叫唤，奶奶就说：“小孩子哪来的腰。不想上学，直说，就在奶奶家玩儿，哪儿也不用去。”

直到学校体检，拍片子，医生才说：“你家孩子腰关节错位呀，好明显的，怎么搞的？”

颜斯林撇撇嘴，也还真老实，没把贝拉的事情告诉爸妈。他清楚，照母亲的脾气，真要罪责起来，那教练恐怕小命不保。

腰伤好了之后，老爸还是不甘心，又把颜斯林送去练击剑——花剑。这次的教练特别负责，一对一教学，一心要培养一个世界冠军似的。颜斯林每天在剑道上练步伐，然后再配合上身动作，空手练，半年后，刚刚拿上剑，还没来得及开心，教练就在沙包上画了一个点，要他用一个健步去刺，这个刺的动作，三十次一组，一练就是七八组。练习枯燥至极，教练吼叫如狮。击剑服又厚又热，每次都挥汗如雨，如同桑拿。又一个半年过去，他终于可以练实战了，结果第一个跃刺，着地不稳，踝关节折成直角，韧带撕裂，脚踝肿成石榴那么大，紫了一个星期。

颜斯林命里跟运动没有缘分，只能规规矩矩回到钢琴面前坐着，一手肖邦弹得还不错。幼年的他长久地坐在钢琴前，容易走神，喜欢凝视自己在清漆上的倒影；在贝拉的身上他也觉得能照见自己的倒影。

“想什么呢？”树树走在前面，回头喊了一嗓子，“快点儿！”

一嗓子把颜斯林喊醒了。胯下这匹青枣，浪很小，走起来老老实实的，颠得人昏昏欲睡。为了醒醒神，颜斯林打起精神，问树树：“你在这儿不无聊吗？”

“为什么会无聊？”

“这儿连个电影院、KTV 都没有，还不无聊？”

“怕是内心无聊的人，才会怪环境无聊吧！这儿多好？我就是喜欢这里，我喜欢我的山、我的马、我的溪、我的木头。城里那霾、那车、那人，一个个戴着口罩挤地铁，牲口似的，就高级啦？！”树树的声音理直气壮，肩膀、身子随着红枣一步一晃，显出某种自在与得意。她无论走到哪里都自顾自哼着歌，但没人听得清她到底哼的什么。

说实话，颜斯林心里有点儿震撼。长这么大，什么人他都不稀罕，却被一山里的丫头给镇住了。

树树哼着哼着，到了镇上的长途客车站。说车站其实也就是一个卖票的棚屋，两条长板凳，放在一个脏得看不出颜色的百事可乐大伞下。几个农夫在抽烟，侃天说地，两个流鼻涕的孩子，哭得跟什么似的，朝着一辆破巴士挥手。

颜斯林问："怎么了这俩孩子？"

树树说："村小的支教老师又走了。孩子难受。前几年，来送行的孩子几乎是全班全校都来，浩浩荡荡步行二十里，到这儿，送走那些大学生，奔丧似的……这个比喻不恰当啊，你知道那场面还是大的……后来吧，次数多了，志愿者一批一批来了又走，孩子们可能见的次数多了，渐渐麻木了，不会再来送了……你看这俩，多小。恐怕是第一次见到城里来的支教老师。"

颜斯林在心里第一个念头是想骂人。他怔怔地看着那两个孩子：小兔似的红了眼，拿袖子不停揩鼻涕，张着嘴，好像在说什么。小孩儿一人抱着一把尤克里里[1]，傻傻地，挎在前胸。

脏兮兮的玻璃上，依稀看见两个穿冲锋衣的年轻人，一男一女，时不时看看手机，时不时彼此耳语两句，时不时朝俩孩子挥挥手，还拿手机拍那俩孩子。

"太他妈过分了，那两人都不肯下车！"

---

1 Ukulele在大陆一般习惯称为尤克里里,在港台等地一般译作乌克丽丽,是一种夏威夷的四弦拨弦乐器,归属在吉他乐器一族。

“也不能这么讲啦，人家肯来，总是好的。只是这支教方式吧，真的，不能解决根本问题。这里的孩子，百分之八十都是留守儿童。‘父母’这个概念，是很抽象的。”

颜斯林无缘无故地火起来：“我太知道这些所谓的志愿者了，他们倒是简历上更漂亮了，见多识广了，孩子们呢？！”

没什么比给孩子一场梦，然后亲口吹灭它——更残忍的了。颜斯林朝孩子们走去：其中一个长得瘦瘦弱弱，像棵小草，辨认了一下，是女孩儿；另一个单眼皮单得像周杰伦……的外婆，都看不清睁没睁开眼的那种。

小草在抹眼泪；单眼皮在擤鼻涕，眉头皱着。

颜斯林说：“喂，你们，尤克里里，会弹了吗？”

两个孩子摇头。

“想学吗？”

小草没动，困惑地看着他；单眼皮则认真点了点头。

爆炸头不知从哪儿蹿了出来，手里拎着一个棕色的玻璃瓶子，衣服脏得看不清颜色，手舞足蹈，哇啦啦叫着：“我会弹！我喜欢！我会弹凤凰传奇！”

“会弹个屁，他只会烧火。”单眼皮嘟囔。

“就是。把老师都气走了。”小草补了一句。

颜斯林一看，爆炸头手里那个棕色玻璃瓶，装的全是……被拔了胳膊腿儿的蚱蜢……蠕动着。瘆得颜斯林一身鸡皮疙瘩。还有那一头钢丝似的头发，啫喱水都没这效果，怎么这么硬？

10

沙夏一大早起来重新酿这批试验品，没吃饭，也没运动。糖化结束了，取来一张铝箔，小心翼翼地打了孔，开始过滤麦芽。对照笔记，这已经是他第三十四次实验了，其实也不知道问题是不是出在这一关，总之就是酿出来的味道不对。理论上的比例是 2.6 升水对应 1 千克麦芽，但事实上，麦芽会吃水，残渣会吃水，死角，蒸发，都有耗损，比例总有误差，太难把握，简直快把他逼疯了。他的耐心不多了，就像玩游戏老是卡在同一关，重来的时候总是很烦躁。

他把打了孔的铝箔覆盖在麦芽上，拧开糖化桶下方的水阀，接了一升水，又浇在铝箔上，反复了几次。过滤好了之后，他在纸上算了算用水量，投了几种混合啤酒花儿颗粒。

盖上不锈钢桶盖，扭了开关，把麦汁煮沸，看了下表开始计时，大概得等一会儿了。他长吁一口气，额上的细密汗水发痒，便脱掉一件外套。手上沾着啤酒花儿的味道，他闻了一下，是一种复杂的苦，洗手，看向窗外。

院子里，阳光已把晾衣绳上深湿的衣服颜色一一变淡了，群山的轮廓含含糊糊，看起来有雨。他从冰箱里取出一瓶啤酒，坐下来，跷起腿，努力做出享受的姿态，开瓶，读了起来。对啤酒来说，他喜欢用“读”这个动词，读那种亦甘亦苦、可色可空的玄机。

等待煮沸的那一个小时，沙夏坐在蒸汽里，闻见热烘烘的麦糖香。他添加了 7% 上好的焦香水晶麦芽才得到这样的香气，那是他最喜欢的时刻，像被一个巨大的热馒头拥抱了。在蒸汽中，他想起你们在北京的小厨房，深夜饿到睡不着的时候，你爬起来煮泡面。你喜欢把他拉上一起吃，这样负罪感小一些。你把脑袋凑在锅口上，蒸汽攀上你的脸。你小心地把煮软了的泡面用勺子搅出一个凹陷，打一个鸡蛋进去，守着金黄色渐渐凝成淡黄色。

“颜斯林挺好的，在这儿了。什么时候，你也来吧。三人组缺了你，特别奇怪。”沙夏的指尖停了一下，在输入框里把后半句删除。接着，又把整句都删除，手机反扣在桌面上。

你在做什么呢？朋友圈太久没有更新，虾米、微博，毫无动静。星座八卦公众号说，你们这个星座的人最近桃花很多，事业很忙，会遇到“瓶颈”。至于爱情是，“不要想太多”。

这些八卦废话，他现在真的也会看了。

算变化吗？

沙夏深呼吸，搓了搓头发，赶紧把自己拉回当下。煮沸已经完成了，得放些闻香型啤酒花儿进去，回旋干投。

沙夏把注意力努力转移到麦汁儿上：先是把斯特林 7.5%AA 和施蒂里亚古丁各取了 15 克，投进去，计时十分钟，小心地回旋搅拌麦汁儿。借着向心力，麦渣和酒花儿糊糊都被堆积在桶底，形成一座锥形。十分钟后，该冷却了，动作得快些，一旦麦汁跟空气接触时间长了容易污染。

冷却管已经消毒了，通了凉水，加快冷却。现在又得等一会儿了，沙夏强迫性地反复消毒长柄勺、管子和发酵桶，生怕再受污染。他不停地测量温度，看表，算准时间，一会儿得提前活化酵母。

11

太阳不知道躲哪儿了，天空茫然亮着，像发高烧。几股青烟从地平线尽头升起，雾蒙蒙的紫蓝。烧麦秸的烟熏味儿，从山下飘到作坊里来了。沙夏转动手柄回旋沉淀，剩下的就是麦汁降温。折腾一整天了，总算松了一口气，沙夏给手机定了时，准备出去游泳。一天困在这儿没怎么运动了，浑身真是不舒服。

沙夏牵着大不溜、小不溜走向湖边。它俩兴奋到颤抖，一刻不停地乱跳。沙夏扎进水里，一切杂念随流线型滑向身后。

四野都是烧荒草的气息，气息飘向你来到这里的那个秋天，你非要骑电瓶车，载着他到处晃荡。电瓶车太矮了，他的腿根本打不直，两个大人欺负一小木马似的。你根本不会骑，好几次直直冲着坡坎儿倒去，眼看要摔，他心一提，闭上眼睛，裆都夹紧了，但没想过跳或逃。

“搭把手啊，快来帮忙！”远远地，颜斯林的声音撕扯起来；沙夏游完泳回来，门口停着一辆小皮卡，货斗里伸出四肢和头颅……什么鬼，再一细看……是旧服装店的塑料人偶。颜斯林付了钱给皮卡司机，还是微信转账的，顺便加了好友：“以后运货也找您啊。”那人一走，颜一条胳膊一条腿地把人偶一架一架往屋里搬。塑料人偶足足有四个，两女两男，死不瞑目的样子，横着进屋，眼朝着天。

“干吗啊这是？”

“做衣服用的啊！买三送一！妈呀，这镇上太牛了，卖什么的都有，一服装店倒闭了，连人偶都处理！”颜斯林搬着搬着，沙夏觉得不对劲儿：“干吗呢干吗呢？当我这儿是库房啦？！”

“不然放哪儿？”

“随便哪儿，反正不能是这儿！”

颜斯林把一桶颜料往地上一放：“你这地儿，两百平方米，空着一大半，留着开 party 呢？再说了，这是你的地儿吗？切。”

手机叫了一下，是电池耗尽的报警。沙夏去充电，发现插座被颜斯林占满了。他感觉自己的地盘一点点被这家伙占去了。存在感也太强了吧？！沙夏点了一下屏幕，充了80%，于是直接把颜的手机摘了下来。

“有时候我真的挺羡慕你的，”沙夏说，“这么自我，无拘无束，却总有人忍受你。”

“我去，那你以为你这么‘装’，别人就不是在忍受你了？”

颜斯林把沙夏怼得一惊，心里蹦出反问：“我装什么了我？！”他又忍了，不想卷入嘴仗，用沉默来扳回脸面。

颜斯林倒是不在乎，几个来回，把人偶安置了，又抱来大卷大卷的纸、剪子、尺子、布匹，撸起袖子开始干活儿。

连着好几天都是如此：颜一早起来就打开iTunes歌单，播放迷幻电音；大大咧咧抹开一卷白坯纸，占去一整个工作台面，画图画一个上午。沙夏眼见着那家伙跟个艺术家似的，有模有样，捻起别针，横咬在嘴里，麻利地把裁样挂在塑料模特身上，摘下嘴里的针，把它们依序别起来；别到一半，自言自语嘟囔：“这人偶也太山寨了，比例都不对。”颜斯林冷不丁地上下打量起沙夏来，目光从脑门儿扫到脚跟：“比例不错啊你，来给我当下模特？”

“滚吧你。”沙夏白他一眼。

“长脸了你还，看得起你才请你做模特，切……”颜斯林跳到桌子前，把音量开大，对抗外面的雨声。

滴滴如鼓，打在铁皮屋檐上非常吵，雨帘像钢丝做的栏杆，把人困在室内。沙夏本来不想跟颜斯林共处一室，但冷却和酵母接种都没弄完，实在走不开。

饿了，沙夏端起一碗牛肉饭，猛往嘴里扒。不说话有点尴尬，沙夏只好问两句："Zoe 跟我说你是被‘雪藏’了，跑这儿来避风？"

"谢谢啊，大明星才配得上被雪藏，我这就是发配边疆。"颜斯林忙着在"模特"身上打板，脑袋随着迷幻乐节奏频频点着，一副没天没地的样子。有那么一瞬间，他看起来就跟所有鬼才艺术家一样，除了一个大写的"艺术"，剩下的就是"我"，全能自恋的表情，不把任何东西放在心上，世界只是个玩具。

"所以你呢，到底折腾什么？"颜斯林问。

"酿‘子曰’啊。"

"算了吧，我知道你为的不是这个。"

"不然呢？"

"你不就是一心只想演好人。"颜斯林说。

沙夏一听，无名火起，默默扒完饭，一口汤喝完，死活咽不下颜斯林刚才那句话，把筷子一撂，厉声问道："什么意思？！说我‘演好人’？"

"就是演好人啊！完美男朋友，完美精英。错只会是别人的，你全对。道德制高点你占尽。"

"有病啊颜斯林！我招你了？"

"其实演挺好的，Zoe 跟你谈恋爱的时候，居然可以把我都忽略掉，忘得一干二净，连生日都没打电话。为了你，我跟她不知道吵了多少架，从小到大，我跟她那么老的朋友，我俩二十年吵的架——合起来——都没有为你这两年吵得多！"

沙夏噌地站起来，吼道："你硌硬我，我他妈还硌硬你呢！我——"

"——我看见你了！我亲眼看见你，跟 Zoe 吵完架，就那晚！春秀路小酒馆，你前脚跟 Zoe 吵完架，跑出来，后脚就去 bar 里钓了一西班牙妹子喝酒，想起来了没？！不好意思算你背！我撞见了！我当时就给 Zoe 打电话说‘猜我遇见谁了’，我问她要不要给你一巴掌，Zoe 说‘算了，是人都有错’。我眼睁睁看着你跟那西班牙妹子一块儿走的！鬼知道你们去哪儿！”颜斯林硬着两根指头，步步紧逼，一下，又一下，戳沙夏的胸口，“你问问你自己跟西班牙妹子去哪儿了！你别以为你多高尚！你回去还装模作样跟 Zoe 说什么？你说‘我们之间不该变得那么丑’。我呸，谁丑啊到底？”

颜斯林这么一吼，沙夏感觉被闷打了一棍。他挪不动步子，端着餐盘，傻在门口。是没错，那晚他气疯了。他只记得，那天他气疯了。两周年纪念日，提前回来，你不在，电脑开着……他记得那一面几何屏保，嘲笑他似的，变着脸逗他偷看。他确实偷看了，你的聊天记录全是跟颜斯林吐槽他……他气疯了。所以你们吵了架——不，你们根本没吵。他不是吵架的料，他只想维持最后的体面，连你的解释都没有听，整个人飘去走廊……飘进电梯……飘进出租车。

至于西班牙妹子，他觉得必须这么做，以此维护另一种体面……吵架，打架，这类事情，都太不体面了，像野兽。人的话，会体面地轻易原谅自己。只有自己是无辜的。只有自己。

“还记得你第一次来先锋谷吗？那一次，我们喝酒，我警告过你，我可以把她暂时借给你，但你把她还给我的时候，可得完完好好的。”

“什么借不借的，Zoe 又不是东西！”沙夏提高音量。

“重点是，你没做到，你伤了她的心——”

“你说我伤了她的心？你说，我？”沙夏戳着自己，眼珠子却像兔子似的红着，鼓了出来。

颜斯林把针从唇间摘了下来，针尖对着沙夏，指指戳戳地说："你不是个会关心别人的人，沙夏。骨子里，你根本不是个体贴的人，你只是装好人，表演完美男朋友；Zoe是跟我吐槽你了，又怎样？她吐完槽，还不是回到你身边；可是你呢？一遇到不对，你就一走了之！你就只想自己形象完美，好人第一。"

沙夏有一万吨脏话想怼回去，可大坝筑起，闸口堵着，无法泄洪，他干瞪着眼，憋着。

"——不像我们，起码我们真实，不怕别人讨厌，不怕让别人看到缺点！"颜斯林收回了咄咄逼人的针尖，"Zoe说你个性，像桥，坚傲得很，绷着。她呢，像河。一座桥、一条河，看着配，其实根本没走到一起。一个只想着凌驾对方，另一个只想着穿过对方。"

雨更大了，落进沙夏脑子里，嘈杂又泥泞。

腿，自动把上身运了出去，运到雨中，但不知道最后该运到哪儿去，所以他的上身被晾在雨中。餐盘端在手里，但厨房已经走过了，还走过了后院，走上了小路。沙夏感觉不到雨，感觉不到步子，感觉不到任何东西。

手臂自动把餐盘放在路边，腿罢工了，他跌坐下来。桥，河，桥与河。他脑子里只有这两个意象，粘在颅骨内壁，分离不下来。

一道闪电，剖开了黑压压的天空。雨滴扎得他睁不开眼睛，他木然坐在那儿，使劲儿眨着眼睛。雷声果然追上来。雨终于放声大哭。沙夏缩起领子，把自己藏进雨里。

麦汁儿还在冷却，估计快好了是不是，赶紧回去看看。他用巴掌抹掉脸上的雨水，提醒自己，麦汁儿还没做完。不能这样，回去，快回去。他勒令双腿把自己带回作坊。

他想静静，什么也不想说，浑身湿透，却还没忘记洗手。检查了麦汁的温度，还不够低，得再等一会儿。不过确实快了。这令他意识到自己刚才在雨里坐了多久。

沙夏打了一罐清水，煮沸，然后等水冷却到体温，37 摄氏度的样子，将酵母粉末撒在水中。时间一点点逼近午夜。他打着哈欠，检查两边的温度，在读数相差不到 10 摄氏度的时候，把酵母投入了麦汁，关上了发酵桶盖子。单向气阀打开，给二氧化碳留个出口。

做完这一切，他才觉得自己迫切需要一个出口。已经是凌晨了，连雨，都停了。

12

第二天，整个屋檐下气氛僵得像寒武纪；尿憋慌了，上厕所的时候撞了个照面，两人当彼此为空气。

早饭也没吃，沙夏就出去了，不见人影。

颜斯林不会做饭，熬到下午，饿得心慌，偷偷摸摸跑到厨房，打开冰箱翻吃的。他跟你一样，喜欢不关冰箱门，就着冰箱里那点光，偷吃一会儿，跑开，一会儿又忍不住跑回来。

颜斯林好久没有大开吃戒了。在偶像集训的半年里，大概有一半的人在催吐，剩下一半打减肥针。表面的话题是五花八门的美容，无创微整，在那种氛围下，胖和丑，比死还可怕。

什么都不能吃，也没处吃。饿到绿了眼，心情烦躁，一箱一箱地买口香糖来嚼。颜斯林为自己困于这种日子而鄙视自己。萨特说：“自我就像冰箱里的灯，平时熄灭着，需要你自己去打开冰箱的门。”虽然颜斯林不确定所谓的“自我”到底是什么，但他能肯定“不是什么”。

沙夏回来，一进厨房，发现冰箱的冷光打在一张人脸上，鬼鬼祟祟的，当下双拳一紧：“谁？！”

“我啊，还能有谁？”颜斯林正拿着一瓶啤酒，昂着脖子咕噜咕噜，然后发出可乐广告一般的“啊”声，欲仙欲死的。大不溜、小不溜完全不中用，一声也没叫，傻乎乎地哈着气，跟到冰箱前面，一屁股坐下，对着颜斯林憨笑。

沙夏一看是颜斯林，心烦，二话不说，转身就走。

没跨出几步，突然想起什么，几乎是扑过去，夺过颜斯林手里那瓶啤酒，脸色当下就变了。

“你个蠢货，你把什么给喝啦？！”沙夏摇着瓶子，整个人突然发飙。

“怎怎怎么了……有毒吗……”

“冰箱里……五十瓶酒，你偏偏……偏偏……偏偏要挑‘子曰’……”

“子什么？”

“子曰！”

沙夏从垃圾桶里拣出了“子曰”的啤酒瓶盖，怒目圆瞪，气得狠狠扔下瓶盖，急吼吼地满厨房搜，找到了一个塞子，把最后五分之一的“子曰”赶紧封了起来。

“……我给……给买一箱赔你还不行吗？”颜斯林有点心虚。

但沙夏的背影……双手按住台面，支撑着仿佛站不住的身体。越是不给正脸，越让颜斯林有点发怵。

“我谢谢你啊……这是最后一瓶，是样酒。拿来作对比的。”沙夏始终背对他，声音很轻，很理性，暗藏隐怒。

谁也没动。

冰箱门还没关好，蜂鸣器开始报警。颜斯林有点不知所措，他凑过去，说："我尝过了，我记得什么味儿，不会忘的，真的，我鼻子特别灵……"

"滚开！"沙夏吼，"给我滚！我他妈的受够你了！"

颜斯林怔住了。长到二十多岁，还没人敢这么跟他说话，何况还是来自沙夏。沙夏这么要体面的人，居然……颜斯林一把摔上冰箱门，哐啷哐啷，里头的瓶子们被吓得一片哆嗦，倒的倒，碎的碎："不就一瓶啤酒吗？至于吗？我告诉你，就算做了一万桶出来，Zoe也不会回来这儿了！你以为，弄丢的人，跟瓶酒一样，说复制就能复制？"

房间里，好像有一卷引线被点燃，火花刺刺地蜿蜒着，马上就要抵达炸弹，但谁都没有躲。

杯子朝颜斯林飞过去的时候，他也没有躲。一个塑料人偶倒了，又一个，又一个。胳膊飞到半空，大腿也掉了，白花花的塑料躯干被肢解了，绊倒了他们。两个大活人在一群倒下的人偶中间扭打，在地，在桌，在墙。

冷却桶被踢翻了，泼了一地狼藉，两人还在打，一滑，摔了两个狗啃食，回过神来，地上已经见了红，颜料似的，兑稀了，漫延开。不知道谁的血，两人都愣了，摸了摸自己额头，不对，又摸鼻子。对了。是鼻血。摸是摸对了，但脸也摸花了。

树树冲进来的时候，三个人互相吓了一跳：浑身又是水又是血的，地上还散着一堆白胳膊白腿儿。

"妈的，都什么时候了居然在打架？！救人去！"树树一手扯一个人，几乎是把他们甩出去的。

根本刹不住，三个人是齐齐溜下小路的，垫的是各自的背和屁股。雨水糊住了眼睛，随手一抹，变成了一脸泥，湿泥巴粗糙有重量，脸变得很重；站起来时，全身变得很重，像是棕色的胶水。

树树的那辆三轮蹦蹦车歪在坡底，车脖子跟小货斗分了家，骨折了似的。一堆木材散落在坡底，鲜白鲜白的，几个农夫抄着铁铲在挖，却不知道在挖什么。

有两颗脑袋，一老一少，挨得很紧，从泥坡底下缓缓升上来了，接着又多了两个，一次出现两个。一个农夫背一个孩子，一步步爬上来。

"你们两个大男人，废物啊？！过来接啊？！"树树骂了起来。

颜斯林从来没被人叫过"大男人"，愣了一下，都没反应过来是在喊自己；沙夏倒像被按了激活开关似的，赶紧上去帮忙，接过一个孩子，连人带泥，拖上来。

这才看清，一个是"小草"，另一个是"单眼皮"。

孩子们没哭，从农夫背上挪过来的时候，龇牙咧嘴，呜咽了一下，好像是说"痛，痛，断了，别碰"。

"本来是好心送他们上学的，雨太大了，路全都松了……早知道……不如让他们走路。"树树说。

沙夏、颜斯林一人背一个，把俩孩子背下山，到了村口，左右巴巴望着，拦了一辆五菱面包，乌拉乌拉比画着，说送医院。

"坐不下了坐不下了，救人还是搭便车呢！"司机把跟上来的树树轰了下去，大手一挥，烟头火星闪了闪。

路上，司机一直抽烟，开得飞快，转弯不踩刹车；话倒是不多，什么也没问，时不时就瞟他们一下，沙夏发现其实是在瞟后视镜。车里都是腊肉和腌笋、泥水、雨水的味道，玻璃脏得根本看不清。

颜斯林没有送人去过医院，只能茫然地跟在沙夏后面。沙夏背的那孩子，腰下半个屁股露在外面，半弧形的白白一片，被沙夏不时颠一颠，搂一下。颜斯林意识到自己背的是小草，姑娘家家这么露着可不好，于是他蹲下来，把小草放在塑料椅子上，扯了扯她的衣服，遮好。小姑娘一声不吭，死咬着嘴唇，只用眼睛说话。

医院简陋得还不如火葬场，牌子乱指，窗口一个个都关着，沙夏抓着护士就问，却听不懂人家说什么。他出来太急了，没带钱。颜斯林也没带钱，两人把裤兜掏得底朝天，什么也没有。

左边最后一个窗口露出半个头顶，一把黑头发马尾根儿。颜斯林冲上去，对着窗口吼："支付宝可以不？微信？"

"马尾"的头抬了起来，白了他一眼："要现金！"便又低下头去了。

"你们先救人行不行？！我把我这衣服脱了押给你行不行？！Alexander McQueen[1]的！"颜斯林扯着自己的领子，几个村民抬眼看着他们，像看猴子。

终于有个白大褂脏得发灰的人，踮起腰，问了句："病人呢？"

沙夏朝着椅子上指了指。

"什么病？"

"……孩子可能骨折了。"

"噢，那家属赶紧回去凑钱啊，病人别乱动。"

---

1 亚历山大·麦昆(Alexander McQueen，1969年3月17日-2010年2月11日)，出生于伦敦，英国著名的服装设计师，有坏孩子之称，被认为是英国的时尚教父。

“钱有，就是没现金，你看要不先把病人送进去？”

“灰大褂”不接话，腰身沉下去了，头又看不见了。

沙夏心里躁，咬着腮帮子到旁边给树树打电话，一直打不通。他俩跌坐在塑料椅子上，谁也没说话。身旁的孩子很乖，很能忍，不哭不闹，用一种困惑而警惕的眼神看着他俩，受伤的倒像是他俩。

“再等五分钟，树树还没跟上来，我去想办法。”沙夏说。

足足有五分钟，他俩跌坐下来，并着肩，挨着。两个大男人，不是废物也跟个静物似的，傻坐着。树树骂的话在沙夏脑子里荡，感觉很糟。他感到一种英雄主义的迫切，以此挽回某种说不清道不明的体面。可能颜斯林说的真的没错，自己就是想“做足好人”。

身边两个孩子懂事得让人心疼，不闹，只有点哼哼，忍着疼，攥着拳头。沙夏用大手，包住孩子整个小拳头。“没事儿没事儿，哥哥在呢，一会儿咱们就去治。”沙夏越说，越觉得好像是在哄自己。

在北京，有次你突然说左眼疼，还犯了过敏，红疹子密密麻麻爬了一身，痒得恨不得自己把自己的皮给扒了。沙夏很慌，又不知道能做什么，打车去医院，人山人海地挤，每个牌子指的都不一样，你们从一个科换到另一科，从一栋楼跑到另一栋楼。

眼科说，怀疑急性青光眼，但是体征看着又不像，要查免疫。免疫科说，那可说不好，先抽血，回家等消息，一份报告下午取，另一份报告最快也要一个星期。

回去的车上，你给爸爸打了个长长的电话，有的没的，绕来绕去说了一大堆，就是没说你病了。沙夏在旁边一声不吭地听着，一直紧紧握着你的手，就像他现在紧紧握着那男孩的手。

敌对感在此稀释，退散。沙夏突然对颜斯林说："咱握手言和，谁也别再争了。"

"谁跟你'争'了？"

"好吧，是我在跟你争。"

"都不知道你在跟我争什么。"颜斯林嘟囔。

13

树树出现的时候，过去了不止五分钟。额头上又是汗又是雨的，看见他们四个还傻在椅子上干等，都惊了："居然还没送进去？！"

"没带钱……现金没带。"颜低声道。

树树"啧"了一下，放下背篼，从底下掏出一个红塑料袋，把对折着的一沓钞票全掏出来："赶紧的赶紧的！"

孩子给安顿进去了，说只是骨折，别的没大碍，下午就手术，要转到市医院去。树树这时候才呜咽着，急泪涌上来："我都不知道怎么跟他们的爷爷奶奶交代。"

"爸爸妈妈呢？"颜问。

"爸妈那边……就别说了吧，还不担心死了，那么远隔着。"沙夏说。

转院当天晚上，俩孩子打着支具，用方言聊着天，已经没大碍了。颜斯林困得不行，坐在板凳上，头趴在床沿，睡过去了。沙夏想回去拿钱，洗漱用品、手机充电器啥的，眼看是要住院几天的。他之前本来想给颜斯林打个招呼的，见睡熟了，也就不叫醒了，发了个微信留言，说

"回去拿些东西再回来"。

沙夏跟树树回村，搭到一辆便车。树树坐在前边副驾驶位上，沙夏正要上，一看里边儿挤三个人了，就说自己去后面。

车又开动起来，沙夏睡在货斗里，朝天望。雨已经下透了，天是白瓷配影青，透着光；晦银色的云一会儿变成兽，吞噬月亮，一会儿幻化成佛手，把月亮救出来。山路被雨水泡得溃烂，坑坑洼洼地颠，几颗星星跟着晃，晃得好像要被抖下来，掉地上似的。

回去的半路上，遇到孩子的爷爷，背着背篓，一步一步走。车灯照过来的时候，老爷子像受惊的鹿一样停了，停在强光里。树树赶紧让司机停车，自己跳了下去，砰地关上门。沙夏躺着本来都快睡着了，车一停，反而醒了，他听见说话声，坐了起来，往外瞧：树树哇啦哇啦在路边跟老爷子扯了好长一番，死活拉扯他回去；老爷子拗不过，突然从背篼里塞给树树一对儿大母鸡："没舍得杀，一直养起……"

两人推来让去，母鸡反剪的翅膀弄疼了，大叫不止。沙夏听了个大概，老爷子说谢谢她救了孩子的命，树树说："什么命不命的，孩子就是摔着了，现在治了，打着石膏，过两天就给送回来。鸡留着吃，秧子还好不？下雨淹了没？"

"差点就淹啦，霍家三兄弟来帮忙挖了渠，忙活到刚才，饭都没吃就回去了。"说着说着，老爷子被树树哄回了车子，挤在副驾驶位子上。

小皮卡又发动起来，货斗跟着继续摇。像睡进了摇篮，沙夏满眼都是星星，忽然又累，又困，脑子像被啄了一样，身体变成空心的，壳子脆脆的，里面塞的是稻草。

车再次停下来的时候，沙夏也没醒，等树树拽他腿脚的时候，才发现开到家了。他不知道自己睡了多久，从货斗里爬起来，迷迷糊糊的，困得像一团胶水，进屋，开灯。遗址一样狼狈的场面，把他小惊了一下：塑料人偶的胳膊腿儿还散落一地，冷却桶歪在一角。一种寂静的荒诞感……擦枪走火带来一丝痛快。他到底是打了一架了，该吼的也吼出来了，该见血的见血了。换以前的洁癖性子，他非得把这摊子收拾了才去睡，但此刻，他突然有种停电提前放学一般的痛快，不用做好人，挺轻松的。沙夏衣服鞋子没脱，一身泥水灰尘，倒头就睡，沉沉地睡了一觉，连梦都没有。

醒来天都已经大亮，沙夏缓了一会儿，脸上被阳光照得发痒。他挠了挠眼角，搓了搓头发，爬起来。故意不刷牙也不洗脸，就着脏衣服脏鞋子，利利落落把家里上上下下收拾了。塑料模特的胳膊腿儿，拼回去了；桶，立起来了；地，拖了；血迹，擦了。

好像在反拨时钟一样，一切又恢复原样。有点不同的那种原样。他环视着这个仿佛什么也没有发生的作坊，感到满意。这下他可以痛痛快快把脏衣服脱了，洗个澡。他觉得有种重新做人似的开心。这么说有点夸张，不晓得为什么，干了一架，闹了一场，反而这么开心。好像一切可以重启，很干净。沙夏洗澡的时候，吹着口哨，看着阳光里的水雾，几乎起了小彩虹。

把衣服扔进洗衣机搅，嗡嗡的，洗衣机跟他一起干活儿。他收拾了充电线、牙刷、毛巾什么的，咬着手指，想，还差什么？现金，对，搜出所有的现金，塞进书包里。他又看了看，旁边还有两把尤克里里，也带上了。

东西装满一个书包。喘气的工夫，听见洗衣机也累了似的，呼——一声，停下来。衣服洗好了，掏出来，展开，用夹子挂起，晾在院坝中央。像空心人的皮囊，飘在雨后天晴的微风里，胳膊腿儿在跳舞，他想起英国诗人托马斯·艾略特笔下的空心人，不甘现代性的孤独，又不甘被衣夹子摆布的魂灵。像自己。

像蜕下来的皮囊，蜕下来的，一层小小的改变。

14

去市医院的路上，沙夏骑着小摩托，心情无缘无故特别好。一路深思浅念，化作看不见的雾，散入耳边的清风。山峦有体香，溪水淙淙冲刷青苔，连竹子都变轻浮了，簇拥在荫廊道旁，他随风一过，竹枝纷纷弯腰招揽，窸窸窣窣地抖。沙夏心里空空白白的，如同一间刚刚打扫干净了的空荡荡的教室。句子，海上日出似的，渐渐从心里升起来……第一句和第二句交欢，生出另一行，又生一行……一首诗就这么成了。字眼个个发亮……照得沙夏脑海里一片金光，在心里记下了，这美好的早晨，余生每天都这样就好了，痛痛快快打完一架，痛痛快快吵，洗白白睡，醒来又是新的一天。

几段山路一折，胡思乱想着，医院眼看就到了。早餐铺子，笋子似的冒出头来，推车台子上，包子们挤挤挨挨排了一整屉，一个个热乎乎冒着仙气儿，香得不像话。

沙夏这才想起来饿，饿得一口气买了十个包子，十杯豆浆，打包，带走！他一口普通话，喊得底气十足，好像赚足了压岁钱的小孩，第一次出来摆阔。旁边几个当地农民，蹲在马路牙子上啃馒头，喝粥，一个个翻起眼皮看他，“城里人有钱了不起呀”的眼神，酸溜溜的。

沙夏无端得意，二话不说，拿了包子，走进医院。

一进病房，颜斯林还在睡，只脱了鞋子，和衣躺在一张病床上，歪着嘴，打呼，口水流了一尺；两个孩子倒是醒着，在他身边聊天。沙夏用手机录了几秒颜斯林睡觉的傻样，还带打呼声儿的；录完，凑上跟前，突然一把掐醒他："起来！把眼屎擦了！"

颜斯林给吓得从床上弹了起来，蹦出一串"我C你大爷的……"。

"当着孩子们的面，别说脏话。"沙夏坏笑着，把刚拍的视频举到他眼前晃，颜斯林伸手抓，沙夏故意不给。丑照孩子们也看了，咯咯咯都笑。

颜斯林骂："给我！听到没有？！快给我删了！……你丫也知道回来！把朕扔这儿！……"

沙夏嘿嘿一笑，一手举起一大袋包子，颜斯林像巴普洛夫狗似的，狂吞唾沫，什么也顾不上说了。

孩子们也啃包子，喝豆浆。你那什么馅儿的？我这是菜肉馅的。留一口嘛，和我换。来嘛，给。

沙夏高兴。高兴人生其实这么简单，再大的难题也不算什么，没什么是一顿饱饭、一夜酣睡不能解决的。大不了，再来十个包子。

沙夏把那一对儿尤克里里拿出来，孩子们眼睛立刻一亮，嚷嚷起来，伸出油油的手，要摸琴。换从前，沙夏要说"先洗手"，但这下不管了，索性递给俩孩子玩儿；倒是颜斯林"欸欸欸"地叫停，一口包子狠狠咽下，牙齿上还沾着韭菜，说："洗手去！"语气倒是真像孩子们的哥哥似的，自然而然。

沙夏准备把早餐的垃圾拎出去扔了，背后听见孩子们和颜斯林说着话：

怎么洗呀——我们下不了床啊——那擦擦呗——湿巾——

我靠这么娘！还揣了湿巾来，我去——来，擦下——给我，擦
了脏的给我——会弹吗——教你们——欸，不是这样儿的，
对，这么抱，对了对了……

他们的声音渐渐小了，走廊里，光线很暗，有一种令人安心的正确。沙夏觉得一切从来没有这么“对”过。

15

孩子们玩起琴来，病房里一阵挠痒痒似的拨弦声，听着让人想笑。颜斯林吃完包子、豆浆，从沙夏的书包里翻湿巾擦手，又翻出了牙刷、口杯，拿了便去外面的公用水房刷牙。

山里的冷水冰得瘆人，他的龋齿一沾冷水，又酸又疼。沙夏过来洗手的时候，颜斯林突然拽住他，一口牙膏沫子还没吐干净，满嘴白乎乎的泡沫，说：“跟你商量个事儿呗。”

“说。”

“唉，算了——”颜斯林又低头刷牙，不吭声了。

“说啊！吊胃口呢？说啊！”

“不说了，你肯定不干。”

“你还没说，就说我不干？——你倒是说啊你，”沙夏眉头一拧，“你怎么还跟个小孩儿似的，有什么话不能敞开说的？”

颜斯林吐掉唾沫，漱口，做了一番心理准备似的，说：“好吧，我这么想的：回去啊，我想给这帮孩子开个艺术小班，想画画的画画，想弹琴的弹琴。”

“好事儿啊！”沙夏说，“可是你跟村小校长商量啊，跟我说干吗？”

“我是想……借你的地儿……”

“……”

沙夏心里确实咯噔了一下。

颜斯林用一种近乎是遗传的、生意人的天赋，笑脸一上，忽悠起来：“你看你看，我就说，你不肯干——不过你先听我说啊，第一，孩子们现在骨折了，过两天回家休养，完全是闲着，也不能上学；第二，我先在你这儿做做试验田，对吧，有效果了，咱们再去学校普及，也有说服力；第三——”

“我警告你啊，不准小孩儿碰我的东西。不准动那些酿酒工具，尤其是阀门。”沙夏洗完了手，关掉龙头，故意把手上的冷水甩在颜斯林的脸上。

颜斯林眨巴眨巴眼睛，用胳膊擦了擦脸上的水滴：“所以你同意啦？喂，你不否认就是默认了啊？”

沙夏没回头，却琢磨着，这话有点耳熟。

16

孩子们出院那天，树树开了小皮卡来接他们。颜斯林非要“上街”买东西，去到镇上唯一一家文具店，让老板拿纸、颜料、画笔、刷子。库房里有三四个灰尘厚厚的手鼓，天知道堆在库房多少年了。

买着买着，颜斯林给你拨了个电话，说“赶紧给我寄一些丙烯颜料来，这儿的色号太少了”“还有口琴啊什么的”“物流可以，我自己去取货”“最好你人也送来，你家男人不行了，这相思癌晚期的，马上就要嗝儿屁了”“我挂了，他过来了”。

“我说你买这么多有用吗？”沙夏皱着眉头，双手交叉在胸前。

“怎么没用了？”

“你会教小孩儿吗？”

“我不会啊，”颜斯林手里掂着三个画板，往小皮卡上搬，“可我会尝试啊，还有老杨，还有树树，大家一起教啊。倒是你，自从来这个村子里，你有想过做点儿什么除酿酒之外的事儿吗？！”

“你有病啊，怎么又冲我了？”沙夏一股无名火起，但不想吵，转身就走，坐上了皮卡的副驾驶位子，狠狠地，啪的一声摔上车门。

树树赶紧和稀泥，推了颜斯林一肩膀：“少说两句！他还不是怕你乱花钱，雨点大，雷声小！”

颜斯林撇了撇嘴，拿出跟母亲去免税店扫货的气势，几乎把文具店里的东西搬空了。老板跟送财神爷一样，乐呵呵帮他把所有的东西搬上车。

买完东西，树树开着车，把大伙儿送回家。一路上要多尴尬有多尴尬，沙夏一声不吭，颜斯林坐在货斗里，好像是在跟你哇啦哇啦讲电话，但听不清。

到了，沙夏先下车，去开门。

颜斯林从货斗里跳下来，三下两下地，和树树一起，把买的东西运进作坊来。他把几桶油漆颜料往地上一撂：“从今天起，这儿，就是他们的艺术教室！真正的，小班教学，素质教育！想学英语是吧？让那个叔叔教——”

“谁是叔叔了？！”沙夏接嘴。

“想学尤克里里是吧？想画画是吧？咱，直接，上！壁！画！”颜斯林亢奋起来了，说着就跳上台面，从纸箱子里提出一桶丙烯，“孩儿们！谁画得好，奖励谁喝啤酒！哈哈哈！让那个叔叔埋单！”颜斯林指着沙夏，自己跟猴子似的从桌子一头踩到另一头，把电脑打开，音乐几乎是从电脑里面蹦出来的。

两天前刚刚才收拾妥当的作坊，眼看就又要遭殃了。几个怪模怪样的塑料人偶模特还戳在那儿，白坯纸几大卷，好不容易才给收好；现在又有了更多的颜料、画板、鼓啊什么的，癌细胞似的迅速塞满……沙夏心里跟猫抓似的想，毫无边界的家伙，该死的，为什么你对朋友的边界如此宽容，对恋人却不行？

爆炸头突然蹿进来了。他抱着一个玻璃瓶子，满屋子跑，捯饬酿酒的瓶瓶罐罐，手脚粗糙，捣蛋鬼，把沙夏看得心惊肉跳；大不溜、小不溜像是一辈子没见过这么多人似的，激动疯了，汪汪叫个不停；颜斯林还在台面上闹；沙夏脑子嗡一下，炸了。

“颜！斯！林！你给我下来！”

沙夏一声大吼，啪的一下把电脑给扣上了，音乐戛然而止，震得小草和单眼皮一二三木头人般呆住了，不敢动。“爆炸头”愣了一下，撇撇嘴，自顾自打开了玻璃罐子，手指伸进去，玩起里边儿黑乎乎的不晓得是什么的东西来。

“怎么了——又？”颜斯林不耐烦，拖长了声音。

“这是我的地盘，你收敛点儿！”

“怎么变成你的地盘了？ Zoe奶奶的宅子，而且在医院的时候，不都说好了吗？！”

“这是起码的尊重！你懂不懂？！”

“一天到晚就知道你自己！你的地盘！你的啤酒！你的你的你的！你知道 Zoe 最讨厌你什么吗？就讨厌你这样！只想着你的你的你的，自私透顶，面子上还表演‘好人第一’！”

又来了。

又来了！这次还连带听到你的名字，沙夏瞬间炸了：“能把自己做好就不错了！你以为你是谁？你以为你能教别人吗？你有什么资格教他们？！”

“我怎么‘不能’了？！”

“你就是该鼓励他们走出去！去山外！去体验！去看世界！而不是困在‘这里’！”

“这里怎么了？！你他妈还丢下上海、纽约跑到这里来了呢，为什么不让他们看到家乡有多好？！山河湖海都是他们的，这个世界也是他们的！”

“你——跟我——”沙夏冷笑，声音低了，“我们——是见识过外面了，该有的有过了，才他妈断舍离，而你！你凭什么在小孩儿没见过世面的时候，就‘得了得了别去外边儿了’？你有什么权利去左右他们的期待、他们的价值观？！”

沙夏还吼着，颜斯林已经被别的什么东西剥夺了注意力：一股怪味在房间里弥漫，只有颜斯林闻到了，他拧着眉头、鼻子四处找……一转身，赫然发现：不知什么时候，爆炸头抱着他的玻璃瓶子，独自蹲在墙角，一根一根划了火柴……在……

烧蚱蜢。

颜斯林凑上去，看见地上全是没了腿儿的蚱蜢，一只一只从玻璃瓶子里夹出来，被爆炸头排列在地上，一根火柴点一个，烧。

令人惊讶的是，连蚱蜢也会痛的，它们仿佛遭到电击似的，因为没有腿，翅膀一抖，肚皮朝天，颤抖着。

颜斯林立刻感觉鸡皮疙瘩站了起来，密密麻麻从头顶往下爬，一身都爬满了。

爆炸头完全沉迷在烧蚱蜢的游戏当中，脸上浮现某种诡异的笑意，对周遭的吵架毫无察觉。

单眼皮轻声嘀咕道：“他就是喜欢烧东西……喜欢虐待虫子、狗啊猫啊……老师都让我们盯着他……”

“他是有点怪，以前跟我爸爸画画的时候，根本坐不住，总是捣乱……”树树也说。

颜斯林和沙夏都意识到了什么。爆炸头多半是个有多动症的小孩吧，喜欢纵火还虐待动物……这不是什么好事。沙夏和颜斯林都沉默了，看着这些父母都不在身边……被亲戚、老人……百家饭喂大的孩子。他们的人生起跑线，显然不是城市里长大的沙夏、颜斯林之辈可以想象的。

树树把颜斯林拽开，她小心翼翼触了爆炸头的后背，轻轻地劝：“喂，你别玩儿了。别这样了……喂……这样不对，李学强……你听话不？”

爆炸头根本不理任何人。他继续烧着蚱蜢。凭一种近乎残忍的专注，谁也不敢上前抢他的玻璃罐子。

沙夏听见颜斯林在用鼻孔叹气。

小草的眼睛骨碌骨碌在两个“叔叔”之间打转，怯生生地用方言说：“老师……我，我回克了，晚饭还没弄……小吉……吉他，先，放这里，好不？婆看见了要说我……”她一直不肯学“尤克里里”的发音，只会说“小吉他”。

听到小草叫他们“老师”，沙夏觉得心愧，低声回应道：“对不起。你们回去吧。”

小草一走，单眼皮也跟着跑了。爆炸头还蹲着，直到烧完了最后一只蚱蜢，才站起来；有点贫血，他每次猛站起来都有点头晕。眼前黑了两秒，定了定，才能睁开眼。爆炸头用脚尖把蚱蜢的焦尸拢成一堆，拿起玻璃罐子，也跑了。

作坊里突然显得很静。孩子们走了，只剩四个塑料人偶，呆滞地望着空无。

沙夏也愣在一种疲惫的空无里。他只知道自己不想要什么，却不知道自己到底想要什么。他觉得自己像卷入强风的滑翔伞，没法，也不想降落。

他离开了“纽上北”，读了数学也读了叔本华，爱上了你也离开了你，但都没有找到答案，都没法降落。降落到哪里？真相的靶心在哪里？

可能“自我”是一叶障目的东西。如果想找的答案是关于“超我”；那么，无论做多少围绕“本我”“自我”的事，都不可能抵达。沙夏想起 Bryan 说过的话，大意是：“你们这些‘好学生’的思维就是，凡有问题，必有答案。但人生根本没有答案，人生在本质上，只是一个研究课题。”

17

等这批酒发酵完成起码还有一个多星期，颜斯林天天跟孩子们混，沙夏受不了无所事事之苦，跑到茶厂去找老杨。

几个工人正在烘干野生红单株茶叶，烘箱是老式的，已经用旧了，黑乎乎的；用核桃壳和木炭烧的火，有一股奇异的玫瑰香，在黏稠的热气里，熏得整个茶厂都是。每一行玩儿到极致都讲究，沙夏突然琢磨着，不然给啤酒加点儿茶香？又一念断了，跟自己说，别走火入魔了。

“做完这批茶，我要去临沂了。”老杨说。

“临沂是什么地方？”

“大雪山，去参拜野生古茶树。走吗？一块儿？越野车坐得下，不过山下都没路，坦克也上不去，都是徒步。”

“去啊，当然去。”沙夏高兴起来。他是真的很想登高。好多问题，大概只有站高一点，才看得到吧。

收拾登山杖、雨披、登山靴的时候，沙夏想起你说的无所事事之美，一边把东西往登山包里狠狠塞，一边自嘲地笑了一下。

颜斯林见了，借口打破冷战，问他：“你这是去哪儿啊？”

“大雪山。”

“什么鬼？”

“野生茶树保护区，据说有着最古老的茶仙古树，到处都是森林。你去吗？”

“我不去。小孩儿还要来上课呢。”

“我靠……还真当自己老师了……”沙夏怼他。

“你可是看到我认认真真免费上课了的啊，我可没有误人子弟，倒是你这碍事儿的，快滚吧。”

沙夏突然发现，经过两场大吵，两人说话彻底自在多了。彼此开涮，互怼，像是老朋友之间的样子了。也许，你也是这么跟颜斯林相处的吧。朋友也是一种亲密关系，但更容易坚持下去，因为期待的不一样。

直到沙夏背上包，出了门，颜斯林才追上去，说：“不好意思，我之前说话……太重。你也知道，我就这张烂嘴讨人厌。Zoe也经常想扇我……”

沙夏摆摆手：“得了，扯平。”

18

沙夏窝在丰田陆地巡洋舰的最后一排角落，有些后悔：早知道这趟去山里，小苏也要来，他就不当电灯泡了。幸好一路同行的还有两个小伙子，不然真尴尬。老杨把车子先往临沂机场开，说小苏下飞机，把她接上了就直接进山。

沙夏问：“你不招待小苏住几天再出发？”

“她时间紧啊，这次就是出来旅游，想去山里走走的，我陪她。”

快到机场了，老杨整个人都焦躁起来，叽里咕噜地自说自话，想把车子停在离出口最近的地方，却又找不到车位；从没见过老杨这样，紧张到几乎尿频尿急，脸红筋胀的。沙夏偷偷瞄他，差点笑出来。真的，胸口都埋进土的岁数了，还能这么“近乡情怯”。笑完，有那么一秒，沙夏又想，会不会再隔几年，和你重逢……自己也是这样的心情，这样的情景？

本以为叫小苏是相对于老杨而言的“小”，但真正见到小苏从到达出口走出来的时候，沙夏才觉得“小”字名副其实，真是想象不出那是五十岁的妇女，连他的心都跟着恍惚了一下。她看上去也就三十八九，身材保持得特好，穿着登山鞋，衣服裤子款式很潮；她的头发自然卷，黑漆漆的，显得特年轻。

老杨整个人笑成一朵花儿：“要喝水吗？累不累啊？真好都没晚点呢，飞机上睡会儿没……”

> 也许有一天清晨
> 走在干燥的玻璃空气里
> 我会转身看见一个奇迹发生
> ……

沙夏无端想起那首诗。他走在最后面，帮小苏扛着登山包，低头盯着地板瓷砖一格子一格子移动，时不时被前面两人的影子侵入。不知怎的，接到小苏到车上那一小段路，他不断想起你。

19

一早，树树顺路把孩子们送来的时候，颜斯林还在赖床。爆炸头闯到门口，拍门嚷嚷：“小吉他呢我的小吉他？”拍了门，又跳上窗口闹。

颜斯林气得拿枕头捂住耳朵，还是听见爆炸头在叫，叫得他百爪挠心，从床上打了个挺，大吼：“教多少遍啦！不是小吉他！是一迁欧——悠——哭——莉莉！尤克里里！说不会，就不能拿！”

“你才哭莉莉！给我小吉他！我要小吉他！”

“自己去教室拿！”颜斯林骂骂咧咧地把钥匙往窗外一扔，憋着一肚子起床气，起来刷牙、尿尿。等他咬着面包，晃到作坊去，一看，妈呀，才半小时有没有，“教室”已经成了……

好吧。颜料只有一点儿在墙上，大部分在桌上、地上、孩子的衣服、脸盘上、尤克里里上……不锈钢桶上。

颜斯林心想，沙夏见了，还不把他剁了。

爆炸头果然在搞事情，贼溜溜地盯着发酵桶的单向阀，正要动手拧，颜斯林吼：“不准碰！”

“为啥不能碰？”

“不准就是不准。”

“为啥？！你不是才教我们，凡事多问为啥？”

颜斯林感觉被打了脸，又百口莫辩，正张口结舌，树树过来了，说：“你要的木桶，我可做不了。”

“为什么？”

“八十年树龄的橡木才能做酒桶，得那么粗！”树树比了个抱怀，“你看这方圆哪儿有橡树，整个南方都没有橡树！再说了，工艺，你知道多复杂吗？要蒸煮脱脂，烘干，再高温冲压曲度……唉，不给你说了，就算你做了新木桶，也没用，按你那意思，得是用过的，自带菌种的旧酒桶才行。”

颜斯林突然想起什么，一个电话给你拨过去。你也没接，他一打就是四个，非把你叫起来不可的架势。

“给我弄两个红酒木桶行不？”

“啥？我上哪儿找红酒木桶去？！”

“你不是做这行的？”

“什么跟什么呀？！敢情我卖个酒，连木桶都要自己造？”

“不是我要，你家男人要！”

“谢谢啊，谁是我家男人啊？！”

“沙夏捯饬那啤酒嘛，‘子曰’……你也喝过嘛！我记得余味有木香，觉着吧，得用红酒木桶来熟成试试，其他木桶也行的，威士忌、雪莉酒、波本，总之要橡木桶，你给我搞个桶过来呗。”

“什么时候你关心起他的事儿来了？！”

颜斯林回头看了看不锈钢的发酵桶，每个也就二十五升的样子，不大：“弄一个桶就足够了”。

“一个？半个我也弄不到啊！”

“朕给你擦了那么多屁股白擦啦？就这一件小事儿，何况还是为你家男人，帮个忙要死啊，就这么说好了啊，货到付款！”

直到挂了电话，你都没回过神来这家伙在搞什么鬼。从颜斯林嘴里听到沙夏这名字，多少还是让你有点心悸。挺久没联系了，你淹没在忙碌里，几乎快把他忘了。他是个万年不发朋友圈的家伙，存在感极低，你特意点进去看，什么也没有，上一条更新还停留在去年。

倒是颜斯林发了几张孩子们的画作，在墙上做丙烯涂鸦。他和孩子们一样都穿上了工裤，浑身五颜六色的，站在松木梯子上，傻笑。

你用指尖放大照片，在角落，看到沙夏的痕迹。他的不锈钢罐子们、比重计、冰箱。物件衬得主人的生活十分寂寞。

孩子们又来了两个，加上大不溜、小不溜，足足像七条狗在拆家。单词还没学到几个，孩子们就坐不住了，屁股在板凳上磨皮擦痒。颜斯林把白板笔一摔："他 × 的，真不是人干的活儿。"

墙壁已被涂满了，孩子们开始在地上、桌上，胡乱发挥；作坊好像变成了心理学"破窗效应"实验现场，但凡有一处涂鸦就会有另一处，就连大不溜的毛上都被涂了彩。

一团火，在台面上燃了起来，颜斯林吓得半死，一看，是爆炸头把画纸全部揉成团，点燃，在烧。台面上一团又一团火，颜斯林骂都来不及，赶紧用茶壶去浇灭。

"You fucking idiot！[1]"颜斯林脱口大骂。

爆炸头看着他，眼神还是那么古怪、执拗，缓缓地从身后掏出一截长长的塑料软管——像电影里要用绳子勒人的坏蛋——邪邪地笑着。颜斯林还以为爆炸头要用绳子打人，结果爆炸头又把绳子套在自己脖子上把玩，学起印度耍蛇人来。

软管一看就是从柜子里翻出来的，颜斯林想起沙夏要看见这一幕还不灭了他，赶紧呵斥道："放下！"

爆炸头顶嘴："你谁呀，你又不是老师！"说着把管子放进嘴里吸，又吐……颜斯林看傻了，深呼吸三遍，努力控制自己不发飙。他沉下声音，抓住爆炸头的肩膀，说："喜欢玩儿火是吧，喜欢刺激是吧？你等着，我给你看，什么叫玩儿火！"

颜斯林打开笔记本电脑，噼里啪啦搜索"蔡国强"。一系列烟火的照片，静态的、动态的、彩色的、黑白的……用巨幅保留烟火爆炸后形态的抽象画，《昼夜》《撞墙》《脱离重力》……

1　你个白痴！

爆炸头凑上去，眼睛完全钻进了屏幕里……凝视着。头一次，这孩子安静下来，仿佛是“司汤达综合征[1]”发作，共振了什么似的。爆炸头看蔡国强的那部《天梯》，渐渐入迷，软管从脖子上无声滑落下来，也没管。

颜斯林趁机说道：“这才叫玩儿火，懂了吗？这才叫艺术，而不是捣乱！……”

正说着，瞥见窗外一个影子闪过：一个老爷子扛着铁锹迈进院子，老远的，骂骂咧咧地过来了，一脚踢开作坊的门，进来；爆炸头一见，腾的一下躲到桌子后面去，神情有点恐慌。

“狗日的给老子滚回去……”老爷子精瘦，穿蓝粗布衣裤，拎着爆炸头的耳朵像拎只鸡。颜斯林正要上前阻拦，被老爷子一个眼神就逼退了。可怜的爆炸头被老爷子拎着耳朵，脚尖踮着地，嗷嗷叫唤。老爷子骂得声如洪钟，一口纯正的本地话：“你狗日的会偷懒呢，跑到这旮旯来耍……给老子滚回克，煤球都没攒还跑直里来挨球……”

颜斯林愣了。孩子们也都静了下来，每人手里拽一个小玩意儿捯饬着，不说话。

颜斯林意识到孩子们可能只是来这里躲避一些什么；在他们回家之后又可能面对什么：家务，农活儿，没有爸爸妈妈的空虚？

---

1 1817年，法国大作家司汤达来到意大利，在佛罗伦萨终日沉醉于欧洲文艺复兴运动时期的大师杰作。一天，他到圣十字教堂参观米开朗基罗、伽利略和马基雅维利的陵墓，刚走出教堂大门，突然感到头脑纷乱，心脏剧烈颤动，每走一步都像要摔倒。医生诊断这是由于频繁欣赏艺术珍品使心里过于激动所致，这种因强烈的美感而引发的罕见病症从此被称为“司汤达综合症”。直到今天，佛罗伦萨的医生仍会不时碰到“司汤达综合症”患者，病情严重的甚至要住几天医院。他们多半是狂爱艺术且极具鉴赏力的游客，野心勃勃，要在几天之内扫遍这座文艺复兴中心城市的艺术宝藏，结果却在接踵而来的视觉冲击中不堪重负。

本质上，他自己不也只是来这里躲避人生吗？

一种特别丧的气氛笼罩着“教室”，就连涂鸦看起来也颇为狰狞。颜斯林试图把剩下的孩子们的注意力转到黑板上，却发现再也不可能了。连他自己也走神。他把签字笔一摔，说：

“玩儿去吧。想干吗干吗。”

孩子们坐着不动，脸上全是困惑；大概没见过这么任性的老师。直到树树嘎吱一声，从门口冒出一个头来，喊了一句：“午饭好了啊！”孩子们才一哄而散。

颜斯林累坏了，嗓子发干，提起一桶水就喝。挫败的感觉笼罩着他，看着这艺术教室，感觉自己一事无成。来这里差不多快三四个月了，他都不敢上网，不知道外面发生了什么……说实话，他都有点想念脂环王了。

还有母亲……他们在背地里是怎么说自己的？

他想知道一切，又什么都不想知道。“一事无成”这四个字猛地蹿出来，叫他头皮发麻。他走到院子里，只有树树一个人在端菜，小不溜追着她，跳起来，伸爪子，直接从盘子里抓牛肉片吃，被树树拍脑袋。

“其他孩子呢？”

“走啦！”

“饭都不吃？”

“谁也没图你那口饭啊！”树树把锅里的菜分成几份，一边来回端着，一边说，“你以为，一到乡下就是穷人？人家都是‘有产阶级’好吗，大片地，大片宅子，比你富着呢。你才是穷人吧，昂？不算你家里的话。”

“家里”两个字刺痛了颜斯林，他夹菜的动作一下子就凝固了。顿了两秒，他把饭碗往桌面狠狠一撂，砰地一下，震翻了泡菜碟子，走人了。

20

爆炸头来的时候，调皮得叫人头疼，但他没来的时候，颜斯林又记挂那小子。有爆炸头在，气氛活跃些，无奇不有的念头，挺有趣。眼下，来这里的孩子一天少一个。

他的艺术班还没见起色，就已经要牺牲在摇篮里了。最后只剩下小草。别看又瘦又弱，但她是真的喜欢画画，随手一涂，对色彩的感觉挺好。她会画看到的一切东西，颜斯林的眼镜、帽子，沙夏的不锈钢发酵罐。停在院子里的蹦蹦三轮车，偏着龙头，很寂寞的样子，她也能画出那种很寂寞的感觉来。

颜斯林放的音乐都挺前卫，迷幻居多，大多数孩子都不喜欢，可小草却特好这一口，每次都嚷着要听酸性摇滚，形容那些音乐像“胶水”，口气像个艺术家。边画，边跟着音乐摇头晃脑。

小草是放学后才来的，腿好了之后，下午三点，自己走一半路，剩下一半，搭上树树的蹦蹦三轮车，到这里快则四点，慢则五点。树树把蹦蹦车停在院子里，就去干活儿。她在帮沙夏整修淋浴间，地上铺的防腐木搁板一年一换，不然受潮要长霉。

“颜老师，这些人偶是做什么的？”小草问。只要沙夏不在，被人叫颜老师的感觉还挺不错的。

“做衣服用的。”

“你自己会做衣服穿吗？”

“会啊。”

“我能穿吗？”

颜斯林正犯困，打着哈欠，从台面上直起身子来，上下打量了一番，说：“行啊，能啊，给你做一件呗。”

颜斯林找软尺给她量尺寸。尺子却不知道被弄到哪儿去了，估计是被爆炸头拿去当蛇耍了；颜斯林说：“你等等啊，我马上回来。”

这“马上”可有点儿久——这里没有软尺，问树树，说“家里才有，去拿吧，我走不开”。颜斯林拿了她家钥匙，骑了她的蹦蹦，下山，又上山。一路都是烧荒草的味道，烟熏味的田野，颜斯林几乎怀疑，是自己的嗅觉出了问题。

等颜斯林拿了软尺回来，小草坐在火里。

准确说，是从窗口看过去，小草是坐在松木梯子上，摇头晃脑地画壁画，对外面熊熊燃起的大火，毫无知觉。就在作坊正下方——被垫高，架空起来隔潮的，用作柴房的部分——已经完全着火了。大火熊熊燃烧，整个作坊看起来就像一口被架在篝火上的铁锅。

火焰像嗑了药的疯子，癫狂着跳舞，甩动红黄红黄的头发，腾起蓝烟。爆炸头歪着脸，狡黠地退远几步，欣赏着什么。他的手里拎着一个方形的东西，有汽油的味道。颜斯林分明闻到了，他惊呆了。

爆炸头看到了颜斯林，两人眼神相撞。爆炸头射出一种古怪的、困惑的，又有点害怕的眼神，嘴里神经质地喃喃：“烟火，烟火……”说着丢下汽油瓶，拔腿就跑，跑向远处的焦黑的田野。

颜斯林想大声呼救，但嗓子好像被水泥封住了。他犹豫了两秒，咬牙，冲向侧边的楼梯。火舌从楼梯的隔板空隙中伸出金黄色的手，像万千只从地狱伸出的罪之手，要抓他的脚。

“小草！趴下！趴下！”颜斯林很慌乱，扑过去把小草往外拖。小草受了惊，整个人狂咳不止，她还坐在梯子上，不敢下来。颜斯林爬上去，一把把她抱起来。

跑下楼梯的时候踩空了，两个人摔下来。滚到地上，颜斯林才喊第一声“着火了”，他哑着嗓子，叫着叫着，声音才大了起来。

树树是第一个听到的，也是第一个跑来。她跳进厨房找水管、水桶。但水管不够长，水桶也实在不够用。柴房已经完全着火，火苗往上蹿，包住作坊的墙、窗……颜斯林想起什么，这次，几乎没有犹豫，又一次上楼梯，冲进作坊，冲进火势。地板烫得他根本站不住，连鞋底的胶都熔化了，窗口的火在疯狂跳跃。

找到了——颜斯林抱起那只发酵桶。

可是太沉了，真的太沉了。二十五升体积的不锈钢桶装满了啤酒，单向阀滴着水，那是产生泡沫的二氧化碳，随发酵过程流出来。颜斯林抱不动，索性把作坊里所有的水管全部打开，他把发酵桶放倒，朝门口滚。

咚咚咚，他跟着发酵桶滚了下来，被烫到的脚居然这么痛，痛得颜斯林往下跳。

刘姐和附近的农民来了，众人抄着灭火器狂喷柴房，楼上的水往下流，火势渐渐得到了控制。等消防队来的时候，颜斯林终于松了一口气。黄背心，头盔，许多涌动着的人和叫声，在呛人的烟雾里，汇成一片不真实的海。

21

沙夏的电话根本接不通。

“你最好快点回来，这边有点情况。”树树给他留言。沙夏在偶然有一格信号的时候，看到了。

好消息不会用这样的句式，职业经验告诉他，这样的句式意味着于事无补，而且隔着这么远，若要追问情况，除了让回程充满焦虑之外，毫无用处。

沙夏很冷静，回了几个字：“信号不好，回来说吧。”发送后一直转圈，也没发出去。沙夏把手机揣进兜里，仰望眼前的古茶树群落。

茶树生长极其缓慢，五百年才能长到一个成年人这么高。1号大茶树王，两千七百岁，在大雪山的半山腰处，有三米多的粗壮树围，不可能被错过。动辄上千岁的木本之身，幽然绿着，仿佛一座时间的雕塑，美得叫人生畏。

而人们在下面烧香，抛硬币……留下无数的垃圾。沙夏感到痛心：本来层峦叠嶂，人不可入，1997年闹干旱，大量树木死掉，森林稀疏了，人们侵入，发现茶树群，就这么留下垃圾。令人唏嘘的人类好奇心哪，沙夏想着，仰望古茶树墨绿的表情，屈曲盘旋的虬枝，它们会原谅人类吗？

下山路太长了，走得腿发软。揣着一个未知的坏消息，肾上腺素还是会分泌，皮质醇还是会上升，小苏捕捉到沙夏脸色不好，关切地回过头来，问：“怎么了？不舒服？”他摇摇头，挤出一个笑。

每到一个陡坎儿，老杨都回过头来，远远地伸手想牵小苏，但小苏从未接受：“没事没事我自己走，牵着更要摔。”那个性挺像你的。

回程要开一天半，倒不是距离远，而是路太烂。沙夏努力在越野车的最后一排入睡，闭目养神。

他根本没有认出“这里”来，到达的时候，作坊几乎面目全非。外墙几乎是一片炭黑，像锅底的黑垢。黄色的封条横七竖八，像破了的蛛网似的，把“现场”封了。

震惊到极点，反而毫无反应。沙夏站在黑乎乎的柴房下，跟老杨一起愣着，像大卫脚下的欣赏者，张口结舌地仰望。

只有不相干的人们才围成一大圈，捂着嘴嘀咕，七嘴八舌。颜斯林坐在人群外，不远的地方，颓着。沙夏看了看他，又看了看黑乎乎的房子。谁也没说话。天色本来就暗，谁也看不清谁的脸。等人散了，老杨倒是一副该吃吃、该睡睡的样子，和小苏坐在湖边的茶寮上说话。纱幔被风鼓舞起来，撩着月亮。

小苏显然有点冷，老杨拿来毛毯，碰见沙夏坐在花台沿子上发呆，就问：“饭都不吃啦？”

“哪还有胃口。”

“小苏明天就走了，过来聚聚？随便吃点儿嘛。”

“算了。”沙夏敷衍，两眼发直。

“我那儿客房空着，你们晚上过来我那儿睡。人没事儿就好。不幸中的万幸。”

沙夏“嗯”了一下：“谢谢。”

“凡事儿啊，深呼吸一口，跟自己默念三遍：多大点儿事儿啊，多大点儿事儿啊，多大点儿事儿啊。你看蚂蚁，下雨了，洞淹了，重挖；蜘蛛，风一来，网破了，重织。谁也不焦虑，谁也不生气。咱们，好歹是人，总比蚂蚁、蜘蛛要强吧。”老杨说完，拿着毯子朝茶寮走去。

沙夏坐在原地，远远看着这对中年人的背影，岁月教会他们的：温良恭俭让。一个背影给另一个背影披上毯子，坐下来，两个背影挨在一起，又留着一寸距离，显得持重。湖水发出轻微的拍打岸边的声音，一切都是花好月圆的。

一切本来就是花好月圆的。老杨吹了几支不知名的曲子，断断续续的，腰背跟着调子有起伏。风停了，曲终，横着的手肘放下来，静静垂在膝上。小苏的手，拍了拍老杨的右膝，侧脸耳语，在笑。

22

第二天，按警察说的，他们都得去镇上派出所交代情况。老杨说："我就不去了，我得送小苏去机场。等她走了，我再回来看看吧。作坊是你的，你做主就行。记着那句话，多大点儿事儿啊，是吧。"

老杨用力拍了拍沙夏的肩膀，语气像父亲。

于是路上就只有沙夏和颜斯林两个人。颜斯林本来怕尴尬，想借树树的蹦蹦，自己骑去镇上的，没想到沙夏主动说："借什么借，坐我摩托车啊。"他一个头盔丢过来，颜斯林没接住，掉地上了，捡起来的时候，脸色有点窘迫。

路上，摩托车的噪声让人无法交谈，沙夏确实也没什么话说。颜斯林一宿未眠，头疼，把自己藏在头盔里，双手往后反剪，撑住冰凉的金属扶手，尽量跟沙夏保持距离。

他们第一次身体距离这么相近，彼此都觉得不自在，尤其是没有你在的时候。

到了派出所门口，沙夏停好摩托车，颜斯林摘下头盔，迟疑着，突然说："喂……你知道，不是我干的……"

沙夏摘下头盔，掂了掂："谅你也没那么大能耐。"说完一笑，挺轻松地说，"走吧，一块儿进去。"

警察把他俩分开，到不同的房间去做笔录。

分开的那一瞬，沙夏和颜斯林默契地看了彼此一眼。从未想过，只在书里学过的博弈论、囚徒困境，在这时候居然变成现实场景。

坐在颜斯林对面的警察，国字脸，表情冷静，像半壁深蓝的墙漆那样，严峻的面色。在来这儿之前，颜斯林满心都是一种英雄主义的无端亢奋，早就把要说什么都在脑子里编好了，但没有想到，一进这小屋，一面对这样的深蓝色，他无缘无故慌张起来，好像纵火的真的是自己。对面的警察越冷静，颜斯林越紧张。所有程序都跟他想象中不太一样。

姓名？

身份证号？

住址？

来这里干吗的？

当时你在哪儿？

你在做什么？

还有别的人在场吗？

……

一大堆问题从表格上蹦出来，从四面八方绕向一个靶心："火情是你导致的吗？"

颜斯林的回答一个比一个慢。在靶心，他彻底犹豫起来，说："那个，同志，”他不知道自己为什么突然蹦出这两个字来，“这个，要负什么责任？”

“是我问你，还是你问我？”

“我就想了解一下……”

“那要看是不是蓄意导致的。蓄意的，无意的，有没有伤亡，火情之后的反应。具体问题具体分析。”

死循环一样，两个人围绕靶心转圈。颜斯林迫切地想知道到底要承担什么后果，这样他才能决定要不要说实话；而对面的人，需要拿到他的供词，才能往下一步走，看要承担什么后果。

颜斯林想起爆炸头那对黑漆漆的、古怪的眼神。火柴、蚱蜢……长到十岁也没有见过自己的爸爸，在东莞美容院给别人做推拿，手指关节全部变形的妈妈。

一个喜欢玩火的孩子，本来是没有错的；自己给爆炸头看那些烟火视频，好像也没有错。但生活总是这样，所有没错的事加起来，不知怎的就全错了。

一长段静默之后，穿制服的人不耐烦了。不耐烦的声音听上去也是深蓝色的：“我建议你，不要胡思乱想，是什么情况，就说什么情况。”

“我说过了，没有看到任何可能导致火情的嫌疑人员。可能是我下楼的时候丢了烟头，没注意……”

“什么叫‘可能’是你丢的烟头？”

“就是我丢的烟头导致的，但我真的不是故意的。”

“烟头不可能在那么短时间燃起那么大的火。”警察说。

“那我就不知道了。”

“找不到原因，就不可能有任何赔偿。一切损失只能由屋主自己承担，这个你知道吧？”

“知道。”颜斯林抛出这两个字。他清楚这两个字是有重量的，从喉井里打捞出来，不容易，但浮出水面了，反而轻松了，“对，就是这样。”

又一个副手进来，跟主询人耳语了一句什么，主询人点了点头，说：“马上就结束了，最后捋一遍笔录，签个字，就完了。”

终于可以上厕所了，颜斯林对着小便池肮脏的墙壁，走神，突然间特别、特别、特别想给妈妈打个电话，爸爸也行。好像有十万个嗓子眼儿同时长了出来，都想问，你们还爱我吗？不管我做了什么。你们能相信我，不总是搞砸一切吗……

有几滴泪不听使唤，老想蹦出眼眶，颜斯林用手背把它们赶回去。等他磨磨蹭蹭地从厕所出来，沙夏已经坐在长凳上等他了。

“你都跟他们说了什么？”颜问。

沙夏耸耸肩，一个无辜的，什么也不知道的手势。

颜斯林坐下来，自言自语起来：“小时候，我不是经常被欺负嘛，有次被打到流鼻血，一到家，发现我爸爸回来了。他一万年不回来一次，一回来就碰见我被人欺负。他见了我，只说了一句话：昂起头来！地毯都脏了。”

“……”

“所以……后来我每次回家，看到地毯上那血迹，都跟自己说，你看，要是当时我没跟个傻子似的低着头，站那儿博同情，那滴血就不会留在地毯上，不会永远提醒你……要昂起头来。”颜斯林语气里仿佛有赌注。他抛给沙夏一个有重量的眼神：信任的重量，大约半公斤，像沙包踢过来，而沙夏接住了。他们都意识到，彼此还从来没像这样，坐下来，一对一，肩并肩，面向同一个目标，像两个大男人那样。

“咱走吧，多大点儿事儿啊，对吧。”沙夏手拍了拍双膝，姿态有点老气，站起来就要走。

颜斯林说：“你怎么知道不是我？”

“我看见发酵桶了，”沙夏也丢回了一个沙包那样不轻不重的眼神，“回去差不多就该开罐了，等着用你舌头呢，给我尝尝，味儿正不正。”

颜斯林看着他背影，用鼻嗤笑了一下。

23

回到村里，沙夏匆匆跳下车，刚踏进“这里”的院门，看见一辆不认识的 SUV。牌照是外地的，他猜想是老杨的客人吧。驾驶座的灯还开着，一道影子垂着头，长发，是个姑娘，弯下腰去捡什么东西。

沙夏掠过一眼，走出几步，又忍不住回头去看。分开后的日子，路上偶尔碰到陌生人，都叫他恍惚，下意识觉得很像你，其实仅仅是长发，或者仅仅是高个子……他从不上前确认。

“嘿。”

声音也很像。

沙夏回过头，几乎没站稳，一颗心也没放稳，跌到地上，滑滑地，咕噜咕噜地，玻璃球似的，朝着那声源，滚去。

你从车上下来，车门很重，被你用力关上。你拍拍手，走过来。像是从纸上苏醒的角色，走出一本书。

“你怎么来了？！”沙夏的语气竟然像责怪似的。一切太突然，他几乎呼吸不畅，心还没捡回来安回胸腔。他想了多少次，多少次重逢的样子，但不是现在这样。

“你怎么来了？”沙夏又问一遍，这次的语气是开心的，像梦话，嘴角的弧度根本不受控制，自动裂开。

你靠近一步，沙夏立刻后退一步，说：“我身上脏，得先去洗澡。”

熟悉的、惯用的借口，他几乎是躲掉你的注视，把自己关进淋浴间。还是像梦，他关了门，深呼吸两口微微带着臭潮味儿的卫生间的空气，那是真实的，所以这一切应该是真的。你回来了，是真的。

在热水下面，他脱光自己，想到一墙之隔，你就在外面等着，他有一种希望此刻永不结束的感觉。这一天好长……清清淡淡的一整年，突然所有的事情都发生在这一天。多么奇怪的一天。

24

“带了吗，木桶？”颜斯林走进院子，张口就问。这么久没见了，他还是随意得就像你一直住在这儿，刚从山上下来似的。

“没带。”

“没带？那你来干吗？！”颜斯林还真不信，自己一摁，SUV 后备厢像剥蟹壳似的掀起来：确实什么也没有。

“你还真不管沙夏啦？”

“干吗要‘管’？他一个大人，我又不是在当妈。”

“……行吧……”颜斯林有点儿失望，“还以为你会帮他的……说实在的，沙夏还是真的……挺爱你的。”

你没料到这象牙会从狗嘴里吐出来，有点吃惊。但你没露声色，跟着颜斯林走进作坊，一看——

焦黑一片，挺触目惊心的：冰箱都烧化了，罐子、管子……人偶倒着，塑料表皮泛起恶心的黑泡，圆瞪双眼仿佛在控诉。这就是他好不容易折腾出来的地方，你奶奶的作坊。你还没来得及见它的好样子，就已经这副样子了。其实你比谁都清楚，沙夏为什么要做这一切。

“到底怎么烧起来的？”你轻声问。

颜斯林不接话，把一个笔记本递给你。本子一角已经烧掉了，看得出是浇了水才救出来的，现在干燥了，纸皱得不行，胀鼓鼓地张着，完全合不拢嘴，仿佛急于倾诉。你翻开，是沙夏的字，浸满了水，字迹模糊，好像是泪海里的遗物。内容看起来是些配方笔记，间或插入一两句诗。你读到一首开头为“青苔”的诗歌，字迹凌乱，不知道是哪天突发奇想写下的。

“所以他……这一年，就在捯饬这个？”你问。

“这玩意儿根本是玄学，放了橙子皮进去，酿出来的味道是哈密瓜，有机物太复杂了，发酵啊，氧化反应啊什么的，会把滋味儿改变，绝对不是你放了什么就带来什么风味。”

“什么时候你懂酿酒了？”

“天天看他弄呗，你看这儿，本来堆着四五个大纸箱子，原料等货都要等三个月；这都不说了，关键是还有那么多设备……可现在一把火，都没了……”

你没说话，环视这间作坊，像面对一个黑匣子。每段关系中都有一个黑匣子，记录着失事的秘密，但没有亲历者会去追究它。毕竟，比经历失事更痛苦的，就是去追问为什么失事。

“其实沙夏受的打击挺大的……可他一句话都没怪我……弄得我反而心里过不去……我就只救出……这个本子，还有一桶酒。”颜斯林说。

大不溜在门口叫了两声，接着，是脚步声。沙夏上来了，他已经洗完了澡，换了一身衣服，站在作坊的门口。三人组以这种方式，在这个场景下重聚，大概谁都没想到。

“走吧，我们上山去，开罐之夜。”沙夏说。

你开车，沙夏坐在副驾驶位上。头一次，颜斯林主动坐在后排；放平另外两个座椅，两只手紧紧扶住后备箱里从火里救出来的酒桶。大概从来没有哪只啤酒桶遭受过这样的厄运，鬼知道有没有变味儿，但是——管他呢，说不定酿出意外的极品来了。酵母的魔法有很多，生活的魔法也有很多。

只有短短一段路，“放首歌吧，”颜斯林点名，“邱比，《怎么说》。”

音乐摇了起来，在短短的山路上。月光溢了一山一岭，把你们淹没了。颜斯林跟着调子轻轻晃起来，喃喃道：“他在你们之间，又不在你们之间。”

midding，不及物动词：指的是当与某种团聚场合接近，但又没怎么搅和在里面的时候，感到平静快乐——比如说坐在篝火的外围，和人聊天，看着别人围成一圈跳舞。又比如，坐在汽车后座，旁听着朋友们在前座聊天……

你从后视镜里看到颜斯林在后座笑。

一小段路，眼看快要到了，但《怎么说》单曲循环刚好又开始重放，你们谁也舍不得切掉这么好的歌，于是熄了火，在路边停下来。

你们三个人默契地打开车门，摇下车窗。

月光倾泻而入。路边，露水湿透的草丛，风柔韧，辛辣的冷。

被车灯剖开的锥形的光亮里，一只野兔惊慌地横窜而过，眼睛闪着荧光。你兴奋到跳下车来，追到草丛里，追到路崖边。野兔当然消失了，你只看见夜色下的无极山，风眠湖躺在它脚下，平静得仿佛要睡着了。有那么一瞬，恍觉霜月冬花，在山巅的山巅，世外的世外。

今天是个飞滑翔伞的好天气，如果你没有回来，他大概会去飞一趟伞。沙夏心想着，不急，有的是时间，既然你回来了，有的是时间。他下车去了，站在路边上，望向群山暗影。

你看着他的背影，心里飘出一片雾似的声音，想起本子上他随手写的诗：

是心底的青苔
在溪里梦游

冬夜的柿子树
矮人
从空荡荡的葡萄藤下走过
麋鹿抬头

火在笑

院子里所有的烛
影子在镜中

歌声
起雾
亮灯

时间吃光了羽毛
继续饿着
一万只鸟因此走向鲸海

秋天跌进酒杯
迷路了
螺旋形的脚印

长凳望着雪
起身的女孩没有回来

她抵达头一句
十二夜后的
你

清亮的
谁心底的青苔

一闭上眼，这个世界就清晰了：雾是湿的、凉的，有十万种绿。

鹰的翅膀擦拭云端，翅膀留下的影子，音乐在流动，你突然说："言加寺。"

"嗯？"

"诗歌真是言语的寺庙。"你说。

沙夏听见了，回头朝你一笑，就为这样的瞬间，这样的句子，你们知道你们永远会是同类。你们会停车，等着歌儿自己停止，而不是切掉它。

25

山下突然亮起许多车灯，从来没见过这么多车灯，齐齐扫射上来。每过一个弯道就暗下去，绕过来，又亮了。

沙夏问你："还有别人来吗？"

你说："不知道，我们先进去吧！"

老杨的宅子没什么变化，但你注意到细微的不同：门牌上写着Acadia，倒模做成黄铜字形，谦虚地镶在黑胡桃木牌上，无名堂总算有了个名字了。你被Acadia这几个字镇住，记忆海啸而来。那么多美好时刻，你们有过的，真真切切有过的。

颜斯林和沙夏把那桶啤酒搬下车来，往屋里抬进去。

门外响起一阵碎石路面摩擦轮胎的声音。车灯射过来，又熄灭了。车门打开，沙夏一回头，看见高大仙大摇大摆地走过来。发型变了，人也显得年轻了。

"您怎么来了？"

“我为什么不能来？嘿，你这小子，怎么这么欢迎客人？”

沙夏还在蒙圈，你走过来了，乐呵呵拉着高大仙进屋，把他拉到老杨那边介绍起来了。树树来回穿梭，照顾客人：乡亲们坐满了一楼的客厅，村小的校长来了，刘姐来了……远远地看去，人影映烛摇，低吟的、温暖的喧哗。爆炸头和小草在弹尤克里里，声音隐隐约约，调子终于找到了，像迷路的兔子找到了窝，在尤克里里的声音里，不想跳舞是不可能的。所有人都在，今晚是节日，没有性别，没有身份，没有未来，没有过往，人们将喝得肝胆相照，抵足而眠。

沙夏拧开单向阀，安上酒头。他准备打出第一口啤酒。

这是一个被莫名其妙的犹豫打断，因此变得郑重的瞬间。他想起法国细微派大师菲利普·德莱姆，他笔下的巴黎，一直下雨的星期天，剥豌豆的细锐触觉……大师还写过《第一口啤酒》，是几百字的极短篇文章，结尾说：“……这是一种苦涩的幸福，喝，就是为了忘记那第一口。”

几乎是千里送鹅毛的质感了，这么多时间，荒废在这一桶酒里，结束在一场火里。前人果然高明啊，那是个古老的闭环，或说循环：眼看着起高楼，宴宾客……眼看着楼塌了，白茫茫的大地真干净。

但总有什么是留下的。比如红楼已不再，但梦永存了下来。

没有人会注意到这小小的一刻，沙夏脑海里一片万花筒稀里哗啦地摇着，万念闪曳，滋味丛生，每一种味道，都像第一口啤酒。

“我来说祝酒词。”你用勺子轻轻敲了敲酒杯壁，叮叮叮，三角铁一样细脆的声响……成功地被所有人忽略了，湮没在一片嗑着瓜子儿的乡音里。尤克里里助纣为虐，就连小草也玩得忘我，没有分出一点儿注意力给你。颜斯林见你那囧样，笑崩了，他从茶席上跳下来，跳上厨房中央的岛台，站得高高的，抄起锅铲就敲了铁蒸笼，当！当！当！

“都他妈安静一会儿啊，有人要说话了啊！”颜斯林高喊起来。关键时刻他总是撑你的，就像过去一样。于是你在大伙儿的注视下，打开了白墙上的投影。大家的目光投向白墙上的画面。

“什么鬼啊这……”颜斯林嘀咕，“团建吗你搞……”

“谢谢大家啊……这款酒呢，叫……噢对，还没有名字，”你吐吐舌头，重头来过，“这款酒呢，酿造的地方就在我奶奶的祖宅，因为一场意外，正好可以浴火重生。这要谢谢高大仙，”你伸伸手，把高大仙拽过来了，“国内做精酿的朋友，都被他给‘忽悠’成了，”底下绽了几朵友善的笑声，你接着说，“高大仙自己除了捐款，还发起圈儿内做精酿的朋友来加入众筹，一起帮沙夏把作坊重建起来——”

有人吹了口哨，颜斯林玩儿命敲蒸笼，气氛一下子就热了。

高大仙接过话来：“得了得了，就是路见不平拔刀相助，又不是传销会哈哈，我插一句啊，小沙啊你说你，闷头酿酒，也不理大伙儿，你家左姑娘，忙前跑后的，在北京找了我起码三四次，帮你江湖救急，看样子你是啥也不知道吧？”

沙夏蒙着，像是在梦中。

高大仙说：“众筹呢，现在已经上轨，我觉着吧，只要左姑娘在，这作坊，就算是浴火重生了。名字的事儿，慢慢想，大家都有份儿。今儿是开罐之夜，大家喝好，玩好……我看沙夏这一小桶吧，肯定是不够的。我呢，是有备而来，带了十箱我复原的古酒，就这儿十里之外出土的古酒，角鲨头不是弄了个贾湖酒嘛，胡扯！咱们，把这口气争回来了！”

颜斯林耍起人来疯，继续猛敲锅："这酒，朕宣布朕代言了啊，推销的事儿包在朕身上，喝喝喝！"

四周喧哗像海浪掩盖而来，更多的酒被分给了更多的人，气氛热闹，泡沫似的悬浮了厚厚一层。沙夏看着你，深深地，看着你。

就像是第一次见你那样。

你也看着他。

酒头里压出了第一杯。颜斯林从台上跳下来，第一个扑过去要尝。蜂蜜色的液体，慢慢地，缓缓地……倾斜，举起，凝视着，仿佛酒体中有早春最深情的土壤，阳光一缕就照出绿苗。

他仔细闻了，仔细地品完，正想说："这味道吧跟'子曰'——"

但一回头，沙夏不见人影儿了。你也不见了。颜斯林大概能猜到你们跑哪儿去了，在心里骂了一句，两个重色轻友的东西，靠！

他突然有了细小的发现——"两个"。他好像头一次，这么自然而然的，把你们看作是"两个"。

两个都是朋友。

于是他也追上去，纯粹欢喜着，头一次，追上你们。

颜斯林站在你们两个中间，看见你拿出两根香烟似的小纸卷，说："喏，来一根吗？"

沙夏没动。

颜斯林替他接过来，展开：是藏在小镇砖缝里的那两张电影票。背面的字，迟迟没有被翻过来。

尾声

故事的开始，是你们根本不认为它会结局。它会一直进行……进行……像一枚立旋不止、永不倒下的银币。

像两弯一起飞就不想降落的滑翔伞。

像三个不肯融化的雪人，在春天逼近的温暖里，努力保持自己的轮廓。

后记

在写完这些的那个晚上，和一个非常重要的朋友喝了一顿非常重要的酒。

她说人生没有答案，它就是个研究课题。我猜她的意思是，味道不在最终那个味道里，而在寻找那个味道的过程里。所以要去找，而不是要“找到”。

也可以把“味道”二字替换为“快乐”或“意义”，一样的。再往上就不说了，那牵涉一大堆被无数无数大师、前辈追问过的命题。

张定浩老师在“我的青年时代——一代人的痛与爱”主题演讲中发言，后来整理发表在《单读》第 17 期《人的困境》中，标题为《年年来去之花》。

在此就冒昧地引用前辈老师的话，来结束我这毫无必要的喃喃自语吧：

> 写作对我来讲一直都不是一种表达，而只是一种想了解写作对象的欲望。我对于古典诗人抑或现代诗人的了解，完全来

自我试图要就他们写点什么的欲望，这欲望抑或可以称之为爱欲，在柏拉图的意义上。

而写作也只是为了被爱，被遥远的人所爱，如罗兰·巴特所言；写作也是为了取悦那些影子，为了求爱于无生命者，如布罗茨基所言。而克尔凯郭尔在《恐惧与战栗》草稿版的题记中也有一组这样的对话：

“写作吧。”

“为谁写作？”

“为那已死去的，为那你曾经爱过的。”

“他们会读我的书吗？”

“不会！”

我觉得最后这个“不会”的回答，特别重要，对我也一直是非常强有力的提醒。

对，就是这样的。也只是这样的。

要特别谢谢道酿啤酒的陈洁姐姐和国内精酿前辈高大师，后者虽从未谋面，但他们的故事给我许多启发。谢谢我的朋友翼亭。

一切都是值得感恩的，只要你愿意这样想。

就这样吧。

图书在版编目（CIP）数据

晚风枕酒 / 七堇年著. — 北京：中国友谊出版公司，2019.7

ISBN 978-7-5057-4742-5

Ⅰ. ①晚… Ⅱ. ①七… Ⅲ. ①言情小说—中国—当代 Ⅳ. ①I247.5

中国版本图书馆CIP数据核字（2019）第107214号

书名 晚风枕酒

作者 七堇年

出版 中国友谊出版公司

发行 中国友谊出版公司

经销 新华书店

印刷 嘉业印刷（天津）有限公司

规格 635×965毫米 32开

10.5印张 266千字

版次 2019年7月第1版

印次 2019年7月第1次印刷

书号 ISBN 978-7-5057-4742-5

定价 48.00元

地址 北京市朝阳区西坝河南里17号楼

邮编 100028

电话 （010）64678009